# 黑名单

BLACKLIST

梁雨山 —— 著

北京出版集团
北京十月文艺出版社

# 目　录

# 首　部

从前，有个小男孩，他妈妈给他讲曾子的故事。后来他还年轻就死了。他妈妈天天咬手指头盼他回来。他妈妈不能生孩子了。他妈妈只有他一个孩子。他是个好孩子，也是个坏孩子。可不管怎么着，他再也不能回来了。

他死在一个山坡下，那山坡很陡很陡，没九十度也有一百度。或许他是不小心栽下来的，或许他是被人推下来的，也或许他是故意跳下来的。反正警察还不知道，他们想知道。他们得查。这会儿他们已经来了，正冒着雾拉警戒带。

尸体趴着，地上凝固了一层紫褐色的血，血上有一层透明的白霜，白霜正在融化，融化成晶莹的露。

尸体下面有碎石块，到处都是碎石块，还有嫩绿的小草。离尸体不远有条小溪，小溪只在雨季才有流水。假如没有大雾的话，或者雾不大的情况下，顺着小溪的走向可以望见麦田。

尸体上方，除了白雾弥漫的天空，还有悬崖，就是虎头崖，人显然不是从天上掉下来的。虎头崖约莫有十层楼高。崖壁并不是横断平直的那种，有几处凸出的岩石，特别是中上部隆起一块光秃秃的青灰色大石，整体看上去就像一个张大嘴的虎头。冬季雪融水形成的冰柱就像它尖利的獠牙，北风穿行的呼啸就像它的怒吼。不过你大可不必把它看得过于凶恶，它从不伤人。你可以踩在它头上撒尿；你也可以从它头上跳下来，自寻死路。

暮春的雾至少弥漫着整个小城和小城之外的山。这场雾很大很大，一时半会儿散不去。这场雾不简单，不是说死了个人才不简单。这场雾是随着一股冷空气起来的；这场雾使土壤表面和植物表皮的气温突然降到零下一摄氏度；这场雾其实是一场霜冻，它给农业生产带来灾害。过后，你可以看见园子里的花花草草蔫了，黑了；你可以看见山以外的田野里，麦子的叶成片成片地枯黄，就像一幅油画。

冷冷的风正吹过死者湿漉漉的头发和残余的半张脸。他的衣裳摔得破破烂烂，他死得像个要饭花子。现场处理完毕，他们会把他装进尸骨袋，运到陈尸间。他是谁呢，警察还不知道，至少他们现在还不知道。他们想知道。他们得查。

这场冷空气过后，温度会迅速回升。花继续开，草继续绿，鸟继续下蛋。过不了两个夜晚，将迎来夏天。万物生长，他却粉身碎骨。春天在这里结束，而他结束了春天。

# 身 部

## 谋 杀

那天聚会是魏娟在QQ群里发起的。“五一”节假日期间，她从广州回来办事。我们一共九个人，地点是卧龙山庄，在朗山风景区那边。我开一辆银灰色捷达汽车前往，那是我们隐蔽侦查时用的车，后备厢放着几套不同省份的牌号。大队里总有不自觉的家伙将公车挪作私用，包括我自己。朗山离蚌城市区三十公里左右，不大会儿就到了。朗山上住着高人，白眉白髯，八百多岁——报端的小道消息里有人发誓见过真容，说得云里雾里。从省道下来，拐上一条水泥路，水泥路不宽，两辆车相遇，大家都要减下速度，慢慢地交错过去，倒车镜几乎擦上。水泥路高低不平，弯弯曲曲通往朗山西侧的一座小山里。路两边是大大小小的丘陵，其间的村落里，有青瓦白屋，有老旧的土黄色的泥坯房。马尾松、枫杨树、刺柏随处可见，灌木丛已经覆盖了一层郁郁葱葱的新叶。绕过一个山包，突然出现的棣棠花格外耀眼，仿佛金黄的光。

这时候已经是下午快六点钟了。我感到车内闷闷的，仍有一丝修车留下的机油味。我打开车窗透气，风呼呼地刮过去，清新微凉的空气暗含着暮春的芳香扑面而来，令人精神爽快。走了一会儿，经过一片由一座小水坝阻起的湖泊，潺潺的流水从坝上溢泻下来，形成一道低矮宽横的瀑布，汩汩地流入小河。以前这只是一片滩涂，我还记得某个夏日，溪水清浅，一簇簇水草、一片片芦苇在风中摇曳起伏。我们躺在布满鹅卵石的草地上，听着流水的声音。天空蓝得像面湖泊，飘过的白云犹如小帆船。应该是这里，起码都差不多。经过虎头崖，拐弯处立着一个黄色警示牌：危险路段，小心驾驶。

我放慢了车速，这时后面一辆红色的两厢福特汽车从我旁边噌地窜过去，几乎擦上岩壁，有点玩命的意思。这段路是从一座山岩的半腰开凿出来的，山上的碎石块时常发生脱落，另一边是悬崖深谷。好在这段路并不长，一公里多不到哪去。然后爬过一个大陡坡，路况便好起来。那道深谷绕到山的另一面，消失了。又走了两公里，望见了卧龙山庄的牌坊大门，在一座山包上，古色古香，牌楼上插着四面彩旗。一条更狭窄的水泥路通往山包顶，我把变速箱调在一挡上，转动方向盘拐上去，用脚牢牢地压着油门，捷达车发出呜呜呜的嘶鸣，平稳地攀爬。我仰视着，视线里只有四面彩旗和天空，有将要倒翻跟头的感觉。通过牌坊门，紧接着是与上坡大致等腰的下坡，我完全松开油门，踏着刹车，慢慢下来。坡下又有一道较小的大门，门口有保安在引导车辆。

我把车开进山庄，看见孙老师和方慧站在一棵珊瑚树下说话，魏娟正从一辆红色福特上下来，敢情刚才超车的是她。她关好车门，摁下遥控器，车嘎一声锁住了。停车位几乎满了，在保安的引导下，我把车停好，下车，落锁。

“嗨，老班长，刚才开车的是你吗，在那儿超车不罚款吧。”魏娟跟我打招呼。她穿一件红色双排扣风衣，很抢眼，项上围一条粉色的雪纺围巾。

“不罚款，你技术那么好。”我笑道。

魏娟这几年混得不错。高考落榜，因为家境不好没有复读，去广州一家化妆品厂打工，渐渐入行，成了地区经理，人也越整越好看。

“怎么就你自己，他们几个呢？”孙老师问。她披一件暗紫色的毛呢中长款外套，大卷长发披肩，刘海从前额弯弯地甩到耳际，身材比以前胖。

“他们还没到呀？”我说，“他们几个跟乔永一辆车，应该快了，我打电话问问。”

“不用打了，刚才发信息说，他们才出发，咱们先转转，瞧瞧风景。”方慧说。小方个头不高，眉清目秀，文静得好比湖边悄没声儿长出的一朵水仙。

“好吧，咱们逛逛。”孙老师说。

卧龙山庄处于一条河分叉的中间（河的源头是一个小水库），因此三面环湖，宛如一个小小的半岛。半岛伸出的部分不长，中央是一幢五层大楼，餐饮、唱歌、住宿都可以，我以前来过一次。半岛西侧有几座山丘，业主在那儿建了一群小别墅，就是那种带小院的单间客房，设施算不上高档，但风景怡人，住起来蛮舒服的。

我们步入一片桃园，疏松的黄土地上落满粉色的花瓣，踩上去软绵绵的，枝头还有一些零星的桃花在开放。空气清新而芬芳。

“最近工作忙不忙？”孙老师问。

“案件多，人手少，老样子。”我说。

“听说谈恋爱了？”孙老师问。

“才开始处。”我说。

“等着喝你的喜酒呢。”魏娟说。

“有时候找对象比抓一个在街道旮旯里偷自行车的小毛贼都难。”

“谁不知道你们这些人眼睛都长在脑门子上。”魏娟说，“不过，我觉着你可以跟方慧谈谈，我看挺般配，一文一武。”魏娟又对孙老师说，“你说对吧孙老师，上学那会儿你禁止我们谈恋爱，把大家憋得够呛，现在你可得大力支持啦。”

“行啊，我大力支持。”孙老师笑起来。

“我乐见其成。”我说。

“估计就剩你不知道我结婚了，真是孤陋寡闻。”方慧自我解嘲地说。

“啥时候的事儿，怎么不通知我，你不够意思啊慧慧。”魏娟说。

“你在广州，当时都跟你联系不上。”方慧说。

“魏娟，甭说人家，你也该成家了。”孙老师说。

“我还是自己过一辈子吧。”魏娟叹了口气。

天气转阴，灰暗的云犹如冲淡的水墨在流动。风吹过山林发出咻咻的声响。我们来到湖边。湖边有垂钓台；有贵宾包间，可以一边吃喝一边欣赏湖光山色。风搅动湖面，波浪不断拍打淡紫色的岩石，一层白沫浮沤聚集在岸边。有几棵凤尾竹弯到了水面上。远处的小岛犹如一棵棵青绿色的卫矛球，雾气缭绕，迷蒙而阴冷。

我们沿着湖畔，一边聊天一边散步。山风夹杂着暮霭吹来，有种春寒料峭的感觉。大约走了十分钟，绕到半岛东侧，是一片芜杂的树林，除了有松树、枫杨树、栎树和山毛榉，还有一团团的灌木丛，显然还没有经过开发。林间落满针叶与松塔，空地上种有蔬菜，菜地旁边有间石砌的小房子。

“他们该到了，咱们回去吧。”我说。

“他们几个都是谁呀？”孙老师问。

“祁宏伟、黄晓东、乔永、陈德坤和马光辉，正好一桌，该来的都来啦。”魏娟调侃道。

“哦，是他们几个啊。”孙老师似乎有点儿意外。

“我穿的衣服有点薄了，冷。”方慧说。

“山里的温度低，咱们回去吧。”孙老师说。

我们往回走。天色正黑下来。远处的苍山犹如暗室里一幅年代久远的水墨画，在刮得越来越大的风中，几乎可以感到山脊的摇曳。方慧打了个喷嚏，魏娟的围巾在风中瑟瑟飘摆，孙老师的波浪卷发几乎被风拉直了。气温在下降，寒意一阵阵席卷上来，好像我们正置身于某座昼夜温差相去甚远的孤岛，时间正接近气候最恶劣的那一刻。

山庄餐饮部灯火通明，人来人往。十个包间全部上满食客。包间是按山名区分的，如朗山厅、桂花山厅、金顶山厅。有的房间已经开始起菜，有的房间正在点餐。我们在乐山厅，是个十人台。十把软面木椅围着一张枣红色圆桌，桌上一面玻璃电动转盘，转盘中央放着一盆塑料玫瑰花。十套青花瓷餐具依次摆开。屋顶一部花式吊灯，灯光柔和而温暖。淡金色的窗帘拉开着。窗外夜色昏黑，只能看见山庄里几处路灯以及路灯下绿莹莹的植物。

“我没有订贵宾间，我怕喝醉了掉湖里接着喝。”魏娟打趣道。

“你打算不醉不归啊。”黄晓东说。

“这环境不错嘛，要什么贵宾间。”孙老师说。

“今晚醉也不归，我都安排好了。”魏娟说。

我们让孙老师坐上席，魏娟和方慧坐在她两边。魏娟要马光辉跟她挨着坐。马光辉也没客气，挨着魏娟坐下来。马光辉穿一件黑色立领夹克，内衬蓝色针织圆领T恤，下配牛仔裤。他的眼睛、鼻梁、脸蛋和身材加起来就是一个标准的“少女杀手”。他的发型不再是高中时长长的偏分头，换成了短发，同样帅得一塌糊涂。那时候他号称“十三太保”。

“今儿是按啥条件排位啊，要是论长相，我可能得坐门口。”黄晓东说。

黄晓东皮肤黑，高中三年脸上没断过痘，现在仍一脸的痘疤，贼眉鼠眼，头发稀黄，常常油腻腻的，就像戴着假发，是我们班第一大丑男。

“今天不排位，大家随便坐。”孙老师笑道。

我让黄晓东挨着方慧坐，晓东说，“就是不按长相，按学习成绩祁宏伟应该坐里面；按官大小，你是警官你该坐里面。怎么也轮不到我呀！”

“得了老黄，赶紧坐吧，别这么多事了。”陈德坤说。陈德坤留着永远不变的寸头，四方脸，圆下巴，大眼睛，一脸憨厚。

一个二十来岁的女服务员拿来菜谱和一张点菜单放在桌子上，让我们先点菜，然后她去了另一个房间。

黄晓东挨着马光辉坐下。我拉祁宏伟挨着方慧坐下，他号称“圣雄”，是我们班的尖子生。“圣雄”这个绰号不是赞他有什么领袖风范，而是他像极了高中历史课本里那个拉着纺车的老甘地。祁宏伟的抬头纹天生比较多，使他看起来时时刻刻都在沉思。我想起他高中时的样子——四肢如竹竿子，肋骨历历可数，近视镜永远架在鼻梁上，面黄肌瘦，少白头，一副百分之百苦行僧的德行。现在他胖了一些，比以前光鲜了那么一点点。我们已经有三年没见过他了。

“还是班长往里坐吧。”祁宏伟一脸谦卑的微笑。

“好了，赶紧坐吧。”我拍拍宏伟的肩膀，然后挨着他坐下。

陈德坤和乔永坐在靠门口的位置。

“我今天给大家搞好服务。”乔永开始倒茶水。

乔永几乎没什么变化，特别是相貌和气质，还是高中生的模样，白净的脸孔上还长了一颗新鲜的草莓般的青春痘，这家伙一点都不显老。

孙老师拿着菜谱，翻了翻说，“我最怕点菜，这样吧，卧龙湾的鱼是他们的特色，无鱼不成席，我点个一鱼三吃吧，其他的你们看着点。”然后菜谱传到方慧手里，方慧不点，传给祁宏伟。祁宏伟说，“老班长，你安排吧。”我说，“每个人必须点一个菜，想吃什么就点什么。”魏娟说，“点什么点，把菜谱拿来，阿永你喊服务员过来。”我把菜谱转给魏娟，乔永出去把那个二十来岁的女服务员叫来。魏娟翻着菜谱，对服务员说，“你记住哈，热菜要这一页，凉菜要这一页，汤类要这一页，主食稍后再说，去准备吧。”女服务员微笑着点点头，准备在菜谱上做记号。孙老师说，“你疯了魏娟，不要铺张浪费。”魏娟说，“今天请老师的嘛，得排场点儿，把酒打开。”马光辉说，“魏娟，看来你真是发迹啦。”陈德坤睁大眼，惊讶地扬起眉毛，额头上堆出两道长横纹。孙老师生气地说，“不行！李洞，你来点菜，不要超过八个，不够吃的话再点，今天又没有外人。”魏娟说，“你都不教我们了还不可一世啊。”孙老师说，“怎么，翅膀硬了是吧，想起义呀。”魏娟说，“好好好，听您老的。”我再次拿过菜谱。

黄晓东还在讲高中排位那些破事儿，孙老师出差进修学习那次，彭老师打破男女生不能同桌的惯例给我们排位，那段时间谁和谁成了同桌、谁和谁拉过手——黄晓东讲得眉飞色舞，马光辉低头喝水，乔永笑而不语，而祁宏伟和陈德坤显然还一头雾水。彭老师教我们语文，四十五六岁，一口洁白的牙齿，说话抑扬顿挫，文绉绉的，有点故作高深，也不乏幽默风趣，是个性情率真的人，同学们都很喜欢他。

菜上来四道，竹笋炒腊肉、西红柿炖牛腩、芥菜丝和后山珍珠菜，饭香四溢。魏娟说，“阿黄，你能不能把酒打开。”黄晓东说，“当然能，问题是我听你叫‘阿黄阿黄’的，怎么像称呼一条犬呢。”陈德坤扑哧乐了。大家取笑一通。马光辉说，“这比你那个外号强多了。”乔永微笑着，不声不响地把酒箱子打开，拿出两瓶剑南春，放在玻璃转盘上。我打开酒瓶，给每个人满上。

“请孙老师讲话。”我说。

同学们鼓掌，等孙老师说话。

孙老师说，“谢谢你们的邀请，这么多年还记着老师，我真的很欣慰；老师也祝愿你们事业有成，幸福美满；以后有机会大家多聚，来吧，咱们一起干杯。”我们都端起酒杯，孙老师说，“我不大喝酒，酒量也不行，但是这杯酒老师喝起。”孙老师一饮而尽，气氛立刻热烈起来。魏娟说，“老师就是老师！”大家开始畅饮。

“孙老师，对不起，我感冒还没好，我不能喝。”乔永说。

“吃头孢了吗？”孙老师问。

“吃的中成药。”乔永说。

“那你少喝点吧，不碍事。”孙老师说。

“第一杯必须喝起！”

“对呀，第一杯我们都喝完了。”

乔永苦笑着，分两次喝完第一杯酒，呛出两滴眼泪。黄晓东说，“你这货真娘们儿。”方慧说，“我也得少喝点，从来没喝过酒。”魏娟说，“那可不行，说好了，咱们今天喝醉不归。”方慧说，“跟你们不能比，我有人管了，我怕喝醉了回去挨打，夜不归宿就更严重了。”魏娟说，“除了慧慧同学，今天在座的都是光棍啦，孙老师也是。”孙老师一瞪眼，故作严厉地说，“别开老师的玩笑哈。”

两瓶酒喝完，大家小晕。孙老师说酒可以了，可以点主食了。魏娟不肯，又打开一瓶。祁宏伟说，“我不行了，已经醉了。”孙老师说，“最后一瓶，谁能喝再喝点儿，实在不能喝的就算了，不要勉强。”魏娟提议挨个给孙老师敬酒。大家一致同意。孙老师说，“怎么，想报仇啊。”魏娟说，“老师说哪儿去了，我们向您表示敬意呀。”孙老师说，“那好吧，点到为止，意思到了就行了，休想把我灌醉。”从魏娟开始，我们依次敬酒，一圈下来，孙老师揉着太阳穴说，“不行了，我一点儿也不能再喝了。”我说，“让孙老师歇歇，接下来大家自由结合，能喝的再喝点，自己把握好自己，都别喝醉。”黄晓东说，“班长说话都跟孙老师一个腔调，不愧是老师的大徒弟。”我说，“你得了吧阿黄。”黄晓东说，“咱俩碰一杯吧？”我说好的。魏娟跟马光辉碰杯，陈德坤跟方慧碰杯。孙老师问主食点了没有，我说点过了。魏娟对乔永使个眼色，乔永心领神会，又打开一瓶酒。

“来，高才生，走一个。”马光辉站起来跟对面的祁宏伟碰杯。

“不能喝了。”祁宏伟坐着没动。

“好了老祁，来吧。”马光辉隔空举着酒杯。

“我不跟小人碰杯，恶心。”祁宏伟摇摇晃晃地想站起来走。

“祁宏伟喝醉啦，你瞧他那样儿。”方慧笑道。

“光辉，咱俩走一个吧，老祁喝多了。”我端起酒杯。

我俩一饮而尽。马光辉掏出一盒中华香烟，抽出一支，然后放在玻璃转盘边上，让大家随便抽，接着掏出他的ZP镀铬铜制打火机。噔唧一声金属的鸣响，从打火机里跳出一条金色的火舌，舔着烟卷。一股白雾升起来。大家继续碰酒杯，黄晓东四面出击，最后缠着魏娟不放。主食上来，我发现，孙老师出去了，皮包挂在椅背上。我起身走出房间，外面风很大，走廊里有两个服务员在走动，从各个包间里传出客人们沸沸扬扬的喧嚣声。我低头看楼下，院子里草坪上有俩醉汉头对头说话。停车场那边两辆车在掉头，有两束灯光射过来。孙老师站在两棵大香樟树下，居然抽着烟，夜风正吹拂着她的头发，她将它们往后捋了捋，扔了烟头，合上大衣。

我回到屋里，乔永拿着一部相机正给大家拍照。

“来来来，老班长，一起喊茄子，一，二，三，开始，茄——子——”闪光灯咔嚓咔嚓闪了几下。

“再拍一张，班主任呢，得跟孙老师合个影呀。”

方慧跟孙老师打电话，让她回来吃饭。不一会儿，孙老师回来了。我们又拍了几张照片。我看见魏娟脖颈右侧，有一处紫色的疤痕，像一段蚯蚓黏在那儿。拍完照，大家边吃饭边聊。

“今儿乔永辛苦啦。”方慧说。

“应该的，为大家服务很荣幸。”乔永说。

“乔大诗人今天没喝好。”黄晓东说。

“其实我今天也没少喝。”乔永说。

“乔永，在哪儿发财啊？”魏娟问。

“在一家医药公司做销售。”乔永说。

“卖不卖安眠药，我天天失眠。”孙老师说。

“那当然有，我们卖的都是英国进口的呢，不过开药的手续控制很严。”乔永说。

“连老师也不能关照？”孙老师说。

“我试试吧，估计弄不多。”乔永说。

“嗯，算老师没白教你。”孙老师说，“现在还写诗吗？”

“偶尔写写。”

“干脆叫你‘乔普希金’得了。”黄晓东说。

“嘁，你也知道普希金。”孙老师说。

“不就是俄国大诗人嘛。”黄晓东说。

“嗯，不错，不愧是我的学生。”孙老师说。

孙老师喝得小醉，刘海不时垂下来，遮住眼睛。那是我第一次见她喝那么多酒，刚毕业那一年春节，同学聚会，孙老师也到场了，只是象征性地喝了一点。

魏娟的脸庞在酒精的作用下白里透红，意态慵懒，言语之间眼神迷离，单眼皮割成了双眼皮，加上她的大红风衣，显得魅力四射。

这时候，忽然停电了，整个农庄陷入一片漆黑。食客们一阵骚乱，有陶瓷或者玻璃器皿打碎的声音。

“大家别慌，饭店有发电机，稍微等一下，电工马上就来。”走廊里有人喊道。

在漆黑的包间里，我们埋怨着，黄晓东骂店家是什么玩意儿。有人推倒了什么东西，大家都停止不动了，生怕再弄坏了什么物件。魏娟又骂了两句。我说今天风大，农家乐这种地方容易停电。这时候我们听见桌子下面有动静，好像在吃东西，又好像在呕吐。

刺的一声黑暗里迸射出一道火石摩擦出来的火花，马光辉打着打火机，照了照。轻灵的火苗在房间里跳动，在座的每一张脸庞从黑暗里朦朦胧胧地浮现出来。方慧笑道，“啊，可好啦，祁宏伟在桌子底下。”

“快把他拉上来。”孙老师说，“说不让你们喝多，还是喝多了。”

“没喝多少啊，这家伙装的吧。”魏娟说。

我和乔永把他从桌子下面提起来，他胸前沾着五颜六色的呕吐物。一股难闻的秽气弥漫开来。

“我没，没事儿……”祁宏伟稀里糊涂地说，嘴里冒着白沫。

马光辉捂住鼻子，手指一拨，咔嗒一声合上了打火机盖，那朵闪耀着光焰的火苗熄灭了，我们的脸影再次淹没在幽暗之中。

“大家别着急，发电机马上就好。今天风太大了，变压器坏了。”酒店工作人员逐个房间打招呼。

“九点了，我先打车回去，你们玩吧。”孙老师说。

“这怎么行，你一走大伙就散了，老师是核心嘛，唱唱歌再走。”魏娟说。

“对呀，孙老师，唱会儿歌吧，好不容易把你请出来一回。”

这时外面响起发电机的轰鸣，房间里闪了一下，欻地亮了。食客们几乎异口同声地欢呼了一秒钟。我和乔永把宏伟送到客房休息，再返回餐厅吃饭。

停车场不少人在倒车，保安引导着，一辆一辆出了山庄。有的正落下玻璃窗跟送行的人道别；有的扶着栏杆呕吐；有的满脸通红，头发像鸡窝；也有的结伴搀着，勾肩搭背，骂骂咧咧，摇摇晃晃向客房部走去。

我们来到歌房，里面相当宽敞，有七八十平方米的样子。一排红色的沙发围成一个半圆，中间由三个长方形茶几连起一条翠绿色的透明的直面。茶几上并排放着四个银色的无线麦克风。对面的媒体墙，屏幕宽大清晰。吊顶的射灯球不停地旋转，将五彩斑斓的灯光投射到每一个角落。整体光线强度适中。北侧是一处卫生间，南侧是一面大落地窗，窗下有两张竹椅，竹椅中间隔着一张小桌。

孙老师在竹椅上坐下来，掏出手机，查找号码，似乎要打个电话，但又有些犹豫。她抬头看着落地窗，外面沉沉的暗夜将落地窗漆成一方深不见底的黑洞。由于室内外光线对比的缘故，一时之间没有一寸夜景可见。过了一会儿，随着眼睛对光线的适应，可以看见路灯下巨大的芭蕉和几棵山毛榉树，茂密的灌木丛沿着不规则的小溪绵延到一座灰突突的鼓起的小山。远处，隐隐约约可以望见半岛东南边，湖畔雾蒙蒙的路灯从林缝里射过来的光芒。

“让班主任先来一首。”魏娟把麦克风塞到孙老师手里。

孙老师把手机放包里，让给她点一首张雨生的《大海》，方慧坐到点歌台前，开始点歌。

《大海》的前奏音乐响起来，我们热烈鼓掌。

“我唱得不好，别笑话老师。”孙老师拿着话筒坐到沙发上。

歌曲唱得一般，但大家都很激动，多年来孙老师作为班主任高高在上，神圣不可侵犯。现在我们跟她在一起喝酒、唱歌，曾经压抑的、拘谨的、严肃的师生关系平添一层朋友之情，除了放松、自在，还有一种突然追平的感觉。

马光辉接着唱张学友的《祝福》，陈德坤唱周华健的《朋友》，魏娟唱田震的《干杯朋友》，乔永唱了一首《白桦林》。我唱的是伍佰的《挪威的森林》。

不知道谁要了两箱啤酒，开了一满桌。这时候，黄晓东唱动力火车的《背叛情歌》，极富冲击力，技压全场。马光辉不服气，开唱周杰伦，哼哼哈兮，双截棍满天飞。马光辉唱完，我又唱了一首《跟往事干杯》。大家边唱边碰杯。孙老师被我们的快乐和热情感染，情绪渐渐亢奋，不停地呷着啤酒，跟我们碰杯。

陈德坤开始唱《老鼠爱大米》。

马光辉将一条胳膊搭在魏娟肩上，俩人交头接耳，卿卿我我；黄晓东靠上来也跟魏娟勾肩搭背，光辉让他滚一边去，晓东让他滚一边去，魏娟哈哈大笑。光辉只好拉着魏娟坐到另一边。晓东也不再追，转而向我鸣不平。

“以前他十三太保，仗着长得帅，仗着老子是教育局局长，想泡谁泡谁，泡校花专业户，杀人不眨眼，光兴他放火不兴人家点灯，就他牛逼，在校外跟女生同居……”黄晓东一张大鲶鱼嘴开始熊侃。

“赶快闭上。”我掏出一支烟堵住晓东的嘴。

乔永去点歌台，让方慧过来唱歌。

“晓东的外号是啥，是不是叫‘野狗’？”陈德坤问我。

“‘野狗’是张斌。”我说。

“好像还有个叫‘猪精’的，是谁？”陈德坤问。

“连‘猪精’都不知道是谁，你还真是两耳不闻窗外事啊。”我说，“去年春节聚会她参加了，不说是谁了，你自个儿想吧。”

“晓东的外号到底叫啥？”

“叫‘刀疤’。”

“‘刀疤’？咋回事，没见他有刀疤啊？”

“个人隐私，不能说，你自个儿想哈。”

“你喝一瓶酒，我告诉你。”

这时候，屏幕上弹出吕方的《朋友别哭》，陈德坤拿起话筒开始唱，歌词朴实无华，情深意浓，陈德坤唱得很投入。一股暖流在每个人心中涌动，朋友这个词忽然变得格外慰藉。

陈德坤唱完，魏娟拿起话筒，模仿主持人的声音说："请大家安静，下面有请来自香港的著名歌星，十三太保马光辉先生，演唱一首非常好听的歌曲，《死了都要爱》，希望大家能够喜欢。"

大家热烈鼓掌。马光辉唱得激情澎湃，十三太保就是十三太保，把热烈的气氛又推向一个高潮。马光辉唱完，孙老师说："方慧，你一首还没唱呢，你唱一个。"

"慧慧来一首。"黄晓东喊道。

"慧慧来一首啊！"魏娟拍着手说。

"好吧，我给大家唱一首《雨蝶》。"方慧说。

"这歌强！"黄晓东赞道。

"献丑啦。"方慧说。

那一晚，我印象最深的便是方慧演唱这首歌。方慧当然唱得好，可以乱真。但主要是这首歌一下子勾起了我的回忆——我以为我可以忘却的回忆。

"老师，您不知道吧，那时候我们在班里偷着看《还珠格格》。"

“看小说还是电视剧？”

“都看过，那时候像着了魔。”

“那是哪一年？”

“1999年，您忘啦。”

“是那一年……”孙老师捧着酒杯。

大家不约而同地沉浸在《雨蝶》的旋律里，有的跟着哼唱，有的窃窃私语着什么。听完《雨蝶》，我内心仿佛打开一道生锈的闸门，有某种滚烫的东西涌了出来，灼伤了我，让我难受。我再也待不下去了。我走到那面漆黑的落地窗前，假装接了个电话。然后我告诉孙老师，告诉各位，警队有急事，我必须马上回去。孙老师醉眼惺忪，但还不忘提醒我路上要小心。方慧坚持搭我车回去。黄晓东骂所有的警察都不够意思。我和方慧离开的时候，我瞅瞅手机，正好是晚上十点一刻。我看见马光辉又打开一罐啤酒，射灯旋转的光影不断掠过他发红的脸庞，他端起酒杯，站起身，朝对面的角落走去。

我从歌房出来，其他歌房里依然歌舞升平，荡漾着狂欢。方慧问我开车没问题吧，我说小菜一碟。凌厉的夜风在湖面上卷起层层波浪，山中的密林兴起阵阵松涛。我把挡位放在三挡上，不紧不慢地行进在那条蜿蜒曲折的小水泥路上，仿佛是在逃离充满喧嚣又充满寂暗的房间。那一刻，我握着捷达车坚硬的方向盘，不停向前撕破朗山阴沉的夜幕，除了内心深处的躁动与不安，我并没有感到任何不妥。这世上从来不存在神探，没有谁能预料世事的变故，以及这变故给命运带来的惨痛与可怕。七年乃至更长的光阴，完全等量地流过每个人的生命，但又在每个人的生命里留下截然不同的隐秘的痕迹。谋杀从七年前就开始了，只可惜那一晚的风给了我某种启示，我却没能预感到，有些生命会停止成长，有些事情终究过不去，它还会回来，以某种意想不到的方式重新开启看似尘封的时光。

## 现　场

案发那天——卧龙山庄聚会之后的第三天，我正和女朋友在有意思餐厅吃午饭。与其说女朋友，不如说“对象”更恰当。我们是通过亲戚介绍认识的，接触不到一个月，还处在相互了解的阶段，这和谈恋爱多少不太一样。这种情况十有八九是奔着结婚去的。她叫姜楠，蚌城市法院书记员，小我两岁，长得漂亮，又会穿衣服，端庄而温柔。

星期天上午十点多，天气不好，阴沉沉的，早晨的雾刚刚散去。餐厅冷冷清清，几个年轻的服务员还没进入营业状态，一边打扫卫生，一边聊得津津有味，对我们爱理不理的。我们在二楼靠窗的一个卡座里坐下，姜楠把米色的金属链挎包放在靠墙的空位子上。我俩都没吃早餐，她要了一份有意思牛肉堡，一杯草莓汁；我点了一份海陆双鲜小份比萨，一杯红豆奶茶。

“我很能吃的。”她打趣道，褐色的眸子带着浅浅的娇羞。

“那就对啦，我们还要长个子呢。”我说。

她爽朗地笑起来，她的个头一米七左右，身材好得不得了。

“警察是不是很忙啊？”她圆润的下巴略带一点婴儿肥。

“是啊，”我说，“尤其是刑警。”

“印象中，刑警总是跟歹徒发生枪战。”她说。

“差不多吧，总之风险很大，连保险公司都对我们不感兴趣，”我说，“不晓得谁会傻到把宝押在我们这些苦命人身上。”

她笑而不答，然后郑重地说，“其实，我对破案很感兴趣。”说完站起身。

“有时候就像猜谜，我可以给你讲个案例。”我一边说，一边趁她不注意欣赏她。

她穿着一双粉红色的安踏运动鞋，浅蓝色的牛仔裤，上衣是一件鹅黄色的套头卫衣，外套一件白色的休闲夹克；扎着麻花辫；身上逸出淡淡的薰衣草的香味。

“真实案例？那不错。我上学时看侦探小说还被老师抓过，快说来听听。”她脱去休闲夹克，跟她的挎包放在一起。

这时候，赵大队的电话来了，朗山那边发现一具尸体，人手不够，要我回大队集合。我心头一震，站起来，走到旁边，跟赵大队说我在处女朋友。赵大队问我在哪儿，我说在有意思餐厅。赵大队让我尽快解决，待会儿让人走这边接着我。我说好吧。然后我回到座位上。

“是不是有事儿啦？”姜楠说。

“破案的破事儿。”我勉强笑道。

“这的确是‘破事儿’，什么案子呢？”

“出了人命。”

“哦！”她有些惊讶，“那你是不是要赶过去？”

“不打紧的。”一种不祥的预感笼罩了我。

“这种情况可以理解，我不介意。”

“起码得吃点东西吧。”我催服务员赶快上饭。

朗山，会是什么人呢？扩大搜捕范围，增加警力，没有一点眉目，案子应该很棘手吧。赵大队在未婚同志找对象这件事上，一向大力支持，但这回他几乎没给我任何优待，看来事情相当紧急。我不时瞟向橱窗外的街道，看来来往往的人群。

“你好像坐不住啦，像热锅上的蚂蚁。”姜楠说。

“有蚁后在，我可不敢擅自离守。”

“哈哈，去你的。”姜楠说。

“我真得去了，等会儿队里的车来接我呢。”

她点点头。我从口袋里掏出烟盒，告诉她我只是偶尔才抽一支烟。她说她在电影里见过，神探多半是会抽烟的。比萨和牛肉堡上来，我匆匆吃了两口，又喝了半杯红豆奶茶。她则非常礼貌地对待她的午餐，慢慢摊开一张餐纸，轻轻拿起来，咬了一小口，细细地咀嚼，微微地点头对口感表示肯定。

“还需要再点些什么吗？”我问。

“够了，不用了。”她舔着嘴唇说道。

“服务员，结账。”我冲服务员招手。

“要不我来吧。”她说。

“说好的，我请客。”

我的手机又响了，楼下，一辆警车停在有意思餐厅门前。

“实在抱歉，我得先走一步……”

“没事儿，赶紧去吧。”她通情达理地说，“别忘了，你还欠我一个案例没讲。”

“好的。”我说。

我走了两步，回头告诉姜楠下次我还请客。她努努嘴，对我点点头。

死者身份没有确定，案件性质还没定下来，我们是第二批前往的警力，负责外围排查。警车出了蚌城，直奔朗山方向。路面上已经启动了各级治安卡点，对来往的车辆进行盘查。我们这辆警车是一辆东风帅客，连司机一共坐了八个人，有像我一样的年轻警员，也有五十多岁的老民警，治安、交管、国保、禁毒各警种的同志都有，但凡命案都是全警种参与，集体作战。我们局里缺乏福尔摩斯那样单打独斗的天才。

帅客警车沿着前天我刚走过的路线行驶。有个五十三四岁的老民警说，朗山这一带的命案，在他的印象当中不外乎两类，一类是强奸杀人，一类是谋财害命，这和朗山的风水环境有关。

朗山缥缈着白色的雾霭。天气晴朗的白日可以望见云空寺的大殿以及竹林观的亭台。朗山主峰海拔2667米，面积八十多平方公里，境内大小山峰十余座，是国家级森林公园，AAAA级风景区。

案发现场不在中心景区内。第一次司机拐错了路口，朝神龙寨方向走了三四公里又掉头回来。第二次拐上的路正是前天我走过的水泥路。山林间雾气弥漫，树梢上黑色的鸟巢依稀可辨。走了一会儿，经过一个村庄的入口，入口处的一小块空地上，停着两辆警车，有一位交通协警拦住了我们，说前面停车不方便，有点堵，要参战人员步行过去。我们下了车，步行了将近半个小时，到达虎头崖。围着整座山崖拉了一圈带有蓝色“police”字样的警戒带。临时指挥部就在虎头崖枫杨林的边上。

警队集合整齐之后，赵大队向我们通报情况。死者，男性，二十五岁左右，尸源暂时不明，多处粉碎性骨折，推测内脏有严重损伤，大量出血，脑浆溢出颅外，有喷溅性血迹，死因初步判断系剧烈撞击致死。死亡时间大约在五十个小时前，也就是5月6号凌晨四点左右。我心里一阵悸动。5月6号凌晨四点，再往前推几个小时，我和我那帮同学正在附近的山庄里飙歌，我和方慧走之后，他们是什么时候结束的呢，不会出了什么事吧。

李副局长任专案指挥部指挥长，赵大队通报完基本情况，说了声“立正”，我们哗啦收回左脚。赵大队说，“下面请李局长做重要指示。”说罢从草地上拿起他的迷彩保温杯，拧开杯盖，呷了一口开水。李副局长说了声“稍息”，我们欻地再次伸出左脚。李副局长声音略带沙哑，但依然铿锵洪亮，“同志们，张局长有事提前走了，受张局长委托，我提几点要求。第一，要高度重视，人命关天，这个不用说了，利害关系大家都清楚；第二，重点排查附近的宾馆酒店、农家乐、村庄以及养殖场，尤其是近三日内在这一带吃喝玩乐的人员；第三，尽快查找尸源，弄清死者身份，排查过程中要注意发现近期突然失踪的人员，突然失踪的人员有可能是死者，也有可能是嫌疑人；第四，会后找赵大队认领自己的任务，立即进入角色，贻误战机者严肃追究责任，造成严重后果的坚决予以辞退。”

案发现场在老王岗镇辖区，我和老王岗镇派出所的副所长俞东杰分在第一侦查组，老俞任组长，负责排查两个自然村和两个农家乐。这四个地点和中心现场有着紧密的空间关系。

警队解散，我们领到任务，沿着一条狭窄的小水泥路向牧马场农家乐走去。俞东杰在本辖区工作，比较熟悉情况。

小路时而下坡时而上坡，部分路面出现断裂，坑坑洼洼。经过一片树林，雾气一团一团，不那么均匀，像游弋的云絮。暗绿的树梢飞出两只鹊鸟，山谷里回荡着它们的鸣叫。

“月黑风高杀人夜，真是动手的好天气。”俞东杰说。

“是他杀吗？”我问。

“尸体周围没有打斗痕迹，没有凶器，没有脚印；尸体身上除了摔伤，没有其他外伤；虎头崖上面也没发现疑点。”俞东杰说。

“俞所长看过现场了？”

“嗯。”俞东杰说，“老弟，你觉着这是不是意外呢？”

“我可吃不准。”我说。

“就算是自杀，也不该跑去那个鸟不下蛋的地方了断哪？”

“的确不寻常。”我说。

“我觉着既不是意外，也不是自杀。”俞东杰煞有介事地说，“5月6号夜晚，阴天，气冷，风骤，主大凶，所以我认为它是一桩杀人案。”

俞东杰三十五六岁，高高的个子，偏瘦，黄皮肤，一头浓密的短发，目光锐利，十分精干。

“5月6号晚上，我碰巧在卧龙山庄吃饭。”我说。

老俞扭过脸来，用他那犀利的眼神冷冷地打量了我。

他穿一双黑色警用皮鞋，深蓝色的警裤，浅蓝色的警衬束于腰间，外套一件棕色皮夹克，腋下暗挎五四式手枪，有大探长的气派。

“哦，那你可以提供些线索呢。”老俞拍拍我的肩膀。

然而他似乎不打算立刻向我了解当晚卧龙山庄的情况。他从路边齐腰深的草丛里揪了一根谷草穗，叼在嘴上。我们拐到一条石子路上，走了十几米，牧马场农家乐的大门出现在眼前。一条大黄狗用铁链拴在一棵松树上，远远的便汪汪叫起来，铁链铮铮响。从一排木屋后面传来马嘶，我们循声走去，一个中年人正在喂马。

“哎哟，俞所长，欢迎欢迎，你们稍等，我把草料拌拌。”喂马人招呼道。

“胡老板，最近生意怎么样？”俞东杰说。

“唉，一般般吧，这一段骑马的人少，你看马都长肥了，我这是让马儿吃草不让马儿跑，光上膘不干活。”胡老板说。

“昨天晚上客人多吗？”俞东杰问。

“客人不多，”胡老板边说边脱掉海蓝色的工勤褂，“你们是为命案来的吧，走，咱们屋里喝茶。”

牧马场农家乐没有客房，只有餐饮和跑马场。我们随胡老板来到客厅，老板娘泡了一壶毛尖，用一次性纸杯分别给我俩倒上。我拿出询问笔录纸准备记录。

“命案的事儿你了解多少？”老俞问。

“我不清楚，人家都去看，我没去。”胡老板捋着嘴唇上参差不齐的马鬃毛一样的胡须。

“5月6号那天几桌客人？”

“嗯——，五一期间生意好些，6号那天嘛，上午好像有五六桌，晚上三四桌。”胡老板厚嘴唇，看上去要比一般人的嘴唇有分量。

“都是些什么人？”

“都是些来玩的，带着孩子，骑骑马，吃顿饭。”胡老板不紧不慢地说，嘴唇间夹杂着口水的咂响声，这种声音让人觉得他胃口良好。

“有外地人吗？”

“大部分都是本地人，有一桌是外地的，好像是路过随便转转。”胡老板看着老俞说。

“二十五岁左右的年轻人，男性，有没有？”

“有是有，但没什么印象了，人家吃完饭就走了。”胡老板说。

“5月6号晚上，最后一桌客人是几点结束的？”

“最后一桌客人，大概是，十点多走的吧，我们收完摊子十一点多，那天天气不好，还停了一阵子电。”

“有没有听说谁家有口人不见了，或者找人什么的？”

“这倒没听说。”

“问你等于放屁。”老俞点上一支烟。

“我知道啥说啥，不知道也不能乱说啊。”胡老板狡黠地笑道，“你看，我平时不抽烟，也忘了给你拿烟了。”

这时候来了一拨客人，老板娘出去招呼了。

“‘五一’期间，包括最近两天，你在营业过程中有没有发现什么异常情况？”我问。

“那天晚上九点多的时候，有两个马仔撬一辆越野车，被我发现，他们骑着摩托跑了。”

“什么样的人？”

“看不太清，应该是十七八岁，那些人经常在这一带盗窃，俞所长还抓过几个。”

“你把5月6号的点菜清单找出来。”俞东杰说。

胡老板让他老婆去找，老板娘很快拿来一沓紫红色的清单存根，老俞翻了翻，转给我看，清单上字迹潦草，所有的“韭菜”都写成“非菜”，一共九张，和胡老板说的几桌客人大致吻合。

我们又询问了老板娘和一个服务员，所说大致相同。

我们来到餐厅，两位村妇正说笑着洗菜，看见我们进来，招呼一声“来啦”便不说话了。每间木屋里放着土家大方桌，方桌上摊着一次性塑料布，筷子、透明的塑料杯子也都是一次性的那种。接着我们去看跑马场，一大一小两个相连的土包，草坪上有一圈马蹄踏成的环形跑道，我们进去转了一圈，除了有四匹马和一头骆驼，什么也没发现。我们告辞去另一家农家乐。

“已经晌午了，吃完饭再走吧，我陪你们喝一杯。”胡老板说。

“不用了，谢谢。”俞东杰说，“对了，你上回不是说装监控吗，怎么没装？”

“一忙起来就忘啦。”胡老板说。

“尽快装，对你有好处。”

“我明白。”胡老板向我们挥着手说。

小路另一边，与牧马场相距五百米左右，便是垂钓园农家乐，大门口一边写着“餐饮”，一边写着“住宿”。园内有个大水塘，占地三十多亩；水塘边上建有钓台，塘面上漂摇着两艘小船，离小船不远有一群鸭鹅。水塘北面是两座小山。经过询问走访，“五一”期间客房部一共接待四个客人，一对夫妻和两个小孩，都没有登记；餐饮方面的情形同牧马场差不多。没有发现失踪人口，没有发现可疑人员。

“只能等死人自己说话了。”老俞说。

“可走访排查还要照常进行不是。”我说。

“是啊，下午再去那两个村子吧。”老俞说，“我带你去吃山鸡。”

“要不要向指挥部报告一下？”

“你向我报告就可以了。”老俞指着自己的鼻子跟我说。

我们是在一片猕猴桃园吃的午餐，那里的主人把老俞当成偶像崇拜。主人热情，鸡汤更是鲜美，那种山鸡是在山上散养的芦花鸡，长不大，长到老也只是二三斤，样子漂亮得像鹦鹉。

吃完饭，老俞突然问我，“你是不是想看看尸体？”我下意识地点点头，我知道核心现场普通侦查员是不能擅自进入的。老俞说，“你担心朋友出事？”我说，“也许纯属多虑，那天有那么多人吃饭嘞。”老俞说，“但是二十五岁左右的不多吧。”老俞带着我翻过一座山，然后扶着树木慢慢下到峡谷，谷底是一条接近干涸的小溪。我说，“我们那桌人都是二十五岁左右，你能告诉我尸体还有哪些特征吗？比如衣服、发型、长相什么的。”老俞说，“待会儿看看就知道了。”我们顺着小溪向前走，两边是陡峭的崖壁和茂密的树林，我不确定具体的方向。峡谷越来越狭窄，向上望，天空变成一道雾蒙蒙的白练。老俞说他到派出所工作之后，越来越懒散了。他两年前在市禁毒大队任教导员，一次带毒贩时疏忽大意，毒贩吞水果刀，造成重伤，他因此受到处分，被贬到老王岗派出所工作。

走了大概半个小时，我们攀着一处阶梯状的灰褐色的山岩爬上去，便看见了警戒带。老俞的皮鞋被岩石擦破了一块，他心疼了半天。越过警戒带又是一条干涸的小溪，两边是灌木丛和齐腰深的枯草。再向前十几米有一块二十来平方米的石地，地上有一摊风干的血迹，有一个用白石灰勾勒出的趴在地上的人形图案。尸体已经不见了。离图案不远的砂岩边开着几丛洁白的荼蘼花。

空地上扔着几双白手套，人形图案旁边放着一部打开着的犯罪现场勘查箱，里面有相机、卷尺、毛刷、放大镜、强光手电等物件。空地上方是悬崖，崖壁中上部凸出一块青灰色大石，看上去像张着嘴巴的虎头。崖上有两个人戴着黄色安全帽正在悬空作业。他们顺着一条登山索一边慢慢下来，一边查看崖壁上的痕迹。

一名法医从虎头崖的另一边绕过来，问俞东杰从哪里冒出来的。老俞指了指下面。法医说，尸体已经处理完毕，运到陈尸间去了。老俞问警犬嗅出什么没有。法医说警犬顺着嗅源一直走到报警人的家里，其他没什么发现。法医忙去了，我们没再多问。老俞说报警人是个养牛老汉，身上的膻味特别重。

离开现场，我们继续去走访。路上，俞东杰向我描述了尸体的情况，穿一条牛仔裤，一件黑色上衣，衣服摔得破破烂烂，脸上颊骨碎了，半张脸塌进去，已经看不出什么长相了。树林里零星的露珠从树叶间滴落。走过树林，一阵湿冷的山风吹过来，天幕阴沉，确有下雨的样子。俞东杰描述完，点上一支烟，深深抽了一口，然后问我，“兄弟，你感觉是你的人吗？”我说，“我记不准了，有点像。”俞东杰盯着我看了几秒钟，然后望着远处的山峦，轻描淡写地说道，“这可不是闹着玩儿的啊兄弟，会误了前程的。”我忐忑不安，脑子一片混沌，我说，“俞哥，我打电话问问他们吧。”我拿出手机，想给晓东、光辉他们打电话。俞东杰抓住我的手机，笑道，“紧张个啥呀，是谁还不知道呢。”我说我打个电话心里安稳些。俞东杰严肃地说道，“首先我希望尸体不是你的人，但如果是你的人，你更不能打这个电话，你是刑警，连这点基本常识都没有吗？”我把手机装进衣兜，我明白俞东杰的意思。此时我只能祈祷，这件事与我无关。

我们到的第一个村子是西岭村，报警的老汉就在这个村子，他叫王大山。我们到王大山家时，他和老伴正用铡刀铡草，刀刃切割草秸发出刺啦刺啦的声音。他虽然人到七十，但体力不减当年。

“见过铡刀吗？”老俞问我。

“头回见。”我说。

“你俩来啦。”看见我们，王大山停下手里的活儿，笑呵呵地跟我们打招呼，嘴里露出一颗银色的门牙。

“大爷大娘，你们好啊。”老俞问候道。

“你赶紧倒茶去。”王大山支使老伴道。

大娘让我们坐，然后倒茶去了。

“你叫王大山是吧？”老俞说。

“对对对，就是我报的警。”王大山说。除了银色的假牙，其他牙齿上糊着一层小米黄一般的牙垢，这老头儿从不在刷牙上费功夫。

“大爷，你可了不起啊，你的名字倒过来念就是山大王！”老俞说。

王大山哈哈笑起来。两间青砖小瓦房，一间泥坯厨房，院子不大，靠东墙有个牲口棚子，里面养了四头牛。牛棚里有股难闻的馊味。王大山跟我俩再次讲述了他发现尸体的经过。

王大山每天早上四五点钟就翻来覆去再也睡不着，那天天气转冷，他没有早起，躺在床上挨到天明。吃过早饭，因为老伴这些天一直咳嗽，野蜂蜜治咳嗽，他就溜达着出去采野蜂蜜。朗山这一带有许多蜂巢在岩壁上，采蜜人要费好大功夫攀爬，甚至冒着危险才能采到真正的野蜂蜜。

“我转悠到虎头崖那儿，在崖子下面小便，一扭头，我看见那边好像躺着个人，”王大山说，“当时有雾，我眼又不好，就走到跟前看看，一看真是个人，我说你咋啦，他一动不动，我蹲下来看，耳朵上、头发上白晶晶的都是白霜，我用手摸摸，冰凉冰凉的，还摸了一手血，我知道肯定出事了，赶紧回家找电话打110。”

天空飘起小雨，我们到王大爷屋子里坐。

“那地方那么背静，人怎么会死在那里呢，王大爷，你对这件事儿有什么看法吗？”老俞问。

“人命的事儿，我不敢乱说。”王大山摆着手认真地说。

“嗯，那好吧，不耽误你了，你忙吧，我们再走走。”俞东杰说。

“再坐会儿，天下着雨哪。”王大山说。

“没事儿，雨不大。”

走出王大山家的院子，老俞的手机响起来，是指挥部的文职打来的。俞东杰接完电话，表情凝重。

“怎么啦俞哥？”我问。

“尸源找到了，有人认领了尸体。”俞东杰说。

“哦……”我不敢往下问。

“死者叫马光辉，是你的人吗？”俞东杰沉声问道。

我觉着他其实已经看出来了。我没有回答，刹那间我内心忽然沉静下来，没有一丝不安，好比风浪中的小船，突然被掀翻，没入海底，为愈来愈浓重的黑暗所吞没。泪水从我眼睛里毫无征兆地流了下来。

“咱们去下一个村子吧。”我转身擦干眼泪。

“不用了。”俞东杰说道。

“怎么……”我问。

我还没意识到这件案子从找到尸源的那一刻已经有了新的侦查方向。

“兄弟，我得负责把你交给李副局长。”俞东杰坚定地看着我。

“明白。”我小声说。

我跟着俞东杰回到指挥部。我的不祥预感、我的忐忑不安在得知死者姓名的那一刻已经尘埃落定了。马光辉，十三太保，我的高中同学——从五十个小时前就躺在那儿，躺在荒郊野外，等着一个寻蜂的老人去发现，等着大队人马去发现，等着朝我刚刚开始的警队生涯挥出当头一棒。

李副局长安排两名督察将我带上警车，俞东杰拍了拍我的肩膀，跟我说，“这其实也没什么，凡事只要问心无愧。”他的声音就像一个老爹送儿子第一次出门远行，我却不敢直视他那张冷峻而刚毅的面孔。警队部分人马正在撤离，朗山最后一场春雨打湿了草木，打湿了峰峦，打湿了空蒙的天际。我艰难地点了点头，然后上了警车。

## 禁　闭

禁闭室铺着灰色的剑麻地毯，四围的墙壁是由浅黄色的长方块防撞软包包成的，乳白色的隔音吊顶；一桌一椅，一本《中华人民共和国人民警察法》，一张单人床，一套军绿色的被褥，是军用品店里卖的那种仿制品。前后墙的顶端分别安装了摄像头，我的一举一动隔壁的监控室看得一清二楚。

我陈述了5月6号那天晚上，我们九个人聚会的经过，从相约到餐聚，再到歌吧唱歌，然后十点一刻我和方慧离开了卧龙山庄。四十分钟左右回到城区，先送方慧回家，她家在永丰花园小区，然后我把车开到刑警队大门口，步行回去休息。我和同事郑志合租了一套两室一厅的民居，离刑警队不远。我到家十一点多，郑志还在看意甲联赛。接下来办案人员要去逐一印证我的话了，我能想象出他们在外面围着这宗案子怎样紧张而有序地开展工作。

禁闭室尚有一种新装修的异味，自从建好之后还没怎么启用过，极少有警员被关禁闭，我幸列其中，为期三天。他们通知了我的家人，没有提命案的事情，只说我公车私用，需要面壁思过。父亲跟我通了电话，要我好好承认错误。我让他们放心，这只是个小意外。禁闭期间，每天由两个老督察定时跟我谈话，进行语重心长又老生常谈的批评教育。禁闭的第二天俞东杰来看我，又问了一些相关情况，我得知他是这件案子的主办之一。他掏出手机，问我要不要给女朋友打个电话。我说算了，我没有女朋友。我不想把这件事情告诉姜楠。

禁闭的三天里，我几乎与外界断绝了联系，既不能打电话，也几乎听不见除例行谈话之外的任何声音。没有窗，看不见室外的光亮，一盏白色的壁灯二十四小时亮着，在我需要休息的时候可以申请关闭。吃饭有人送，吃完有人收，大小便有人陪，老督察说这待遇顶天了。三天里，除了刷过牙，没有洗过头发，也懒得洗手脸。大部分时间我都有气无力地躺在那张单人床上，在孤寂与失落中跌进昏沉的梦，或者望着白色的隔音天花板想起或近或远的一张张面孔，沉入回忆。

我推断这件事应该是个意外，我想不出会有什么人谋杀他，有什么理由谋杀他。我内心除了工作上的忧虑，更多的是愧疚。愧疚是因为我们一起吃饭，一起唱歌，我们都安然无恙，而他出了意外；愧疚是因为我没有跟大家一起玩到底，我出于个人的情绪自私地提前走了，而我是班长，是警察，倘若我们一起玩到最后，也许就不会发生这种事。无论如何这件事我都有责任。

我出禁闭室那天，俞东杰来接我。他要带我去洗澡，我说我只想回住所好好睡上一觉。他说，你不想了解一下案情？我说那是你们的事儿，我随时接受讯问，这件案子我至少是回避对象。我一边说一边收好督察交还的警察证和警衔。我是打心眼儿里不感兴趣，似乎有某种禁忌不断敲打着我。

“对你的查证已经结束了，你没有作案动机，更没有作案时间，你是清白的。”俞东杰说。

“谢谢大家对我的信任，谢谢俞哥。”我没精打采地说。

“瞧你灰头土脸的，没一点警官的样子。”老俞说。

我苦笑了一下。老俞拉着我，把我推进那辆白色二手高尔夫，是他自己的私家车。

我们到温泉洗浴中心，时针指着六点，老俞到吧台上领两个手牌，然后我们换上拖鞋，进入换衣房，脱下衣服，锁好柜门，来到浴池，里面还没有几个人。我枕着磨砂大理石池沿，慢慢地将自己的身体沉入碧蓝的水中，任暖流包围。水蒸气熏染着面孔，除了感到胸部有点压抑，浑身轻松，我闭上眼睛，尽量不去想近日发生的事。

“他们是说让你回避来着，我不同意。”大概过了两分钟，俞东杰说。

“哦，为什么？”我吹了吹嘴边的水珠。

“因为你对我有用嘛。”俞东杰笑道。

“你可以利用我，但是我不会参与侦查的。”我擦了把额头上的汗水。

“得了，领导已经同意了，让你跟我了，什么有限参与，你跟着我就得全面参与，我喜欢你，好兄弟。”老俞说。

“跟你学习我肯定愿意，但这件事我真没心情。”

“没心情，你就给我当司机。”老俞说，“这个案子现在毫无进展，传讯的那几个人都放了，我有很多方面需要你帮忙，就算帮哥的忙，就这么定了，等会儿出去喝酒。”老俞从水里站起来，再猛地向前扑入水中，溅起一阵浪花，浴池的水哗啦哗啦溢出来。

老俞的身材相当于一个举重运动员的缩小版，肩宽背厚，腰细臀壮，虽然偏瘦，但筋骨、肌肉强健，稍加塑身锻炼便是健美先生。

泡完温泉，老俞叫了两个搓背师傅。师傅说我至少有一星期没洗澡了。我说你怎么知道。他说我不光知道这，我估计你还没有女人。我说你是神探吗。他说才不是。搓完背，我们又冲了一会儿淋浴。回到换衣房，打开柜子，手机有两个未接电话，是给我介绍女朋友的那位表叔，我把电话打过去。

“怎么不接电话啊？”

“刚才在洗澡。”我说。

“出来了吧？”

“出来了。”我说，好像我进去过似的。

“没事吧？”

“没事了。”

“没事就好。”他说，“嗯，这段时间也没听你说，你跟小楠谈得怎么样？”

“没什么情况。”

“哦，顺其自然吧。”他说，“以后工作上注意点，别跟不三不四的人乱喝酒。”

“知道了。”

我挂了电话，穿上衣服。出了洗浴中心，我们去吃胡记烧烤。三斤羊肉串，一条烤鲤鱼，一盘水煮花生，一盘凉拌黄瓜。我和老俞一共喝了十四瓶啤酒，然后每人又来一碗饸饹面。老俞把我送到住所，告诉我明天早上八点半刑警队见，让我先看看他们的口供。

## 供　词

**讯问笔录（第1次）**

问：“把你本人的基本情况介绍一下。”

答：“我叫祁宏伟，男，汉族，现年27岁，2004年大学毕业后，在青岛打工至今。”

问：“家庭住址？”

答：“蚌城市十八里沟乡祁庙村。”

问：“知道为什么传唤你到刑警队吗？”

答：“知道，马光辉出事了。”

问：“怎么知道的？”

答：“昨天晚上上网，在我们班QQ群里看到的消息。”

问：“本月6号晚上，马光辉在卧龙山庄参加同学聚会，当时你参加了吗？”

答：“我参加了。”

问：“参加聚会的除了你和马光辉，还有谁？”

答：“还有我们班主任孙卿孙老师，还有黄晓东、李洞、乔永、方慧、陈德坤，还有魏娟。”

问：“把你们当晚聚会的真实情况如实交代一下。”

答：“当天魏娟在QQ群里邀请大家聚聚，我正好从青岛回来办事，就参加了。地点在卧龙山庄。当晚，我喝醉了，我酒量不好，他们把我送到宾馆房间，我呕吐了一阵儿，然后躺床上睡了，后来他们吃完饭去唱歌，我就不知道了。”

问：“没发现什么异常情况吗？”

答：“我没发现，至少我喝醉之前没发现。”

问：“你们喝的什么酒，你喝了多少？”

答：“喝的是剑南春，我喝的有三两吧，我没酒量，平时不大喝酒，啤酒喝两瓶就不行了。”

问：“酒是在饭店买的吗？”

答：“是魏娟带的。”

问：“你喝醉被送到房间时，是几点？”

答：“应该是九点左右。”

问：“谁送你去的房间？”

答：“是李洞。”

问：“你住的是哪个房间？”

答：“是408房间。”

问：“把你送到房间后，你都干了什么？”

答：“吐完躺床上就起不来了，睡了。”

问：“你自己住在408房间吗？”

答：“还有黄晓东。”

问：“黄晓东几点回房间的？”

答：“十二点左右吧，他回来时把我吵醒了。”

问：“你醒来之后，有没有再见到马光辉？”

答：“见了，黄晓东刚回来，他就来了。”

问：“他来干吗？”

答：“……”（被讯问人不语）

问：“别磨磨蹭蹭的，你们干什么了？不要浪费时间。”

答：“他让我跟他出去说说。”

问：“说什么？”

答：“我没有理他。”

问：“然后呢？”

答："然后他说，反正晓东也不是外人，咱们就在房间里谈吧。"

问："谈了什么？"

答："马光辉复读那年，他让我替他高考，他说他爸说了，给我拿两万块钱的报酬，我动心了，但又担心出事。他说他爸是教育局副局长，考场上的事儿都能摆平，尽管放心。我就答应了，结果确如他说，每场考试都顺利过关，我给他考了一个三本。"

问："这是哪一年的事儿？你当时在哪儿上学？"

答："……"（被讯问人不语）

问："你哑巴啦？快讲！"

答："是2001年，我当时在中南大学，刚读完大一。"

问："你替他考上三本之后呢？"

答："……"（被讯问人哭）

问："先把事情说清楚。"

答："反正事情都到这一步了，我也没啥隐瞒的了。第二年，就是2002年，他又联系我，让我给他表妹当枪手，报酬还是两万，我又答应了，可是出事了，考英语的时候我被揪了出来，事情通报到我的大学，学校要处分我，他爸出面，通过省教育厅的关系，我的事得到从轻处理，可是到了毕业，我拿不到毕业证，只能肄业。我准备考清华的研究生，没有毕业证我就无法考研，连工作都找不到。我就找马光辉，他让我等着，他说他爸说了，一定会让我拿到毕业证的。我又等了一年，还是没结果，今年我对马光辉说，我再拿不到毕业证，就把事情捅出去，反正我也完了，要死一起死。

“那天晚上，他跟我说，这件事找关系可能得花十几万元，让我出一半钱。我家经济条件不好，我跟马光辉说我没钱，他说没钱他也没办法，要不就再等等。我说我一分钟都不能等了，我骂他忘恩负义，他说我当枪手是自愿，出事大家都不想，啥事都有风险。我们就吵起来了。我知道这件事我也有责任，我不该见钱眼开，拿自己的前途冒险，那时候年轻无知，不知道事情的严重性。”

问：“你和马光辉争吵时，黄晓东在场吗？”

答：“在场。”

问：“还有谁在场？”

答：“就黄晓东，没有其他人了。”

问：“你和马光辉发生肢体接触了吗？”

答：“没有，黄晓东把他拉出去了，然后他就走了。”

问：“他走出你们的房间是什么时间？”

答：“十二点多了，应该是十二点半的样子。”

问：“马光辉出去之后去哪儿了？”

答："我不知道，他走之后我们说了几句话就睡了。"

问："说的什么话？"

答："黄晓东劝我，说有啥话明天再说，今天都喝酒了，说也说不清楚。"

问："黄晓东喝了多少酒，他当时清醒吗？"

答："我不知道他喝了多少，反正看着不醉。"

问："马光辉当时喝醉了吗，他平时喝酒吗？"

答："他当时也不醉，他能喝，酒量不小，上高中时就开始喝酒。"

问："你和黄晓东睡下之后，当天夜里你们有没有再出过房间？"

答："没有，我一直睡到早上八点半才醒。"

问："黄晓东夜里有没有离开过房间？"

答："应该没有吧，我没发现他出去过，我睡醒的时候他在卫生间解手。"

问："黄晓东和马光辉有过什么矛盾吗？"

答："应该没有，高中时他俩关系挺好。"

问："马光辉跟其他同学有过什么矛盾吗？"

答："我不清楚，我其实对他一点也不了解，高中虽然同班两年——他是高二转到我们班里的——但几乎没交往过，不是一路人。"

问："你几点离开卧龙山庄的？"

答："我记得是早上九点多吧，九点左右，我们坐乔永的车，一共四个人，走时黄晓东跟马光辉联系，电话打不通，魏娟的也打不通，停车场里她的车也不见了，以为他们一起走的。"

问："电话打不通，你们没有人去找一下吗？"

答："找了，黄晓东和乔永去他们的房间没找到，问吧台，吧台说魏娟早上七点多就走了，押金也没退，说晚上还继续住。"

问："吧台说看见马光辉跟魏娟一起走了吗？"

答："她没明确这么说，我们以为是这样。"

问："我们找到你传唤你时，你正要搭车外出，你既然已经知道马光辉出事了，为什么不主动到公安局说明情况？"

答："听说他出事儿我非常吃惊，同时我意识到我的毕业证更没指望了，我这一辈子算给这个人陪葬了，我万念俱灰，心里一片空白，只想着赶紧离开这个地方，再说我在外地打工，请假到期了，也赶着回去。"

问："你还隐瞒了什么？"

答："我什么也没隐瞒。"

问："你最好仔细想想，暂时先到这儿。以上你所说的属实吗？”

答：“属实。”

问：“把笔录核对一遍，看看是否与你说的相符，然后签字。”

**讯问笔录（第2次）**

问：“介绍一下你个人的基本情况。”

答：“我叫黄晓东，男，汉族，现年27岁，2000年高中毕业，后一直在郑州市科技市场打工，从事电脑销售。家住蚌城市郭湾乡黄楼村。”

问：“知道为什么传唤你到刑警队吗？”

答：“知道，同学出事了。”

问：“本月6号晚上，马光辉在卧龙山庄参加同学聚会，当时你参加了吗？”

答：“我参加了。”

问：“当晚你们一共多少人？都是谁？”

答：“一共九个人，有我，有班主任孙老师，有魏娟、方慧，有李洞、陈德坤、乔永、祁宏伟，还有马光辉。”

问：“在哪个房间吃的饭？”

答：“在二楼东头那个包间，什么厅记不住了。”

问：“祁宏伟喝了多少酒？”

答："也没喝多少，停电的时候他跐滑到桌子下面去了，李洞和乔永把他架到宾馆里的，他学习可以，酒量不行。"

问："停电是什么时间？"

答："八九点钟吧，当时都上主食了，山庄用发电机送了一会儿电，后来又来电了。"

问："谁组织的同学聚会，为什么聚会？"

答："是魏娟组织的，她几年没回来过了，也发财了，约老同学聚聚，团结团结。在我们班QQ群里约的。"

问："你不是在郑州打工吗？"

答："我正好负责咱们这个地区的销售，所以经常回来。"

问："你喝了多少酒，有没有断片的情况？"

答："白酒我喝了有半斤，后来到练歌房又喝了几罐啤酒，反正没少喝，断片倒没有。但是第二天头疼，我估计魏娟带的剑南春假了，要么就是练歌房的啤酒假了。"

问："马光辉喝多少，喝醉了吗？"

答："反正喝兴奋了，他一喝上劲就封不住，我们俩喝得差不多，要不是孙老师不能喝了，估计还得喝多。"

问："孙老师是怎么回事？"

答："孙老师那天高兴，喝了几杯白酒，但是她不能掺酒，在歌房一喝啤酒就不行了，魏娟跟她回宾馆休息，我们也走了。”

问：“你们几点去歌房唱歌的？又是几点结束的？”

答：“九点多到歌房，唱了两三个小时，结束的时候十二点多了。”

问：“唱歌时都有什么情况？”

答：“唱歌没啥情况，你唱了我唱，我唱了他唱，喝喝啤酒，就这些。李洞有事提前走了，方慧搭他车，也走了。”

问：“他们俩走的时候是什么时间？”

答：“是十点多吧。”

问：“在歌房，马光辉有没有跟谁发生什么事？”

答：“没有，他一直跟魏娟说话，两个人交头接耳的，没发现他跟谁发生过啥事儿。”

问：“他和魏娟有什么关系吗？”

答：“这我不清楚，魏娟的性格比较开放，光辉是那种花心公子哥，反正两个人当时比较暧昧，中间他俩出去了一会儿，后来孙老师要走，给她打电话，他们就回屋了。”

问：“他俩什么时间出去的，出去了多长时间？”

答：“应该是十一点多出去的，出去了二十分钟左右。”

问：“他们出去干什么，回来后有什么反常表现吗？”

答：“出去干啥我不知道，回来也没啥反常，俩人都很正常，然后我们就结束了。”

问：“唱歌结束，你们直接就去客房了吗？”

答：“是，直接就去了，客房吧台就在三楼。”

问：“房间是怎么安排的？”

答：“我和祁宏伟住一个房间，乔永和陈德坤一个房间，孙老师和魏娟一个房间，马光辉自己一个房间。”

问：“为什么是马光辉自己一个房间？”

答：“这你们得问魏娟，她安排的。”

问：“说说你到房间之后的情况。”

答：“马光辉跟我一起，他说他找祁宏伟说个事儿。到了房间，光辉喊宏伟出去一下，宏伟不出去，然后马光辉说拿毕业证得花十几万块钱，让祁宏伟出一半，祁宏伟说他一分钱也没有，两个人就吵起来了。具体他们说的啥事儿我不清楚，我问他们，他们都不说。”

问：“他俩怎么吵的，有没有过激行为？”

答：“祁宏伟说我操你妈，你过河拆桥，你爸就是贪官老混蛋。马光辉说我操你妈，你让我给你拉‘生意’，钱你也收了，我表妹到现在还没学上，你咋不说退钱，现在给你协调好了，你一毛不拔我有啥办法。他俩一人一句骂，他说他是小人见死不救，他说他是书呆子财迷心窍。我劝谁谁不听。最后祁宏伟说，如果我拿不到毕业证，我就举报你爸。马光辉就想上去打，我把光辉拉出去了。”

问：“然后呢，马光辉去了哪儿？”

答：“我把他拉到走廊里，劝他回房间休息，有什么话明天再说。他说没事，然后就走了。我回头又说说宏伟，然后我们休息了。”

问：“马光辉住的房间在哪儿？”

答：“他住的是贵宾房，带院的，房间号不知道，孙老师、魏娟住的也是贵宾房，他们应该挨着。我们的房间跟乔永住的隔一间，一个408，一个406。”

问：“你夜里有没有出过房间？”

答：“深更半夜出来干啥。”

问：“你确定没出来？”

答：“我确定，喝得头晕眼花的，躺下就起不来了。”

问：“谁能证明你没有出去？”

答：“祁宏伟呀，我俩住一个房间。”

问：“祁宏伟有没有出过房间呢？”

答：“我一觉睡到天亮，醒的时候见他躺在床上，夜里出去没出去我不知道，应该没出去，也说不准。”

问："既然你不确定祁宏伟是否出去过，祁宏伟又怎么能确定你有没有出去过呢？"

答："要是这样讲的话，我无语，你们尽管调查。"

问："聚会期间你难道没有发现可疑情况？"

答："这叫我咋说呢，都是同学，说好说歹都不合适。"

问："老实交代就行。"

答："叫我说，我觉着最可疑的是魏娟，吃饭的时候我就发现她跟马光辉眉来眼去的，唱歌的时候两个人卿卿我我，后来唱着唱着他俩出去那会儿，快十二点了，肯定发生了什么，后来又让光辉住单间，还住贵宾间，我是瞎猜哈，你们不妨查查。"

问："魏娟这个人你了解吗？"

答："说实话，上学时谁搭理过她呀，长得不咋地，天天趴到书本上也没考上啥大学，这几年在广州打工挣了些钱，烧包坏了，还整容，我怀疑她在南方没干啥好事儿。反正我觉着她不正常。还有我们班主任，以前在班里，我们这些差生在她眼里就是臭狗屎，班里学生两极分化，都培养成啥啦，高三死一个，现在又死一个，不请她吃饭还好，请她吃顿饭就吃出这样的'好'事儿。"

问："高三死一个是怎么回事儿？"

答：“吴梦莹自杀了，马光辉跟她谈恋爱，睡了人家，又把人家当鼻涕甩了。”

问：“吴梦莹是谁？”

答：“我们班的一个女生，是学校的校花。”

问：“谈谈这个事件，你都知道什么？”

答：“当时好像公安局也调查了，具体情况我不清楚。”

问：“这件事发生在什么时候？”

答：“我们毕业那一年，2000年。”

问：“你认为这些跟马光辉的死亡有联系？”

答：“这我说不了，咱也没看见，不能信口开河是不是。”

问：“你们同窗期间，马光辉跟谁发生过矛盾没有？”

答：“不清楚，我就知道他跟祁宏伟要干起来，看见啥说啥，没亲眼见的咱不能乱讲。”

问：“马光辉平时喝酒吗，酒量怎么样？”

答：“当然喝，初中就开始喝了，高中时还从家里把他爹的茅台偷出来喝，他比我酒量大。”

问：“当天晚上截至十二点多，马光辉是否喝醉了？”

答：“他喝得有七八成吧，要说醉也有点醉。”

问：“你是什么时间离开农庄的？”

答："第二天早上九点多，我们四个一起走的，我和祁宏伟，还有乔永和陈德坤。"

问："你们走时，没喊上马光辉吗？"

答："喊了，我给他打电话打不通，给魏娟打电话也关机，我和乔永去房间找，魏娟的房间没人，光辉的房间敲门也没反应，保洁员把门打开，也没人影，床上被子耷拉到地板上。我们到停车场，魏娟的车没了，想着肯定是他们仨一起走了。再一个，想着马光辉可能是不想和祁宏伟见面。当时是这样想的，谁知道会出这事呢。乔永问吧台，吧台说魏娟走了，她说晚上还回来，押金都没退。"

问："当时保洁员打开马光辉的房间，你们进去，里面都是什么情形？"

答："我们进去看了一下，也没怎么仔细看，啥情形呢，反正就是有人住过的样子，记不清了，我没留意。"

问："没有什么可疑情况？"

答："反正我没有发现。"

问："还有什么？想清楚。"

答："真没啥了，有了及时向警官报告。"

问："以上你说的话属实吗？"

答："属实，当然属实啦。"

问："把笔录看一遍，是否与你说的相符，然后签字。”

答：“不用看了，我签字就是。”

**询问笔录（第3次）**

问：“请把您个人的简历介绍一下。”

答：“我叫马建国，男，汉族，现年54岁，党员，在蚌城教育局工作，妻子韩素萍，住蚌城老教育局家属院。”

问：“您是马光辉的父亲吗？”

答：“……”（被询问人哭泣）

问：“对不起，我们现在可以问您问题了吗？”

答：“……”（被询问人点头）

问：“您今天下午，辨认的那具尸体，是您儿子马光辉吗？”

答：“……”（被询问人点头，哭泣）

问：“要不您先休息一下，等您觉着可以的时候，咱们再接着问。”

答：“不用，开始吧，你们抓紧办案。”

问：“好的，本月6号，马光辉准备去参加同学聚会的事，你知道吗？”

答：“当时他没跟我说，跟他妈说的。”

问：“怎么说的？”

答：“他说他晚上不在家吃饭了，跟几个同学聚会，还嘱咐他妈别让我知道。他妈说你别喝酒，早点儿回来，不然被你爸发现又挨批，他说好。这是那天晚上我回家后，他妈告诉我的。”

问：“他没说具体去哪儿、跟谁一起吗？”

答：“当时‘五一’节假期，同学聚会也很正常，想着他们吃吃喝喝就回来了，也没多问。”

问：“他为什么不让你知道？”

答：“这两年我对他要求特别严，逼着他好好学习，让他考公务员，去年没考上，我很生气。今年，我得知政府办六七月份要招一批公务人员，就专门给他找了两个辅导老师，给他集中训练，不让他出门，‘五一’他想去旅游我都没允许，6号下午他出门吃饭，我想算了，也不能管得太死，他怕我知道，我就装不知道吧。”

问：“那天晚上，他没回家，你们没联系他吗？”

答：“晚上九点多的时候，他妈给他打电话，问他结束了没有，他说刚吃完饭，唱一会儿歌就回去。他妈说你要是回来太晚，被你爸发现了，我可不管你。他说他知道了，放松一下就回去。他妈说回来了打个电话。他说好。当时听他说话非常清醒，所以也没太在意。”

问：“他没跟你们住在一起吗？”

答：“他嫌老家属院这边乱，我们在龙翔花园有一套九十多平方米的电梯房，今年他在那儿复习考试，晚上有时住那边，有时住这边。”

问：“那天晚上，他给你们回电话了吗？”

答：“没有，我那天也喝点酒，九点多到家，洗洗脚，跟我妻子说了会儿话，就睡了。我没想到会发生这样的事，我大意了，都怪我……”（被询问人哭）

问：“第二天呢？”

答：“第二天早上他没回来吃早饭，想着他肯定又睡懒觉了，我上班去了，他妈做完家务给他打电话，手机无法接通，他妈去单位上了一会儿班，十点多去龙翔小区看他，到屋里发现他不在家，就感觉不大对劲，跟我联系，说儿子不见了，我说指不定又去哪儿鬼混了，这孩子对他放松一点他就玩疯了。我把他妈怪了一顿。他妈跟他两个辅导老师联系，也没找到。到了下午，他的手机还是无法接通，跟他一个同学联系，人家说他没参加，不清楚。他妈让我问问他高中的老师，看看跟哪些同学聚的，问问咋回事儿。我气坏了，气他不争气，我当时还骂，说不用找了，他跑了我们倒省了心了……”（被询问人哭）

问：“他以前有过夜不归宿的情况吗？”

答：“偶尔有过。”

问：“有过离家出走的情况吗？”

答：“也有过，去年他不好好复习考试，我揍了他一顿，他跑了三天才回来。”

问：“接下来呢，你怎么知道他出事的？”

答：“一直跟他打不通手机，他妈一夜没睡好，今天上午，还是跟他联系不上，以前他不回来还能联系上，我也坐不住了，问公安局的一个老伙计，他在户籍科工作，他当时还不知道那边发现了尸体，他说应该没事儿，都二三十岁的孩子了。我说你打听一下，别万一有什么事儿，他说好。中午下班，他跟我联系，说朗山那边发现一具尸体，你要是不放心就去看看。我当时心里就咯噔一下。我问他是什么样的尸体，他说他没参与案件，具体情况不太清楚，李局长在现场指挥，让我问一下李局长。我给李局长打通电话，李局长说死者是个二十多岁的人，准备运到尸体停放中心，让我下午去看。今天下午两点左右，我到那儿一看，腿一软就站不起来了。”

问：“你儿子有过前科吗？”

答：“没有，他上学时虽然调皮，但是心眼非常好，对他妈很孝顺，亲戚朋友都说他好。”

问：“他跟什么人发生过矛盾吗，特别是最近？”

答："他有个同学叫祁宏伟，几年前，高考替他表妹考试，被发现了，祁宏伟被学校处分，至今没拿到毕业证，因为这个事儿他跟祁宏伟发生了纠纷。祁宏伟那孩子有点一根筋儿，这事儿一个愿打一个愿挨，谁也保不齐啊。他可能对我儿子怀恨在心。其他没有啥矛盾。"

问："那天聚会有祁宏伟吗？"

答："我不知道有没有。他今年春节来找过我，我跟他说别急，正给他想办法。问他过了年准备去哪儿，他说还去青岛打工。"

问："你和谁有过矛盾？"

答："李局长也问过我，我想来想去我没得罪过谁，没跟谁发生过矛盾冲突，我想不起来谁会害他。"

问："你妻子那边呢，有没有什么对立面？"

答："我妻子非常贤惠，在邮政局上班，连吵架都没跟人吵过，应该没有。"

问："你妻子现在怎么样，能讲话吗？"

答："还在急救室，挂着氧气，活成活不成都难说……"（被询问人哭）

问："你儿子平时有什么不良嗜好吗？"

答："什么意思？"

问："您别误会，这些对查案可能有帮助。"

答："我觉着他最大的不良嗜好就是贪玩，其他方面，像吸烟、喝酒，他也不是很过分，年轻人都会有。"

问："他有没有吸毒史？"

答："高中有一段，他跟两个社会青年混到一块，我听说那两个人吸毒，就把他狠狠教训了一顿，不许他再跟他们玩，那次我审问他到底有没有吸过，他说他就试过一次，出于好奇。他也很听话，从那以后就不跟他们来往了。"

问："那俩社会青年都是谁？"

答："我不记得了，好像叫'狗哨''黄毛'什么的。"

问："你儿子参与过赌博吗？"

答："这方面绝对没有。"

问："那天他去参加同学聚会，身上带钱了吗？"

答："带钱也不会多，顶多几百块钱，钱上我平时对他控制很严。"

问："其他贵重物品呢，比如首饰、名表什么的？"

答："他应该戴着那块手表，我去香港旅游捎回来的，不过两千多块钱，也不是什么贵重物品。他有条银项链，一直放在家里，十二岁的时候，他姑妈给他买的。"

问："你儿子订婚了吗？"

答："还在处对象，没有订婚。高中时候，财政局倪局长的女儿跟他谈过，我和倪局长关系很好，我们想等孩子将来大学毕业，两家结为亲家也是件好事儿，当时也就默许了，结果等大学毕业俩孩子思想变了，这事儿也不能勉强。"

问："他这两年有没有因为女朋友跟人发生过纠纷？"

答："应该没有吧，我儿子长得特别帅，都是女孩子追他，我听他说过，不过没听说他因为这个跟人打架什么的。"

问："如果你想起来什么，及时跟我们联系。"

答："好的。"

问："请您看一下笔录，是否与你所说相符，然后签字。"

**讯问笔录（第4次）**

问："带身份证了吗？"

答："带了。"

问："说说你的基本情况。"

答："我叫乔永，男，汉族，现年26岁，2000年高中毕业，2003年在蚌城康太医药公司打工至今。家住蚌城解放街茨园巷34号。"

问：“本月6号晚上，你在什么地方？”

答：“我在朗山景区那边，卧龙山庄。”

问：“你在那儿干什么？”

答：“参加高中同学聚会。”

问：“参加聚会的都有谁？”

答：“有我们班主任孙老师，有马光辉、魏娟、李洞、陈德坤，还有祁宏伟、黄晓东、方慧和我本人。”

问：“聚会期间都干了什么？”

答：“就是吃饭喝酒，聊天，吃完饭之后去唱歌，唱完歌回宾馆休息了。”

问：“谁约的，谁定的地点？”

答：“魏娟在QQ群里约的，她说她回老家办事，几年没见过老同学了，想借这个机会聚聚，问谁在家，我们就响应了，她问谁知道孙老师的手机号，方慧把号码发给她，她又邀请了孙老师。地点是在群里商量着定的，黄晓东说去东方明珠，李洞说东方明珠太正式了，而且没什么好玩的，光辉推荐卧龙山庄，说环境怎么好怎么好，然后就定了。”

问：“你是怎么去的？”

答：“我开我们公司的车去的。”

问：“其他人呢？”

答：“魏娟开一辆车负责接方慧，再和方慧去接孙老师；我们几个，一开始说马光辉开一辆车，后来又说他爸的公车不方便开，我就开了公司的那辆五菱面包，接上陈德坤、祁宏伟和马光辉，李洞说他单位有事儿，时间还没个准，让我们先走，不用等他，他办完事自己开车去，我又去接黄晓东，黄晓东跟一个客户发生点纠纷，耽误了一阵儿，我们到卧龙山庄天已经黑了，他们早到了。”

问：“你们九个人之间，谁跟谁有矛盾？”

答：“我觉得都没有，有的话也不会到一块儿聚会了。”

问：“你确定彼此之间都没有矛盾？”

答：“应该没有。”

问：“你当晚喝了多少酒，喝醉了吗，有没有断片的情况？”

答：“那天我感冒了，喝得不多，没有喝醉。”

问：“其他人喝得怎么样？”

答：“祁宏伟喝醉了，停电那会儿没看好他，当场晕倒在地上，吐了自己一身；后来到歌吧又喝啤酒，马光辉也喝醉了，黄晓东还行，孙老师、魏娟也喝醉了；还有陈德坤也喝多了，他越喝多越老实，两个手捧住头睡，喊他也不答应。”

问："还有呢？"

答："方慧没事，李洞也没事，歌没唱完他俩有事提前走了。"

问："李洞和方慧是什么时候走的？"

答："十点多了吧。"

问："唱歌是什么时候结束的？"

答："结束时十二点多了。"

问："唱歌期间有什么异常情况吗？"

答："没什么异常情况，就是唱歌喝啤酒。"

问："有没有因为喝酒出问题的情况？"

答："没有，就是话多了，比较兴奋，当时没发现出什么问题。"

问："你和马光辉之间发生过什么？"

答："没有，从餐厅出来去歌吧那会儿，他问我还写诗不写，我说写得少了。我问他近来怎么样，他说他爸让他考公务员，给他专门找两个辅导老师，他快烦死了，他说他跟考试有仇什么的。后来到歌吧，他唱了歌就跟魏娟一起聊，偶尔跟我们碰啤酒。"

问："他跟魏娟都说些什么？"

答："歌吧里听不清，我又没留意。黄晓东也想凑过去跟魏娟谈，马光辉有点吃醋，不让他靠近。"

问："黄晓东和马光辉之间发生过什么？"

答："他争不过马光辉，他长得丑，魏娟也不喜欢他。"

问："马光辉酒量怎么样？平时喝酒吗？"

答："他酒量还是不错的，平时他喝不喝酒我不清楚，我跟他接触比较少。"

问："你们当晚留宿的都是谁？"

答："除了李洞和方慧，都住在了卧龙山庄，当时夜已经深了，又喝那么多酒，所以没有再回城里。"

问："你住在哪个房间？"

答："我住在406房间，陈德坤和我一个房间。"

问："你们到房间就睡了？"

答："我们到房间，陈德坤说他喝多了，有点难受，我就烧了一壶开水，倒上一杯给他放床头柜上。我抽了一支烟，然后去洗漱一下就睡了。"

问："抽的什么烟？"

答："白沙烟。"

问："你休息之后，夜里出过几次房间？"

答："一次也没有，我一直睡到天亮。"

问："陈德坤呢？"

答："夜里我没有听见动静，我睡醒了他还没醒，他没有出去。”

问：“你确定吗？”

答：“我确定。”

问：“其他人住在哪里？”

答：“祁宏伟和黄晓东住在408房间，孙老师和魏娟住在贵222房间，马光辉自己住在贵666房间。贵宾间跟我们不在一个楼，他们在山庄西侧。”

问：“为什么马光辉自己住一个贵宾间？”

答：“普通间没有了。”

问：“你怎么没去和马光辉住，贵宾间不是更舒服吗？”

答：“毕业后，我跟他基本上没打过交道，没好意思去。再说是魏娟安排的，人家买单。”

问：“他们也都到房间休息了？”

答：“这我不清楚，马光辉去黄晓东那个房间坐了一会儿，不知道干什么，第二天听黄晓东说他和祁宏伟差点打起来，具体因为什么，他没说，我想主要还是喝多了。”

问：“卧龙山庄夜晚有没有值夜班的？”

答：“客房吧台有个女的值班，我们唱歌回来就是她给开的房。”

问：“山庄院里有巡夜的吗？”

答：“我没发现，没有巡夜的。”

问：“你什么时间离开卧龙山庄的？跟谁？”

答：“第二天早上九点多走的，黄晓东、祁宏伟、陈德坤我们四个一起走的，没找到孙老师和魏娟，也没找到马光辉，晓东打魏娟的电话关机，打马光辉的无法接通，当时要是跟孙老师再打个电话就好了。我和黄晓东去他们房间找，敲门不应，让保洁阿姨开门，房间里没人了，魏娟的车也不见了，以为他们一起走了。黄晓东说，昨天晚上魏娟肯定跟马光辉搞到一块儿了。”

问：“魏娟走之前没有退房吗，不是她开的房吗？”

答：“我们问吧台了，吧台说魏娟走时交代，押金暂时不退，晚上继续住。黄晓东还说他们搞得如胶似漆，难舍难分。”

问：“当时保洁员打开马光辉房间，你都看见了什么？”

答：“床上的被子掀开着，卫生间门口有一双一次性拖鞋，桌子上有半杯水，好像刚住过人的样子，就这些，没仔细看，一看没人我们就走了。”

问：“你对马光辉的死亡有什么看法？”

答：“我很遗憾，希望尽快查清楚。”

问："应该有什么没说的吧？"

答："知道的我都说了。"

问："你说的属实吗？"

答："属实。"

问："好吧，你最好没撒谎，看看笔录是否与你说的相符，签字。"

**讯问笔录（第5次）**

问："讲讲你个人的基本情况。"

答："我叫陈德坤，男，汉族，现年27岁，2000年高中毕业，2004年师范学院毕业后，在蚌城第二初级中学任教。家住蚌城东明街道办事处农业路246号。"

问："本月6号晚上，马光辉在卧龙山庄参加同学聚会，当时你参加了吗？"

答："我参加了。"

问："除了你和马光辉，还有谁参加了聚会？"

答："还有我们班主任孙老师、李洞、方慧、魏娟、祁宏伟、黄晓东和乔永。"

问："把当晚的活动情况陈述一下。"

答："我们先吃饭，然后去唱歌，唱完歌到宾馆休息，大致就这些。"

问：“为什么选择在卧龙山庄聚会？”

答：“我们在QQ上聊天商量的，说那儿环境比较好。”

问：“是谁说的那儿环境比较好，你之前去过吗？”

答：“马光辉说那里环境很好，之前我去过那一带的农家乐，去卧龙山庄还是头一次。”

问：“谁提出聚会的，是谁请客还是你们AA制？”

答：“是魏娟提出的，她从外地回来办事，顺便邀请大家坐坐，我三四年没见过她了，当天是她买单，听说她在广州混得不错。”

问：“魏娟在广州做什么生意？”

答：“她说她在广州卖化妆品，有车有房，要我们老同学去广州一定跟她联系。”

问：“你当晚喝多少酒？”

答：“我没少喝，白酒喝了有四两，啤酒喝了有三瓶，第二天头痛，恶心，不过当时还算清醒，最后感觉不能喝了就没再喝。”

问：“马光辉喝醉了吗？”

答：“在餐厅吃饭的时候没事，后来到歌吧我看他喝醉了，特别兴奋，唱一首歌喝一瓶啤酒，一会儿跟这个碰杯，一会儿跟那个碰杯。”

问：“你以前见过马光辉喝酒吗？酒量怎么样？”

答：“见过，他酒量不小。”

问：“你认为马光辉的事与他喝酒有关吗？”

答：“可能有吧，我只能说可能。”

问：“你和马光辉之间发生过什么？”

答：“我跟他没啥，关系还行。”

问：“你确定吗？”

答：“我跟他真的没啥矛盾，他人挺讲义气。”

问：“你们同学当中，他跟谁有过矛盾？”

答：“我不清楚。”

问：“当晚，你没发现他跟别人发生争执吗？”

答：“我没发现，就是酒桌上，马光辉跟祁宏伟碰杯，祁宏伟不跟他碰，祁宏伟喝醉了。第二天回到城里，我听乔永说那天晚上睡觉的时候，马光辉去了408房间，跟祁宏伟发生点摩擦，当时感觉挺意外。我问乔永因为啥，他说他是听黄晓东说的，没说因为啥，我们也没打听。”

问：“马光辉跟魏娟关系怎么样？”

答：“他俩上学时候关系一般，魏娟喜欢过他，但是马光辉看不上她，喜欢马光辉的女孩多。”

问：“那天晚上她跟马光辉之间有什么吗？”

答："那天晚上他俩走得比较近，头对头说话，我们都知道啥意思，唱歌中间他俩还出去了一会儿，黄晓东说马光辉就知道泡妞。"

问："魏娟和马光辉出去干什么，出去了多长时间？"

答："出去干啥不知道，半个小时左右才回来。"

问："李洞那天喝醉了吗？"

答："他没事，到歌吧唱了一会儿他说他有事，就走了，方慧跟他一起走的。"

问："李洞和方慧离开歌吧是几点？"

答："应该不到十一点，估计十点多吧，我们九点多吃完饭去歌吧，头一箱啤酒还没喝完，他就跑了。"

问："你们唱歌唱到几点结束的？"

答："十二点多，快一点了，感觉很困，我平常十点左右就睡觉了。"

问："结束之后呢？"

答："结束之后就去客房了。"

问："当时山庄里还有其他什么人在活动吗？"

答："歌吧里我们是最后一拨人，有个服务员拿着单子让我们签字，魏娟签的字，没见其他人在活动，餐饮部都关灯了，院子里好像也没人了，三楼吧台有个女的值班，给我们开了四个房间。"

问：“你住在哪个房间，和谁一个房间？”

答：“我和乔永一个房间，在406。”

问：“你们到房间里都干了什么？”

答：“啥也没干，喝点茶就睡了。对了，刚到房间电话响了，一接，是个女的，说是按摩中心的，问要不要按摩，我说不需要，然后就挂了。”

问：“真没要按摩的？”

答：“真没有，那是违法的，都知道。”

问：“乔永喝醉了吗？”

答：“他没有，他那天喝得最少，他说他感冒了，还吃着药，我们没让他多喝。”

问：“他跟马光辉有什么矛盾吗？”

答：“他跟光辉也没啥矛盾，上学时候人家都喊他诗人，搞绘画的，很有才，人不错。”

问：“你们睡觉之后，乔永有没有出过房间？”

答：“应该没有吧，他要是出去的话我应该知道。”

问：“你呢？”

答：“我也没出去，一直睡到第二天早上。”

问：“夜里你没听到什么动静吗？”

答：“没有。”

问：“马光辉住哪个房间，跟谁一个房间？”

答："马光辉住的是贵宾间，房间号我没印象，应该是他自己一个房间吧，因为我和乔永一个房间，祁宏伟和黄晓东一个房间，孙老师和魏娟一个房间，就剩他自己。"

问："为什么没人跟他一个房间？贵宾间不是更好吗？"

答："这我没在意，可能他那个房间是单人间，或者大床房，其实住啥房间都一样，就一晚上。"

问："谁分配的房间？"

答："我没注意，我当时头晕，胃里满，他们开房，我把身份证给乔永，然后在旁边等着，开完房我就跟乔永到房间里了。"

问："你是什么时间离开卧龙山庄的？"

答："第二天早上九点多，我们乘坐乔永的面包车来的，走也是坐他的车走的。"

问："你们几个人一起走的？"

答："我们四个，我、乔永、黄晓东和祁宏伟。"

问："马光辉呢？"

答："当时还不知道他出事，我和祁宏伟坐在车上等，黄晓东和乔永去找他，回来说他跟魏娟和孙老师走了。然后我们也走了。"

问："你是什么时候得知马光辉出事的？"

答："今天你们到学校找我，我才知道。"

问："你对马光辉这件事怎么看？"

答："我感到很后悔，要是不玩得那么晚、不喝那么多酒，可能悲剧就不会发生了。"

问："以上你所说的话属实吗？"

答："完全属实。"

问："请你把笔录核对一遍，看看是否与你说的相符，然后签字。"

答："好的。"

**讯问笔录（第6次）**

问："介绍一下你的基本情况。"

答："我叫孙卿，女，汉族，现年49岁，蚌城一高教师，住蚌城一高家属院，2号楼，3单元，四楼401房。"

问："我们在老王岗镇西岭村附近的一处山崖，发现一具男尸，经过查证，死者名叫马光辉，26岁，蚌城人，听说是你以前教过的一个学生。"

答："……"（被讯问人流泪）

问："请回答问题。"

答："是，我记得，有这个学生。"

问：“本月6号晚上，马光辉在卧龙山庄参加同学聚会，当时你参加了吗？”

答：“我参加了。”

问：“请把当天晚上你们聚会的情况叙述一下。”

答：“我很内疚，出了这样的事情，我有不可推卸的责任，我都不好意思说，那天我也喝了不少酒，他们对我很尊敬，我很感动，可是，想不到，我希望这不是真的……”

问：“请你克制一下情绪。”

答：“好吧。我也不知道该说什么，你们有什么问题尽管问，我回答就是。”

问：“当晚参加聚会的有多少人，都是哪些人？”

答：“一共九人，有我，有我的学生魏娟、方慧、李洞、祁宏伟、乔永、陈德坤和黄晓东，还有马光辉。”

问：“聚会之前谁邀请你的，你事先知道都是谁参加吗？”

答：“是魏娟跟我联系的，那天我正好没事儿，在屋子里闷了一天，想出去透透气，她说有七八个同学，我问都是谁，她说见了面就知道了。我也没再问。”

问：“地点为什么选择在卧龙山庄？”

答：“是他们选的地方，魏娟和方慧开着车到一高接我，我问在什么地方，她们说在朗山风景区那边，我说去那么远干吗，她们说那边环境好，就当朗山一日游。我说好吧。”

问：“你以前在卧龙山庄吃过饭吗？”

答：“去过两回，风景确实不错，就在朗山脚下。”

问：“那天你是几点到达卧龙山庄的？”

答：“魏娟接着我的时候是下午三点多，我们到朗山景区，顺道逛了金沙湖和竹林观，然后到卧龙山庄的时候是五点半吧。随后，李洞开着车也到了。”

问：“几点开始就餐的？”

答：“上菜的时候有七点了吧。”

问：“用餐期间有没有恶意逼酒的情况？”

答：“恶意逼酒倒没有，他们刚刚踏入社会，有的还没毕业，还都很纯真，见了老师、老同学，回忆回忆往事，叙叙旧，特别兴奋，喝起酒来就不知道控制了。我还一直提醒都不要喝多，可是你给我敬一杯，他给我敬一杯，把我也喝醉了。”

问：“据你了解，你的学生中间有没有什么矛盾？”

答：“我了解的，没什么矛盾，上学那时候，我要求比较严厉，说实话都很怕我，没人敢挑事打架。要有矛盾也是跟我有矛盾，我以前脾气比较坏，整他们一点不留情面，懂事儿的知道我为他们好，不懂事儿的可能就会恨我，不过大部分都很尊敬我。”

问：“祁宏伟替马光辉高考的事你不会不知道吧？”

答：“我听说过这件事，但具体情况不清楚。”

问：“你对这件事有什么看法？”

答：“即使因为这件事他们产生了什么矛盾，我想也不至于到杀人的地步吧，我想不会。”

问：“吴梦莹是你班的学生吗？”

答：“是的。”

问：“马光辉跟她……”

答：“我知道你们想问什么，那件事当年警方有结论，校方也进行了赔偿。我作为当时的班主任有责任，我很难过。但是现在与本案无关，我能不回答这方面的问题吗？”

问：“那好吧。你们几点开始唱歌的？”

答：“吃完饭九点左右吧，随即就到楼上的歌房唱歌，我想提前回，他们不让，我不想扫他们的兴，毕竟这么多年过去，他们还想着老师。”

问：“唱歌期间发生过什么异常情况？”

答：“我没看出有什么异常，一个个生龙活虎的，我也唱了一首歌，然后喝了一瓶酒就蒙了，被他们带的，也有点小感慨，谁没年轻过呢。后来我喝醉了，听他们说话，听他们唱，玩得挺开心的。中间，李洞说警队还有事儿，提前走了，方慧也走了。然后又玩了一阵子，我实在受不了了，精力哪能跟他们比啊，我就要走，魏娟说太晚了，不走了，直接在山庄住一夜，我看看手机，十二点半了，索性就住下了。”

问：“你住在哪个房间？”

答：“我住在那座楼西边的小客房里，说是贵宾间，房间号好像是222吧，我记不太清了。”

问：“你自己住？”

答：“魏娟跟我住一个房间。”

问：“其他人住在什么房间？”

答：“这些我没留意。”

问：“你回到房间之后呢？”

答：“回到房间，洗了洗，我们俩就各自躺下，我睡不着，我有失眠症，我就跟魏娟说了一会儿话，问她在广州怎么样，她说她也很辛苦，准备回来发展，不想在那边待了，又讲了些上学那两年的往事，魏娟说她暗恋过马光辉，我说怪不得你没考上大学。说着说着她睡着了，我就关了床头灯，强迫自己入睡，你们不了解失眠多痛苦。”

问：“关灯之后，当天夜里你一直在房间休息吗，没再出房间？”

答：“我那天没带安眠药，翻来覆去睡不着，我感到头胀，胸闷，就出去了一会儿。”

问：“几点出房间的？”

答：“一点多吧，或者两点左右，我出来时没开灯，也没拿手机。”

问：“出来后，看见了什么，又听见了什么？干了什么？”

答：“我出来之后，站在院里揉揉太阳穴，然后顺着小路往西边走走，没遇见什么人，有几个贵宾间的窗户还亮着，听见的只有夜风，嗖嗖地吹过树林。”

问：“哪几个房间的窗户还亮着？”

答：“就在我们房间附近，就那一片儿，具体我也说不清。”

问：“你从房间出来，都去了什么地方？”

答：“我向西边走，一直走到湖边，湖边的鹅卵石小路上，有两个路灯，我就沿着小路在湖边散步，后来坐在一块石头上，让自己醒醒酒。”

问：“描述一下当时你在湖边的环境？”

答：“当时湖面上雾气弥漫，潮气很重，风吹得很大，我听见波浪的声音，对岸隐约有灯光，或者是在湖面上，我不太确定。”

问：“你在湖边多久？”

答：“十来分钟吧。”

问：“你当时穿什么衣服？”

答：“我披了一件大褂。”

问：“冷吗？”

答：“很冷。”

问：“又冷，又潮湿，又吹着大风，你依然站了十几分钟，是吗？”

答：“是的，我觉着很好，对我来说……”（被讯问人流泪）

问：“除了在湖边，还去了什么地方？”

答：“没有再去什么地方，我顺着原路回去了。”

问：“你几点从湖边回房间的？”

答：“……”（被讯问人哽咽，不语）

问：“请你平复一下情绪，回答问题。”

答：“我感到冷得很，浑身疼痛，我想我可能感冒了，就回房间，那时候应该是两点多了吧。”

问：“两点多少，你回去没看看时间吗，仔细想想，具体几点几分？”

答：“我没看手机，应该不到三点。”

问：“你从湖边回来时，看到了什么？”

答：“没看见什么，山庄院里没一个人影，有几个房间的灯依然亮着。”

问：“你回到房间时，魏娟在吗？”

答：“她在。”

问：“在你出去的这段时间里，魏娟有没有出过房间？”

答：“应该没有，我回来时，她睡得很安静。”

问：“她一直睡着吗，当夜有没有出去过？”

答：“应该没有，我回来之后觉得浑身发抖，裹紧被子，昏昏沉沉地睡了，夜里没听见什么动静。好像没有。”

问：“说实话到底有没有？”

答：“应该没有吧。”

问：“你出去她知道吗？”

答：“她不知道。”

问：“她夜里什么时候出去的？”

答：“我只是说她应该没出去过，我不敢确定。”

问：“你是什么时间离开卧龙山庄的？”

答：“第二天早上七点我们就起床了，我八点有课，早上找不到出租车，我让魏娟送我，我们简单洗漱了一下就走了。”

问：“就你俩吗，其他人呢？”

答：“我让魏娟把押金条先给祁宏伟他们，魏娟说房子不用退，她晚上约了另一帮朋友，她跟吧台交代了一下，然后我们离开了山庄。”

问：“你俩走的时候没给其他人打个招呼？”

答：“他们还没起床，当晚休息得那么晚，就没打招呼。”

问：“魏娟把你送到家之后，她去干什么了，又回卧龙山庄了吗？”

答：“她说她回老家看看，下午再来，应该是直接回老家了。”

问：“你对马光辉的死有什么看法？”

答：“我希望你们尽快破案，抓住凶手，我是一名教师，我爱我的学生。”

问：“没有什么要补充的吗？”

答：“没有了。”

问：“以上你所说的话属实吗？”

答：“属实。”

问：“请你把笔录核对一遍，看看是否与你说的相符，然后签字。”

# 失 踪

我没有想到笔录里会出现吴梦莹的名字，孙老师不愿重提当年的往事，我更不愿去多想，就像孙老师说的，这件事与本案无关。我匆匆把卷宗收好，交给内勤。方慧的口供和我说的大致相同，我们没有参与聚会的下半场，似乎成了一件值得庆幸的事。其他同学和孙老师在被传讯四十八小时之后，也已经释放。法医从现场没有找到他杀的证据。

阳光漫过审讯楼深蓝色的屋顶，洒满刑侦大队的院落。透过玻璃窗，我看见俞东杰把那辆帕拉丁车从车库倒出来，打开引擎盖看了看，然后从食堂提了一壶水。我走下办公楼，问他车怎么了。

“缺水了。”老俞说，“咱们的警车都跟没娘的孩子差不多。”

“是啊，少有人心疼。”我说。

“上车。”老俞放下引擎盖。

我上了车，坐在后排座位。老俞加完水，把水壶送回食堂，然后坐进驾驶座，砰的一声关上门。我们出了刑侦大队大门，左拐，朝中心城区驶去。老俞打开车载CD机，播放的是童安格的《听海的歌》，车内立刻弥漫起伤感优美的旋律。他跟着哼了头两句。外面是个大热天，气温大幅上升，隔着车窗玻璃阳光依然耀眼。街上的男男女女早已换上单衣薄片。

“咱们去哪儿？”我说。

“去一趟房管所。”俞东杰说。

“去房管所？”

“你看卷宗是不是缺一个人的口供？”俞东杰说。

“好像没有魏娟的，她没有到案？”

“失踪了。”俞东杰说。

“怎么会呢，负案潜逃？”

“也许她摊上了其他事呢。”

“你觉得她没有嫌疑？”我问。

“看样子是有。她家在胡屯镇魏楼村，胡屯派出所查过了，5月7号上午她回了一次老家，然后就失联了。”俞东杰说。

我们转到沿溪路，顺着清河继续向东走。河边的垂钓者，歪戴着太阳帽，站着或者跷着二郎腿坐在马蹄凳上，眼巴巴地瞅着浮标子。垂柳下的散步者一边观看，一边指指点点。十年前河道还没有治理，两岸野草丛生，河坡上只有一条狭窄的林荫小道。

“咱们去房管所干吗？”我问。

“我调阅了交管系统车辆出入监控记录，魏娟那辆福特车至今没有出城记录。除了6号夜晚在卧龙山庄，各辖区内的宾馆酒店也没有发现她的入住记录。她弟媳说她在蚌城有套房子，不知道在哪儿。”

“她父母不知道吗？”

“她父母说她在城里没有房子。听包村民警说，魏楼村里的人对她评价不大好，说她——，就是那个。”俞东杰说，“咱们不妨查查。”

我们进入挚地大道，街道两边的法桐枝繁叶茂，相互连接，将整条街变成一条绿色通道。穿过十字路口，来到房管所门前，下了车，老俞戴上墨镜。

服务大厅有三个窗口，每个窗口都有人排队。墙壁上布置着“房产交易指南”之类的宣传栏。大厅一侧有个咨询台，台前写着“热情服务，一心为民”。咨询台上坐着个女的，三四十岁，染着棕黄色的头发。我们在大厅观望走动，那女的站起来，瞅着我和老俞，随后走上前来。

“你们是暗访的吧？”女的说。

“你怎么知道？”老俞佯装惊讶。

“我看出来啦。”女的说。

“嗐，戴着墨镜都被你看穿了。”老俞取下墨镜，拿出工作证给她看，“不过，你看错了，我们是查案子的，想请贵单位帮个忙。”

“原来是警察。”女的笑道，“我们能帮什么忙？”

“我们需要查一个人，看看她在城里有没有房子。”

“这个涉及公民个人信息，我不知道能不能查，你们带什么手续了没有？”女的有点为难。

“我们要查的人是个嫌疑人，这里有姓名、身份证号码。”老俞给她一张纸条。

“要不我打个电话，请示一下领导吧。”女的说。

“你长这么好，就这点小事儿还——”老俞说。

“这跟长得好歹没关系，”女的笑起来，抬眼瞄了瞄老俞，“看着你面熟，这样，你们稍等一下。”

女的拿着纸条上了二楼。老俞规规矩矩地坐到咨询台上，两肘拄着桌面，笑呵呵地跟正在进来的人点头示意。不大像咨询接待员，倒是像极了一个大个子保安。大概过了十分钟，女的从楼上下来，递给我们一张单子。

魏娟那套房子在解放路西段，人民公园北大门对面。那是由三排薯红色的居民楼构成的一个小区。院门口没有设保安亭，两扇不锈钢大门，一扇开着，一扇关着。我们把车停在公园门口的便道上。老俞打开后备厢，拿出一顶蓝色的太阳帽让我戴上，他拎着一个绿色的工具箱。我问是不是真工具箱。老俞提起来晃了晃，明显没那么沉。老俞说只有两根伸缩警棍。合上车后备厢，我俩朝院里走，多少有点像电工或者装宽带的。楼下有几个打麻将的老太太正专心致志地码牌，只有一个老太太扭脸笑呵呵地看看我们，她大概是听牌了。

我们继续往里走。俞东杰说，“如果人在屋里，你直接敲门。如果没有人，咱们就撤，避免打草惊蛇。”我点点头。小区一共三幢楼，最下面是两米左右高的车库，车库以上五层，顶层带阁楼。其中两幢楼每幢三个单元，最后一幢只有两个单元。魏娟在最后一幢，第一单元，五楼东户。过道上有个卖草莓的大叔，蹬着人力三轮，车兜里放着两竹篮红艳艳的新鲜草莓，有两个女的正跟大叔搞价。

我们走进楼道，轻手轻脚向上爬。红漆的钢筋扶手，摸上去涩涩的，楼梯比较狭窄。俞东杰在前，我在后，一直爬到五楼，也没有碰上什么人。每层都是栗色防盗门，门上都贴着过春节的门神画。只有五楼东户魏娟家的门上空空如也，浅蓝色的保护薄膜还没有揭，落满灰尘。我们听到里面有隐隐约约的说话声。银色的门把手上有抓过的新痕；猫眼有拧过的痕迹；门前水泥地面上有叠加的不甚明显的脚印。

这时候楼下传来咔嗒咔嗒上楼的声音，像是穿着高跟鞋。屋里的说话声停止了，他们显然也听到了动静。高跟鞋的声音走到三楼或者四楼消失了，随即响起用钥匙开门的声音。屋内再次响起隐隐约约的说话声。俞东杰站在猫眼视线之外，示意我敲门。

我举起手哒哒哒敲门，间隔着敲了三次，屋内没有任何反应。我稍稍加重力度，砰砰砰，“有人吗？”我问道。仍然没有动静。

“接着喊，喊她的名字。”老俞低声说。

“魏娟，开门啊，干吗呢？”我敲着门喊道。

“谁啊？”门后面传来沉闷的声音，是个男的。

“线路改造，需要穿根线，这是魏娟家吧？”我说。

屋里人稍稍停顿了一下，然后门吱嘎一声开了一拃宽的缝。那男的光头，二十来岁，鼻孔大得能填下两个大拇指，从鼻孔里冒出来的气体有一股强烈的尼古丁味；脖子上戴着金项链，穿着无袖紧身上衣，左胳臂上文着一只猛兽。他一手抓着门把手，一手夹着烟。夹烟卷的指头被烟熏烤得呈琥珀色。

“穿什么线，改天。”他操着不伦不类的普通话说，露出几颗黑牙，一脸不屑。

他准备关门，我抢进屋，俞东杰顺势跟进，反锁上防盗门。男子一愣，然后骂道，“操，你们干吗？”

“听口音，不像本地人哪。”俞东杰说，“魏娟呢？”

这时从里间传来“啊哦啊哦”的声音，好像什么东西堵住了嘴。我立即往里屋去。“多管闲事！”那男子说着跳起来，从侧面飞起一脚，实实地踹在我的软肋上。我哎哟一声倒地，差点撞上餐桌的棱角。有两个瓷碗稀里哗啦地摔碎了。男子得手之后，抡起右拳头摆击俞东杰的面门。老俞用工具箱一挡，他的拳头打穿了工具箱，打在警棍上，疼得一龇牙。俞东杰把烂工具箱扔到我面前，腾出左手来，扣住男子的胳膊猛拧，文身男子被迫顺势转了一圈，弓下腰。俞东杰提膝狠狠地拱在他的屁股上，他一头栽进蒙着布单的沙发里，荡起一股灰尘。

这时从卧室里又窜出一个五十来岁的男子，穿着红色的唐装T恤衫，手里举着一把圆凳。我拿出一根伸缩棍投给老俞，老俞稳稳地接住。我喊道，“警察办案，别动！”五十来岁的男子不管三七二十一，举凳就砸。老俞一甩伸缩棍，格挡住圆凳，朝侧方一拨，然后滴溜一转身，绕到那人背后，举起警棍嘭地打在他臂膀上，五十来岁的男子疼得一哆嗦，凳子掉在地上。老俞抬起大腿、折回小腿，对着他的后腰来个直直的正蹬，嘴里叫道，

“走！”五十来岁的男子也扑通一声栽倒在沙发里。文身男子已经站起来，看了看右拳头上的血，眼睛红了。“你们多管闲事，知不知道老子是谁！”五十来岁的男子叫嚣道，“阿龙，给我弄死他。”老俞笑道，“好啊，我今天看看你到底是哪条号子。”文身男子拿起墙角的一根四棱木棒。

我捂着腹肋站起来，再次警告道，“警察办案，别乱来！”文身男子已经拿着木棒冲俞东杰杀过来。五十来岁的男子想从沙发上爬起来，我竭力冲过去，用膝盖跪住他的后腰，用胳膊肘顶住他的后脑勺。俞东杰一警棍打在文身男子右胳膊肘上，文身男子左手托着右臂叫道，“他妈的，疼死我了。”俞东杰猛地一扬警棍，文身男子抱头蹲下，连忙说道，“有话好说，大哥，我投降，你们真是警察呀。”五十来岁的男子骂道，“阿龙，你他妈的，不是天不怕地不怕嘛，砍死他呀。”

我们给两人打上背铐。“你没事儿吧。”俞东杰问。“有点岔气，使不上劲儿。”我说。“弄盒子跌打丸，一吃就OK了。”老俞说着掏出手机，给赵大队打电话。

魏娟这套房子还没怎么装修，地面铺上了60厘米×60厘米的砂晶雪花白大理石地板，没有吊顶，厨房与餐厅之间没有隔断，厨房一角堆满方便面桶，也没有置办几样家具，到处落满灰尘。屋子里弥漫着浮土与水泥的气味。卫生间里堆着一堆手纸，卫生状况比小客运站的厕所都差着一截。小卧室里放着一张折叠单人床。

“魏娟呢？”我问文身男子。

“在卧室里。”文身男子说。

“去看看。”俞东杰对我说。

魏娟在主卧，被捆在一把藤编椅上，嘴被透明胶布缠着。看见我，激动得发出“嗷嗷嗷”的声音，眼泪哗哗直流。我赶紧解开她，把胶布慢慢揭掉。魏娟紧紧地抱着我说，“你怎么不早点来，怎么不早点来。”我说，“对不起，下次一定来早点。”她扑哧笑了。她的脸色苍白憔悴，身上有多处淤血，但神志还算清醒。

“这是怎么回事？”我问她。

“你是怎么知道我在这儿的？”魏娟反问道。

“我们本是来抓你的……”我说。

“李洞，什么都先别说，看好人就行，听见了没有。”俞东杰站在卧室门口对我说。

“知道了。”我说。

“英雄救美，还挺感人的嘛。”老俞说。

“到底咋回事？”魏娟问我。

“到刑警队再说吧。”我说。

俞东杰问那俩家伙从哪儿来的，他们说从广州来，找魏娟追债。五十来岁的男子姓王，他和阿龙涉嫌非法拘禁，当天下午被我们刑事拘留。李副局长赞老俞“铁耙子挠痒——是把硬手”。

魏娟在审讯室接受有关马光辉一案的调查。我没有参与审讯。第二天晚上十点多，老俞给我打电话，魏娟要求见我。我到街上买了一只烧鸡、两杯香飘飘奶茶，带到审讯室。

两个同事把钥匙交给我，去吃加班饭。魏娟坐在审讯椅上，形容疲倦，神情茫然，泪痕凄凉。看见我进来，她说，“不好意思，这么晚把你叫过来。”我打开审讯椅，让她坐到办公椅上。她说了声谢谢。我把烧鸡袋撕开，递给她。“关键时刻，还得看老同学，我就不客气了。”她说着开始吃起来。我给她冲杯奶茶，然后坐在旁边，点上一支烟。

“5月7号早上，你离开卧龙山庄之后，是不是就被他们控制了？”我说。

王姓男子是一个性工作组织的头目，在广州为两个洗浴中心提供色情服务。“五一”节前，广州开展扫黄打非专项行动，王东窗事发，一帮子人被警方抓了一半，逃的逃，散的散。

“是啊，我回老家办完事，准备晚上接着玩呢，刚到城里就被他们逮着了。”魏娟喝了一口奶茶，接着说，“主要是我那个姐妹儿太笨了，他们先抓到她，她又把我交代了。”

魏娟告诉我，她伙同那个姐妹，趁乱偷走王一笔钱，包括那辆红色福特，然后逃回老家。

“放心吧，我们已经把那二位关了。”

“嗐，事情你都知道了，是不是觉得我很龌龊？”魏娟说。

“现在什么都别想，先吃东西。”我说。

“我一开始并不了解那个王八蛋是干吗的，以为他帮助了许多走投无路的女孩子，让她们有工作，有钱赚。头几年他确实对我很好，每年给我不低于十五万的年薪，你知道，这对一个农村女孩来说是一笔大收入。”

我点点头，表示理解。

“那王八蛋答应将来跟我结婚，我死心塌地跟着他干，你知道，在那种地方，谁都靠不住的，他的未婚妻换了一个又一个，自己玩腻了就逼她们去出卖身体。等她们认清了他的丑恶面目，大家已经在一条船上，一荣俱荣一损俱损了。你以为我误入歧途了吧？”魏娟说完，咬了一大口鸡腿。

“谁没有犯错的时候，人无完人嘛。”

“我知道我在干什么，跟误入歧途无关。”魏娟说，“我弟弟高度近视，干不了农活，半个废人，差点娶不上媳妇，爹妈守着几亩薄田勉强过活，一家人都指望着我这个宝贝女儿呢。”

“我能理解，人生在世，都有不得已的难处。”我说。

“我跟姓王的反目成仇，不全是为我自己，他染上了毒瘾，这几年他吸掉几百万，那是我们的血汗钱，我只是拿走我应得的那一份。”魏娟说，“钱的事儿，我始终没承认，跟你那几个警官同事也没承认。”

“多谢你信任我，我会保密的。”

“我死也不会放弃那些钱，我已经牺牲了太多，那些钱是我最后的所有了。”魏娟说着眼泪流下来。

“阿龙是他的马仔？”我岔开话。

“嗯，什么都长了就是没长脑子的家伙。”魏娟擦擦眼泪。

她几乎吃了一整只鸡，满嘴流油，喝完奶茶，打了个饱嗝。“我这辈子忘不了你的。”魏娟说。“别客气。”我说。她让我把包给她找出来，我打开抽屉，拿给她。她掏出两张湿巾，擦擦脸。拿出梳子梳梳头。人看起来精神多了。“给我一支烟好吧？”魏娟说。我抽出一支递给她，给她点上。她狠狠地抽了一口。一道白烟冲出口腔，消散在审讯室里。

“我让你连夜过来，主要是怕明天就见不到你了。我听俞组长说，姓王的被警方网上追逃，广州越秀分局要来带人，我知道我脱不了干系，免不了牢狱之灾。那个王八蛋死也会拉上我垫背的。”

“你是被迫，说不定可以免刑。”

“你不用安慰我，我不后悔我做过的事儿。”魏娟说。

“事情总会过去的，再说吃一堑长一智嘛。”

“不过，我比马光辉好多了。”泪水再次从魏娟眼眶里流下来，“要不是我从广州跑回来约大家聚会，马光辉也不会出事；要不是马光辉出事你们也不会去抓我，也不会发现我救了我。可是，李洞，我真的不知道，马光辉他怎么会——帅哥死了，我还活着，还可以有很长的一段路要走，只是我还不能确定，活下去会不会就是个好啊。”

我抽着烟，吐出长长的烟雾，我没有说话，我倾听着。而我也的确在想，活下去会不会就是个好。我们沉默了一会儿，魏娟的情绪稍稍平复了。

“你知道吗，”魏娟笑道，“那晚你走后，我跟马光辉出去了一会儿，马光辉想占我便宜，要跟我玩车震呢。”

“哦。”我在等她说下去。

“我虽然喜欢他，也正因为我喜欢他，我偏不让他得逞。”魏娟笑道，“不过，如果不是喝多了，我有可能会去他的房间里，可我一躺下就爬不起来啦。”

“当晚，你有没有发现什么可疑的情况？”我问。

“我想出去放放风，你们这个狗屁审讯室闷死我了。”魏娟说。

我带她出了审讯室，沿着审讯楼的走廊朝院子里走。

“你们是不是怀疑，”魏娟又打了个饱嗝说，“我们中的一个杀了他。”

“起码是可以怀疑的。”

“但是，会是谁呢，你觉得谁的嫌疑最大？”魏娟说。

“我不知道。”

“那天我们在车上，他对我动手动脚，我问他爱不爱我，他说他只爱过吴梦莹，可他却把人家甩了，咱们都知道，吴梦莹的死跟他有关。话说回来，他的死会不会跟吴梦莹有关呢。”魏娟说。

“一切都有可能吧。”我淡淡地说。

我们走到院子里，在绿化带边的甬道上站住。午夜的月光照着一片冷冷白白的警车。

魏娟居然也提到了吴梦莹，我相信她只是随口说说，就算是跟吴梦莹有关，会有谁因为吴梦莹的事去杀马光辉呢。至少在我们中间还不存在。然而她的话不经意刺痛了我，勾起了我的回忆。我不愿去想，却不由得想起十年前的那个下午，她从座位上站起来。那是开学的第一天，那是她第一次出现在大家面前。孙老师要求每位同学用一分钟介绍自己。从第一排开始，孙老师拿着学生名单，上来一个打一个钩。我忘了吴梦莹是第几个发言，我只记得她坐在第八排，孙老师说“下一位”的时候，我们下意识地扭头向后看，她从中间的座位上站起来，挤过排与排之间逼仄的通道。她穿着暗红色的方格连衣裙，走上讲台，我们的目光像雨点密集地落在她身上。她看了看孙老师，脸上泛起绯红的微笑，她说，“孙老师好，同学们，大家下午好，我叫吴梦莹……”那是我第一次听见“吴梦莹”这个名字，这个此时此刻被魏娟提起的名字。我想马光辉应该和我一样从第一眼就爱上了她，我也相信就算吴梦莹选择的是我，或者别的什么人，最终的结局大同小异。马光辉跟她分手就像所有高中情侣分手一样，千篇一律，没什么大不了。因此，要说马光辉的死亡跟吴梦莹有关多少有点扯远了。

“广州什么时间来带人？”夜风中魏娟紧了紧上衣。

“就这两天吧。”我说，“如果你愿意，我们协调把你和王老板这部分，交由本地办理，成功的话对你比较有利。”

“千万别这么干，我宁愿在广州坐牢。”魏娟说，“我会判几年？”

“三年以上吧，也不排除缓刑的可能。”我扣上警服的扣子。

“无所谓了。”魏娟抽着烟卷，凄然地说道，“只是，唉，七年前高考失败，你知道那是什么感觉吗，不是痛苦，也不是耻辱，而是一无所有的感觉，自己好像不存在了，空气一样。现在这种感觉又把我包围了，我不怕坐牢，但是我真的害怕，害怕那种感觉，害怕自己撑不过去。”

“我们毕竟还年轻，完全可以从头开始。”我说。

大门外有两辆警车闪烁着警灯回来，车大灯的光柱扫过我和魏娟。应该是缉毒警。他们把车停好，下车，拎着包袱上楼。院子里重归于寂静。午夜惨淡的月亮，轻飘飘地悬在天空，微微地浮动，仿佛做着苍白而孱弱的呼吸。

我清楚魏娟将要面临的路，我只能宽慰她，或者根本无法宽慰她。

“咱们回去吧，夜里有些冷。”我感到手脚冰凉。

“谢谢你，老班长。”魏娟说。

“别客气啦。”我说。

“你们在房间里休息之后，孙老师夜里出去一次，你知道吗？”往审讯楼走的工夫我问道。

“我不知道，我睡得死。”魏娟说。

“你们都谈了什么？”回到审讯室，我又问。

“没谈什么，我也忘了。”魏娟打了个哈欠。

“好吧，我去给你找床被子，你凑合着睡吧。”我转身准备去办公楼。

“嗐，李洞，”魏娟说，“有一点我想起来，当时非常意外，从孙老师的言谈之中，我发现她可能跟马光辉他老子有一腿。”

“她是怎么说的？”

“我问马光辉的爸爸到底是什么官儿，上学那会儿听说他爸是个领导嘛。孙老师说别提他，骂他不是东西什么的。具体的情景我给你说不清了，总之你得相信女人在这方面的感觉，他们应该有过感情纠葛。”

“讯问笔录里你说这件事儿了吗？”

“没有，那会儿心里一团乱麻。”魏娟说，“我说这件事并不是对孙老师不敬，或者怀疑她怎么样，我只是觉得有点意外。”

“嗯，我知道了。”我说，“我去给你拿被子。”

## 隐 情

第二天，我八点起床，到刑警大队，俞东杰也没吃早餐，我们一起去吃灌汤包。店门口依旧摞着高高的蒸笼，店内蒸汽缭绕，座无虚席。男的女的，有的带着孩子，有的陪着老人。每个人都低着头，蘸着辣椒油或醋，各自以适当的速度与节奏，用勺、用筷叮叮当当又齐刷刷地往嘴里送汤送水。看着这样的情景老俞咂咂嘴说，“咱们等会儿吧。”我说，“从初中吃到现在，生意还是那么好。”老俞说，“独此一家，别无分店。”

我们站在门口排在三个人后面，说话的时候又有几个人排在我俩后面。我问俞东杰其他侦查组有没有消息，他摇摇头说，“没有，还是一潭死水。”

“也许就是个意外。”

“那倒省事儿了。”老俞说。

“听说李副局长要调你到刑警队。”

“我怎么不知道，听谁胡诌的？”

“赵大队应该不会胡诌吧。”

店内腾出两个空位，老板把桌子擦干净，招呼我们坐下。每人一笼灌汤包子，我要一碗虾皮蛋花汤，老俞要一碗米酒蛋花汤。

我们正吃饭，姜楠给我发条短信：听说你前两天受处分啦，没事了吧？我回道：没事了，谢谢。你近来可好？她回道：还好。忙吗？我回道：在吃早餐，等会儿去查案子。她回道：忙吧。老俞问我，“跟谁呀，不是说没女朋友吗，我还准备给你介绍一个哪。”我说，“算不上女朋友，只是认识。”老俞“嘁”了一下，然后一仰脖喝完了米酒蛋花汤。

吃完迟到的早餐，我们开车去马建国家，已经提前约好。我在车上再次翻看姜楠发来的短信。看了几遍，才又给她发：查完案子一起吃烤鱼？过了一会儿，我觉得足够漫长，她回道：地点我定！

马建国在老教育局家属院的家里等着我们，是一栋带院的两层小楼，大门口种着两棵卫矛球，院子里厨房与南墙的过道里有一棵樱桃树，树枝伸出墙外。靠着西墙一棵碧绿的葡萄树沿着葡萄架一直爬到楼顶，楼顶装有两台太阳能热水器。阳台上几盆花花草草；水泥地坪，干净如洗。房子虽然老旧，却别有一番景致。然而对于沉痛中的马建国来说，一切都黯然无光。本来美满的家庭，仿佛一夜之间变成空巢。儿子出事后，他一直没有上班，短短几天头发好像全白了，脸上皱纹横七竖八，憔悴，消瘦，显得十分苍老。我们问他妻子韩素萍的情况，他说还在医院治疗。

他接了两杯纯净水不声不响地放在茶几上。屋子里冷冷清清。我们没有坐下喝水，说想看看马光辉的房间。他让我们随便看，动了什么东西放回原位就是。我们来到二楼，进入马光辉的房间。墙上挂着带有乔丹、科比等篮球明星的挂历；相框里夹着不同时期的纪念照；一个乳白色的立柜，一扇柜门开着，里面挂着各样衣服；立柜另一半是书架，有几摞旧书，可以看见有本《三重门》，有本汽车杂志；立柜上放着一套羽毛球拍；后窗下一张单人木床，上面铺着橙色的被褥；书桌上放着蓝色护眼台灯和一部落满灰尘的步步高学习机；窗台下摆着几双皮鞋和运动鞋。我在书桌上发现了2000年我们高中毕业的纪念照，压在玻璃板下。有些人记得；有些人看着面熟，想不起名字了。我打开书柜，发现一本同学录，是马光辉大学时期的；再往下翻，是高中时期的同学录，封面是一棵枫树，树下落满红叶。

俞东杰问我有什么发现。我说没什么。我自己那本同学录放在哪儿不记得了，大概已经消失。我拿起来，准备翻开看看，从里面滑下一张照片。我捡起来，心头一震，是吴梦莹的单身照，背景是一片树林，照片显得有点胖，微露白牙，梨窝分明，美丽的眼眸充满驯化动物的温柔与天真。虽然纸张发黄，但从人物的风姿里依然能感受到二月的气息。照片背面有行蓝色圆珠笔留下的已经褪色的字迹："你和我，一生一世。"没有落款日期，具体年月已不可考。我匆匆把照片夹好，把同学录放回原位。我走出房间，点上一支烟，用深深的抽吸来平复内心波动的情绪。

我们看完，下楼回到客厅。俞东杰说，"马局长，有两件事需要和您沟通一下，请您不要介意。"

"你说吧，东杰。"马建国说。

"一个是解剖的事，李局长也跟您说了，他让我再跟您解释一下，"俞东杰说，"为了查明死因，不留疑问，准确定性案件，也为了对受害人和家属负责，我们依法对尸体进行了解剖，希望您能理解。目前还在进行化验，一有结果马上通知您。"

马建国不说话，眼泪流到嘴角，渐渐地哭出了声。

"解剖吧，你们解剖吧，反正也摔稀巴烂了……"马建国说。

我们都不出声，沉默更能让他冷静。过了一会儿，他抽两张纸巾，擦了擦脸。俞东杰给他一支烟。

“我明白，希望你们能有突破，尽快还我儿子公道。”马建国说。

“谢谢您的理解和配合。”俞东杰说，“第二个事，说出来您别不高兴，您与孙卿老师之间的关系，我们需要了解一下。”

马建国稍微一愣，然后平静地说，“这两天我也一直在考虑，要不要把这件事告诉你们，自从我知道那天晚上有她，我就对她不放心，她会不会下此毒手，仔细想想又觉着不会，再转念一想，又觉着非常有可能。”

“那为什么没有主动提供这条线索呢？”俞东杰说。

“一方面我不确定，再一个我还是有些顾忌，这件事我对不起素萍，也对不起儿子。”马建国说，“不过，现在我已经想通了，名誉、仕途，什么都无所谓了，我只想为我儿子尽最后一份责任。”

“那事不宜迟，咱们开始吧。”俞东杰说，“阿洞，记录。”

录完口供，我觉着马建国简直是在污蔑孙老师。上午还有点时间，我们想看一下马光辉复习考试的处所，马建国让一个亲戚陪我们去了龙翔小区的电梯房，我们主要看了马光辉的笔记本电脑，QQ打不开，没发现什么线索。我们回到大队，将近十二点半。下午去孙老师家，我回避了，俞东杰和郑志去的。我理了发，然后给姜楠打个电话，我们约好，晚上六点在“汉釜韩式烤肉城”见。

我五点半到达，找了一个挨窗的四人卡座坐下。店内枣红色的方木格吊顶，白色的心包形吊灯，橱窗隔着银灰色的镂花纱帘。自助吧台上摆放着各式菜品。这家烤肉城每位最低消费五十元，夏季刚刚开始，店主推出几款促销产品，服务员给我讲，我没怎么关注。我心里想着姜楠，想着她的眼眸、声音以及微笑。六点一秒钟一秒钟地不断逼近，我确定她会在那个点上到来。然而我却患得患失，欢喜与焦虑此起彼伏。我拉了拉纱帘，望着清河岸边的风景。

姜楠来了，时钟显示的是五点五十九分。

“看来，你只积极了一分钟。”我打趣说。

“不好意思，久等了。”她笑着说，略显紧张，没头没脑地环视餐厅。脚上穿着白色板鞋；依旧是浅蓝色的牛仔裤；上衣是白色吊带，外搭宝蓝色开衫；麻花辫改成了高马尾。她把包放到卡座上，在我对面坐下，抬眼看着我，绷着嘴唇，白皙的脸颊上微现红晕。

“要不咱们点菜吧？”她说。

“反正闲着也是闲着。”我说。

她又笑起来，说，“我觉着你很会说话。在单位里大家一天到晚板着个脸，讨论着要判这个多少年，判那个多少年；或者是这个离婚案怎么判的，那个离婚案怎么判的。”

“工作就是用来不开心的。”我说。

“嗯，有同感。”她把菜单给我，“你来点吧，我无所谓。”

“你来点更合适，你的地盘你做主。”我说，这家餐厅是她同学家开的。

姜楠要了一条鲤鱼，一盘鸡翅中，一份金针菇和一份生菜。我又加了海鲜拼盘和一份烤肉。

“你要得太多了，吃不完的。”姜楠说。

“你不是挺能吃的嘛。”我说。

我问她喝什么酒，她说她从来不喝酒。我给她要了一杯酸梅汤。我要了两瓶燕京啤酒——等于一瓶，服务员说燕京啤酒搞促销，喝一送一。餐厅的灯光全部亮起来，客人越来越多，相当热闹。我们一起去选蘸料，姜楠选了番茄酱和香辣牛肉酱，我选了芝麻酱和海鲜汁。

“案子查得怎么样，还顺利吧？”姜楠问。

“还在查。”我知道我这么说等于没说，我是不想聊这件案子。

“听说是你同学？”她打开烤盘电源。

“案子还在查，有些事情过后才能说。”

我往烤盘里放些鸡翅中和烤肉，然后打开啤酒，倒上一杯，清爽洁白的酒花溢出镶着金边的杯沿。

“你还欠我一个案例哪。”

“我可以给你讲点别的。”

烤盘里嗞嗞地响起来，烤肉和鸡翅表皮慢慢变黄，变油亮，散发出诱人的香味。

“我倒想听听这个。”

“那只好等着了，别逼我犯错，我刚进去过，你不是不知道。”我用夹子把烤肉夹给她，说可以吃了，然后又把辣椒粉和孜然粉拿到她手边。

“谢谢。你也吃吧。”姜楠说，“你以后是得小心点儿。”

“干杯。”我端起酒杯，跟她的酸梅汤碰。

姜楠给我讲了她工作上的事，市中院每个月都搞卷宗评比，月月评，年年评，快赶上高中模拟考试的频率了。厅室里四个人，两个领导，领导动动嘴，她就得跑断腿。

另一个虽然不是领导，可年纪大了，不懂电脑，整天跟她唠叨着“好好干吧，年轻人多辛苦点儿不是坏事，未来是你们的”，唠叨完就闪。我说，“你是不是很想扇他两耳光？”姜楠说，“有时候真有那种冲动。”我说，“天下之所以还不太平，就因为这种事儿时有发生。”姜楠叹了口气说，“没办法，日子总还得过，我爸常念叨，不如意事常八九，可与言者无二三。想想确实有些个道理。”接着她问我总共谈过几次恋爱。我说一次也没有。她说看起来不像。我问她有没有类似的经历，她说当然有过一次。

我把鲤鱼放进烤盘，直接撒上了辣椒粉。她说辣椒粉容易上火。我忘了她吃烤肉蘸的一直是香辣牛肉酱。我说，“抱歉，要不换一条吧。”她说，“不用不用，我少吃点就行了。”她站起来去洗手间，我点上一支烟。玻璃窗上映着河边的夜景，映着餐厅的灯火，也映着我的上半身。

姜楠从洗手间回来，后面跟着一个女的，穿一身西装，体态茁壮；黄头发梢；大脸庞，颇具富态相。我想应该是她小姑小姨什么的。

“你好帅哥。”女的说。

“你好。”我毕恭毕敬地说，然后看看姜楠。

“这是我高中同学，杨红红，现在是杨总了。”姜楠说。

“杨总好，李洞。”我伸出手跟她握，多少有点意外。

“楠楠你真会找啊，”杨总握着我的手说，“不过李警官，你福分也不小呀。”

“你这是谁也不得罪。”姜楠说。

“怎么样，吃着还行吧？”杨总说。

“不错，味道、服务都可以。”我说。

“多给我提宝贵意见，”杨总说，“昨天刚把音响系统弄好，还没调试好呢。”

“加点音乐那就锦上添花了。”我说。

“吃着烤肉，听着《自新大陆交响曲》，我的创意不错吧？”杨总说。

“你准备在餐厅放交响曲？你听过没，不大合适吧。”姜楠说。

“怎么不合适，交响曲高端大气上档次，不用听就知道！”杨总说。

“除了《自新大陆交响曲》还有什么？”姜楠问。

“好多呢，有贝多芬的《田园交响曲》，还有《命运》什么的，总之都是上档次有品位的啦。”杨总说。

“是不是还有《安魂曲》呀老大！”

“对对对，还有‘莱可夫斯基’的。”

“你这样搞，会把客人吓跑的。弄点轻音乐就行了吧。”姜楠说。

“那可不一定，选男朋友你比我有眼光，做生意你不懂。”杨总自信满满。

“去你的吧。”姜楠说，“不听话，忠言逆耳，赔了本你可别哭哈。”

“放心吧。你们慢慢吃，我去那边看看。”杨总说，“李警官以后常来捧场啊，你们公安局的我认识好多呢。”

鲤鱼已经烤熟了，火候正好，外焦里嫩。姜楠吃了一些，说味道不错，然后吸溜着嘴，呷一口酸梅汤。

吃完饭，我送她回家，我们沿着清河岸散步。离汉釜烤肉城不远的莳光音乐酒吧里飘来忧伤的小夜曲。夜色婆娑，行人已经寥寥。昏黄的路灯下我看见姜楠婉转的面部轮廓，闪亮的秀发，婀娜的身姿以及飘然的宝蓝开衫。我忽然有股拥抱她的渴望。然而我还不曾牵过她的手，哪怕是对她说过什么。走到她家附近，遇见了熟人，她跟他们开心地打招呼，他们善意地笑着瞟我。我能感受到她的好意。只可惜像我这种料，注定没有这样的福分。

俞东杰和郑志调查回来，我问他们什么情况。俞东杰说，“一桩绯闻，两个版本，你看看是谁在撒谎？”我翻开孙老师的讯问笔录，郑志的笔迹，仍然是按照询问马建国的思路来的。看完，我不再觉着谁污蔑了谁，转而有种对世相人心的错愕。关于二人的不正当关系，两者所说确有出入。

孙老师说，“我跟我丈夫结婚后，一直没孩子——是我的原因——也去了几家医院，但没治好，我们的感情因此出现裂痕，我主动提出离婚，然后就离了。”

马建国说的是，她没有生育能力，男方不要她了。

孙老师说，“早在我离婚前姓马的就盯上我了，那时候他常到我们学校检查工作，他跟校长说我跟他家有亲戚，让他多加关照，我虽然怀疑他的用意，但也未置可否，毕竟人多嘴杂，越描越黑。”

马建国说的是，我常去各学校检查工作，都认识我，有一次，她到办公室找我，说她离婚了，得了抑郁症，想请长假，得经我批，我看她也挺可怜，就批了她半年假。

孙老师说，“离婚后我得了抑郁症，他安排校长让我请长假，我挺感激的，在精神病院期间他安排司机接送，那段日子我处于情感低谷，一开始是感激，渐渐地有了感情。”

马建国说的是，打那之后，她常跟我联系，感谢我对她的照顾，讲她遭遇的不幸，一开始我是可怜她，但毕竟日久生情。

孙老师说，“我出院那天，他亲自到市里接我，吃饭的时候他让我陪他喝点酒，第二天我说以后不要联系了，大家谁也不欠谁。他问怎么了。我说你有老婆孩子，我也不可能守一辈子寡。他开始哭，说他老婆家看不起他，他家是农村的，在他们眼里他永远是个农民。”

马建国说的是，后来她病愈出院了，有一次约我吃饭，说她想当班主任，那天晚上我喝醉了，在宾馆住了一夜，第二天我很后悔，说以后不能再联系了，我是有家庭的人。她开始哭，她说她什么都不求，只想有个人关心她。

孙老师说，“他说等他升了局长，就跟老婆离婚，让我等他。我一时糊涂，就信了他。其实他不过是玩弄我的感情。后来我们学校集资建房，他说他打招呼给我弄一套房子，结果还是我自己分期付款买的。他太狡猾，太会演戏，而我太蠢，我本来可以有不错的第二次婚姻，可生活越来越糟，越来越糟……”

马建国说的是，我也是一时糊涂，就信了她，哪知她野心勃勃，让我给她买房子，让我给她提拔副校长，打着我的旗号，在学校飞扬跋扈，连校长都不放在眼里，肆意安排学生，弄虚作假套取奖金，最后逼我跟她结婚，不然就让我后悔一辈子。我只能说让她再等等，再等等。后来她突然不纠缠了，听说她找了个男人。但我知道她对我怀恨在心……

“是谁在撒谎？”俞东杰躺在沙发上问。

“我不知道。”我说，“她教我们那会儿，我们连她是不是单身都不知道，也不可能去打听。”

“以你对她的了解，她是个什么样的人？”俞东杰问。

“严厉，有魄力，有手段，我们到现在还有点怕她。”我说，“那时候有人说她太残忍，太苛刻，不过现在他们认为她做得没错，甚至非常感激她，本来高中大环境就那样，到现在都是。”

“高中时候你见过马建国吗？”俞东杰在沙发上翻了个身。

“高二马光辉转学到我们班的时候，见过一次。”

“估计那时候他就和你们孙大老师那个了。”俞东杰说，“你觉着她有没有嫌疑？”

“有矛盾背景，具备作案动机。”我说，“其他的我就说不了了。”

“随便拉个人都能给他安上个动机，这一点屁用都没有。”俞东杰从沙发上坐起来，“我们没办法在现场和嫌疑人之间建立起物质联系，这是最大的问题所在。”

“尸体解剖什么情况？”

“我还没得到消息。”俞东杰说。

“我们下一步怎么做？”

“继续做排除法呗。”俞东杰说，“去查一件多年以前的校花自杀案，你明白了吧。”

我点点头，然后抽出一支烟递给他。

## 仇　杀

奚仲街派出所在沿溪路东段，清河北岸。办公楼临街，大门左边两间门面是户籍室，门前参差不齐地停着一排电车。办手续的人进进出出，有个中年妇女在大厅里嚷嚷着身份证跟别人重号，锁死了，误了她的大事。大门过道里，右手边是值班室，纱窗门半开着，有个协警站在门槛上抽烟。见我们进来，问干吗的。我出示了证件，告诉他找张卫峰副所长。协警说张所长出警去了，让我们等会儿。我们走进院里，北墙下两棵紫叶李树，东侧是车棚，西侧一幢三层小楼是民警食堂与宿舍。

我读高三时，张卫峰调查吴梦莹自杀案，问过我笔录，我对他有印象，歇顶的特征很明显。我入警之后，有次开会碰见，看着面熟，便想起来，彼此聊了几句。他的办公室在办公楼二楼，身着警服的小丽内勤把我俩领到他的办公室。小丽内勤和俞东杰同年入警。

“怎么没见你们王所长？”俞东杰说。

“王所长去局里开会了。”小丽内勤三十多岁，体态略胖，留着齐刘海发型，一边说一边给我们倒水。

“什么开会，不就是领导动嘴，他支棱着耳朵听听嘛。”

“你说得可对，老俞，”小丽内勤笑道，“一句话能说清楚的事儿非得讲一个小时，明知道没个屁用又不得不听。我没少替王所长开会，那种感觉呀，比打麻将一个下午没开和都难受。”小丽内勤干脆利索，颇有几分泼辣。

“最近手气怎么样？”老俞问。

“一般般吧，觉着有好长时间没见你了。”小丽内勤说着把水杯端到桌子上。

“你肯定很想我是不是？”老俞说。

“得了老俞，”小丽内勤说，“倒是很想赢你的银子。你们坐，我还有事，失陪了。”

“改天练练？”

“谁不知道你光说不练。”

“你还有时间打麻将，真幸福啊。”

“不打打麻将快神经了，整天接待群众，嘴都磨破了。”小丽内勤说完出去了。

我们喝了半杯水，张卫峰回来了，和上次我遇见他相比，最明显的变化是他头上已经看不见一根头发。刚才菜市场有俩卖菜的发生了口角，他当场给调解了。

“二位老弟驾到，什么事，只管说。”老张说。

“2000年，一高有个女生自杀的事儿，你还记得吧老张？”俞东杰问。

“是不是你那个同班同学？”老张问我。

“是的，张所长记性真好。”我说。

“也不是我记性好，那孩子她爸是吴新平，跟我老婆家有点亲戚，当时他还找过我。”老张说，“六七年了，你们问这干吗？”

“你先说，那女孩为什么自杀？”俞东杰问。

“学习压力太大，后妈待她不好，得了抑郁症。”老张说。

“还有呢？”

“跟男朋友分手，好像也受了点刺激。”老张说。

“她男朋友是谁？”

“我不知道。”

“我告诉你吧，叫马光辉，教育局副局长马建国的儿子。”俞东杰说。

“嗯，听说过那孩子。”老张说，“咋啦，他怎么了？”

“七天前死了。”

“你说朗山那个尸体就是他吗？”老张有点惊讶。

“正是。”

“只知道出了命案，不了解情况。”老张说，“你现在调刑警队啦？”

“抽到专案组了。”老俞说。

“嗬，你这可是蚊子叮驴蛋——碰上大疙瘩啦！”

“别跟我放虚屁‘秃子’，说正事儿。”俞东杰说，“专案组怀疑这件案子可能与那个女生自杀有关。”

“有啥关？”老张挠挠头顶说。

“比方说吴新平报复杀人。”俞东杰说。

“这有点扯淡了吧。”老张说，“他要报复也该报复学校啊，人是在一高寝室自杀的，学校是主要责任。”

“这件事情当时怎么处理的？”

“吴新平要三十万，学校一开始说只能出十万，吴新平肯定不同意，拿着毒药瓶子去找校长，还要把尸体拉到学校里，最后上头怕事情闹大，出面干预，赔偿十五万，吴新平还是不点头，又去上访，最后二十万成交。”老张说，“搁当时这个数不少了。”

“吴新平当时有没有其他态度？”

“没其他态度，人已经死了，只能说多争取点赔偿，放在谁身上也只能这样，”老张说，“钱他也收了，协议他也签字了，所以你们怀疑他报复姓马的孩子，我觉着可能性不大。”

“吴新平当时有没有跟马光辉家起什么矛盾？”俞东杰问。

“这个没有，学生谈恋爱这种事儿，说不上谁对谁错，再说没凭没据的，她遗书里也没提那个马光辉。他犯不着找人家算账啊，人家也不可能认哪。”

“她妈是什么态度？”

“你说她后妈还是她亲妈？”

“不妨都说说。”

“她后妈不管事儿，孩子判给吴新平了，她亲妈就是个哭，没讲赔偿的事儿，事后她跟吴新平两口子闹了一场，说孩子死是因为他们待她不好。”老张说，“这种事儿我没少处理，十有八九是家庭教育有问题。听学校老师说，那闺女也不大老实，加上长得漂亮，男朋友不少。这事儿小李该清楚啊？”

“忘得差不多了。”我浏览着墙壁上一幅世界地图说。

“女孩长得漂亮，学习都不行，就算她想学好也不行，男孩子不老实啊，现在有几个省油的灯啊。”老张笑道。

“是这样。”我笑了笑说。

“唉，这丫头也不争气，我听她爸说过。”老张说。

“卷宗还放着吧？”俞东杰问。

“放着是放着，找起来估计很麻烦，档案室没人管理，搞得跟垃圾场似的。”老张说。

我想起来，因为吴梦莹那场事，当年张卫峰问我笔录的情形。吴梦莹自杀前后的事不断在我脑海浮现。

“那能不能麻烦你陪我们见见吴新平？”

“东杰老弟啊，不是我怕走路，”老张说，“你们见也没用，不可能是他。”

“领导安排了，但凡有点疑问的，都得过一遍，这事儿你不是不懂。”俞东杰摸着老张的头顶说，“改天我请你喝汾酒。”老张五十来岁，个不高，比俞东杰矮一头。老张一把拨开老俞的手，说，“你少来啊，兴看不兴摸。”

他们俩说笑着，我去了趟洗手间。

老张也不清楚吴新平家住哪儿，我说是不是在华祥路，他说应该搬走了。他跟老婆打手机问，他老婆说吴新平这个时候应该在他的服装店里。按照她所说的地址，老张陪我们来到挚地大道北段的报喜鸟男装专卖店。店门口放置着一幅形象代言人任贤齐的广告画，眼睛望着一只展翅腾飞的红嘴小鸟，广告词是：天高任鸟飞，报喜鸟有我在。我在任贤齐的《老地方》专辑里听过《报喜鸟有我在》这首广告歌。

店里有两个中年男人正试衣服，我们站在橱窗前等着。吴新平是个瓜子脸，头发自来卷，除了脸型之外跟吴梦莹几乎没有相似的地方——应该还有肤色。我的手机响了一声，是短信的声音，我翻开看，是姜楠的，让我下班给她回电话。过了一会儿，吴新平看见老张，走了出来。

“老表，你可是轻易不来呀，有什么事吗？”吴新平说。

“你先招呼顾客，咱们等会儿说。”老张说。

“没事儿，店里有人。”吴新平谦和地说。

“也没什么事儿，跟你说起来你别介意。”老张说。

“自己人，你说吧。”吴新平说。

“咱闺女以前不是出事了嘛，现在她一个同班同学死了，姓马，可能你也听说了，”老张说，“这是刑警队的俞组长和李警官，想问你个情况。”

吴新平看了看老俞，脸上的笑容消失了。他听说了朗山发生的命案，但不知道死者是女儿当年的同学。俞东杰开门见山，直接询问了案发前后他的行踪，那几天总公司开县市级代理会议，他去了温州，5月8号才回来。问完，俞东杰说，“不好意思，例行公事。”

“没什么，我理解你们的工作。”吴新平苦笑了一下，“其实，我怎么可能去报复他呢，我根本不认识他，再说，事情都过去了这么多年，有怨气也冲淡了。”吴新平顿了顿又说，“那几年我忙着做生意，没好好关心小梦，每年去给孩子烧纸我都很难过，我这个当爹的有责任，没把孩子教育好，不怪旁人。赔偿的二十万块钱，我一分也没动，她跟她奶最有感情，我把钱都给她奶了。”

“你给她奶，她奶将来再给你，还不是一回事儿。”老张笑着说，“事儿都过去了，别心里有疙瘩了，你儿子也快上高中了吧？”

“是啊，”吴新平叹了口气说，“现在的孩子都难管教。”

“你忙吧，我们走了。”老张说。

“不好意思，添麻烦了。”俞东杰说。

“没事儿，要不到我家吃饭吧你们？”吴新平说。

“不用了，还有事儿。”老张说。

我们上了车，又有一男一女两个人进店，吴新平招呼着他们。车上俞东杰问老张，“你跟他是老表？”老张说，“我跟他表不上，他跟你嫂子有一定的老表关系。”俞东杰问，“他跟他前妻因为啥离婚？”老张说，“不清楚，他说她有外遇，她说他有外遇，我觉着这事儿不只怪一个儿。”我们把老张送回奚仲街派出所，老张说，“老俞，事儿给你办了，汾酒啥时候喝？”老俞说，“等我忙过这两天。”老张说，“我可记着了，你别又推到猴年马月去。”老俞说，“放心吧，给你留着哪。”

我们按计划驱车去找祁宏伟，半路上俞东杰临时取消了，俞东杰问我，“以你的了解，你觉着祁宏伟会不会杀人？”

“你说过，现在的问题是咱们没有证据。”我说。

“得了，不去了。”俞东杰说。

“真不去啦？”

“去也是白跑一趟。已经问过他两次了，他跟黄晓东住一个房间，两个人的口供相互印证。”俞东杰说，“连测谎仪都使上三遍了，每回的结果都是一样，人家没有撒谎。”

“也许我们的方向错了呢。”我说。

“这件案子走进死胡同了。”老俞打开车载CD机，童安格的歌声又响起来。

“有没有可能是意外事故呢？”我问。

“极有可能。”俞东杰说，“不过现在，一个字，撤！”

“要不要向赵大队汇报一下？”

“你向我汇报就可以了。”俞东杰一只手扶着方向盘，一只手指着自己的鼻子对我说。

下了班，我给姜楠打电话，问她什么事儿。她问我忙不忙。我说忙过去了。她开始给我讲她今天跟领导顶嘴了，一件什么事，她明明报告了，出了毛病之后，领导硬是说完全不知道，气得她干瞪眼。我告诉她人生不如意十之八九。她说不行，今天这句话也不管用了。我不再劝她，我倾听着她的愤慨，她的可爱，任由她那波光一样的声音直奔我的耳际。她终于说得快没词了，问我是否还在听。

“一直在听。”我说。

“不好意思啊，让你聆听了半天。”她勉强笑道。

“去巴庄吃火锅好不好？”

“什么时候？”

“现在。”

“那这次我请客。”

“石头剪子布，谁赢谁买单。”

吃饭的工夫，姜楠说这件事她已经对爸妈讲了，她爸说我的名字不错——世事洞明皆学问。我说别理解成无底洞就行。她问我有没有向父母汇报。这话让我联想到俞东杰说“你向我汇报就可以了”那副不可一世的神情。我把涮好的毛肚夹到她碟子里，告诉她汇报了一部分。她怀疑毛肚是否涮熟，要不要再延长十秒钟。我告诉她，店长讲的，再延长一秒钟就柴了。

## 意　外

我们走到虎头崖，停了下来。茂密的枫杨林苍翠碧绿。俞东杰钻进树林去撒尿。一些树的树干上和山岩上爬满扶芳藤；草地上盛开着几片白色的荼蘼花；路边岩石缝里长着稀疏的鸡爪槭。经过的行人没有人朝虎头崖多看一眼，好像什么都没发生过。我问司机这片枫杨林是不是人工种植的。司机说是野生的，司机是老王岗镇的乡下人，他们把这些树叫作蜈蚣柳。司机还给我讲，俞东杰副所长很能干，到老王岗派出所之后，办过好多案件，经他的手拘留过好多人，今年春节前在朗山大酒店查处一起嫖娼案，在卧龙山庄还抓了一对吸毒犯，朗山大酒店和卧龙山庄都有背景，以前历任所长都不敢查。

等了老半天，俞东杰才从树林里出来，满头大汗。我说，“你干吗去了？”老俞说，“我爬上去看看。”老俞上了车，我们继续前进。俞东杰打开车窗通风，望着远处的山峦寻思着什么。司机把我们送到卧龙山庄，回派出所去了。大堂经理看见俞东杰，便从前厅迎了出来。

“俞所长，什么风把您给吹来了，赶紧屋里请，我给您泡茶，刚从信阳发的明前毛尖茶，您有口福。”大堂经理满脸堆笑，身上的香水味很浓，粉色口红，眉毛画得细长。

“把你们的保洁员给我叫过来。”俞东杰说。

“前两天已经问过几遍了。”大堂经理依然赔着笑。

“现在是我问。”老俞以野核桃一样坚硬的语气对大堂经理说。

“好好好，马上给您叫，您先坐下喝点茶。”大堂经理说着，安排一个十八九岁的女服务员去了。

“监控怎么还没装，上次我告诉你们翟老板，你们的规模已经达到了装监控的标准，他是不是耳聋啊？”俞东杰看着房顶说。

“翟总这一阵子跑项目呢，有点忙，可能忘了。”大堂经理说。

“你们是怕装上监控嫖客就不来了，还是觉着我管不住你们？”俞东杰看着大堂经理说。

“瞧您说的俞所长，怎敢不听您的呢，何况我们是依法经营，依法纳税，还是免检乡镇企业。”大堂经理穿一身黑色职业装，白衬衣，红色领结。

“这一阵子，晚上你们都是几点下班？”俞东杰问。

“这个不一样，餐饮部十点多下班；歌吧就很晚了，昨天大概是凌晨两点多才结束吧；客房部一直都有人值班的。”大堂经理说。

“咱们上去看看。”俞东杰对我说。

“您只管看，有什么需要叫我。”大堂经理说。

我们到二楼，歌吧一共八个包间，房间里刚做过清洁，湿漉漉的还没干，大理石地板发散着腥气，还有一股难闻的破纸币的气味。负责歌吧的男服务生说近来一切正常，没有黄赌毒情况。

客房部吧台在三楼，住宿人员登记混乱，登记本上蓝色的圆珠笔字体，潦草难辨，身份证号码大部分是瞎编的或者临时补填的。

“昨晚住宿人员有多少？”俞东杰问。

“我看看，还没统计，昨天有点忙，不好意思哈。”负责人是个体态丰腴的女人，三十多岁，脸上白光光的像涂了层油，神色慌张。吧台上放了一堆零食；背后墙壁上写着“拒绝黄赌毒”的红字标语。

“昨晚一共入住二十三人。”胖女人数完登记表上的人名说。吧台里面有两个小沙发，枣红色的小茶几上有一瓶330毫升装的可乐，所剩无几，洒在茶几上的原液还没完全干，一盒带有“卧龙山庄”字样的火柴被洇湿了。

这时候一个五十多岁、皮肤黝黑的女保洁员上来了。

“经理说你们找我。”五十多岁的保洁员说。

“5月7号上午，是您打扫的房间？”俞东杰问。

“是，”五十多岁的保洁员说，“你们是不是问那个摔死的孩子，他住过的房间？”

“是啊，你收拾房间的时候什么情况？”老俞眼前一亮。

“老实说，我啥都记不起来了。”五十多岁的保洁员像是本地的山民。

“当时您有没有发现什么？”

“没发现什么，感觉没什么不对劲的。”五十多岁的保洁员说，“我天天打扫房间，在我眼里，所有房间都一样。”

“嘁。”老俞苦笑了一下，“得了大姐，您还是忙去吧。”

“那我走了警官？”保洁员不大放心。

“去吧，没事了。”老俞说。

我们随便看了几个房间，每个房间的小柜子上，都放着电话机和一张过塑的卡片，上面有服务台电话和按摩联系电话。

“藏污纳垢。”老俞给卧龙山庄下了一句总评。

我们想见见按摩女郎，大堂经理说他们山庄里早就没有按摩女郎了。老俞说，有肯定有，应该是这两天躲避风头去了。老俞很生气，但一时也想不出什么招儿来。

珊瑚树下面摆了几处户外雅座，我们选一张小桌面对面坐下，然后要了一个腊肉炒野芹菜、一盘花生米和两瓶青岛啤酒。大堂经理亲自把酒送上来。

“你们不该在这种地方聚会。”俞东杰抽出一支烟，然后把烟盒滑到我这边。

“世事难料。”我说。

“我是说卧龙山庄是个卖淫赌博的场所，你没听说过吗？”老俞点上烟卷。

“没听说过，我对这边不大熟悉。”我说。

“我查过两回，每次都无功而返，老翟这个恶棍很狡猾，耳目众多，我们一行动他就知道了，我怀疑他收买的也有我们的人。”俞东杰说，“我查他们，他们跟镇领导反映，说我干扰民营企业正常经营，这个王八蛋。”

我们旁边又来了两桌客人，嘻嘻哈哈地说笑着。山风掠过湖面吹来，十分凉爽。我们的小菜上来了，俞东杰说，“真是糟蹋了这片好风光，喝酒兄弟。”他用牙打开两瓶啤酒，我以为那是老俞的不良习惯，直到日后他救了我的命，我才发现他的牙齿真的像钢锥铁钳。

“现在你对这件案子怎么看？”俞东杰问。

“尸检报告怎么说？”

“海洛因、K粉、冰毒，尿液检测均无阳性，肝胆也无中毒迹象。”俞东杰说。

“也许，咱们把一件简单的事情想复杂了吧。”我说。

“我们这两天的工作只是进一步证明了他杀的不可能，所有的可疑人员都没有去过现场，听赵大队说准备结案了。”

“希望早日结案。”

“干杯，合作愉快！”

“跟着俞哥学习，是我的荣幸。”我们碰杯，清爽的啤酒下肚，消渴解暑。

“我明天回派出所工作，继续过我的舒服日子，有空到这边找我玩，还请你吃山鸡。”

“会的。”

“一开始我觉着自杀的可能性更大，后来想想他为什么自杀呢，没有遗书，没有任何征兆，自杀显得过于突然。”俞东杰说，“应该是意外，醉酒意外，八九不离十。”

我再次想起那一晚跟马光辉碰杯的情景，想起马光辉的父母痛不欲生的情景。我拿起烟盒，轻轻抽出一支烟卷。

“你也不用太自责，有些事我们想不到，我也从二十五六岁过过，意气风发，觉着天下就是自己的，当时谁会想那么多。”俞东杰安慰道。

“我明白。”

吃完饭，我们去餐厅结账。吧台有俩人正在摁着计算器算账。

“我买单，你别管了。”俞东杰说。

“我来吧俞哥。”

“说好的，我请客。”俞东杰说，“你才上几天班，工资请女朋友吃饭都不够。”

“二位都别争了，翟老板说你们这桌免单。”大堂经理说。

“你说什么，免单？翟老板是谁，听起来是个排场人啊。”老俞看着我说，“翟老板呢，让他出来，我们认识认识。”

那俩用计算器算账的人结完账，惊讶地看看我们，出去了。

“他这会儿忙着呢，有客人。”大堂经理说。

“什么屁事儿，赌博呢？让那个混蛋给我出来。”俞东杰把几张纸币拍在吧台上，一个玻璃杯跳起来，掉在地上摔碎了。

“俞哥？”我吃了一惊。

大堂经理一哆嗦，“如果有服务不周的地方，请俞所长多多包涵，我这就喊翟总。”大堂经理到外面打电话去了。

“免单，我一听‘免单’就来气，说免单就免单，美女，”俞东杰对吧台的女会计说，“我问你，天下真有这么好的事儿吗？”

女会计笑笑没说话。我说，“俞哥，咱们还是尽快回单位吧。”

“没事的，老弟，邪不压正，现在是这样，以后也是这样，永远都是这样。”俞东杰说。

这时候大堂经理跟一个四十多岁的男人过来了，那人眼圈乌黑，肤色青黄，上身穿金黄色条纹的短袖衬衫，下穿黑裤，脚蹬一双米白色的鳄鱼纹皮鞋，十米之外就开始笑着说，“俞局长，俞局长，怎么啦，怎么啦，你啥时候来的，怎么不提前给我安排一声，我刚才有事没亲自陪你。”

“老翟，翟老板，翟总，你给我免单，你不知道我嫌你的钱腥吗，你什么老板，你不就是个‘鸡头’嘛。”俞东杰揶揄道。

“俞局长息怒，息怒，你喝多了，我给你们安排房间休息。”翟老板笑容可掬。

“你凭什么给我免单？嗯？你真当我是局长啊？”俞东杰说。

“你是钱花不完了还是我付不起一顿饭钱？”俞东杰说。

“我跟你是亲戚还是你跟我拜过把子？”俞东杰说。

“俞兄尽管批评，我洗耳恭听。”翟老板有点接不住，刚才的笑已经死在脸上。

“你凭什么给我免单？你给我免单我就不查你啦？你上头有人我就不查你啦？张嘴闭嘴你是民营企业家，你纳过几个税？”俞东杰揪着翟老板的耳朵，像教训小孩。

“俞兄说的是，随时欢迎你来检查。”翟老板说，“别揪耳朵呀，哎哟，疼呀老兄。”

“我让你装上监控，你不装，你要是装上了，这件案子还能费这么大劲吗，嗯？！你那帮按摩女郎都跑哪儿去了？”

“我们马上装，你放心。”翟老板把自己的耳朵从老俞手里抢救出来，转身吩咐大堂经理，“小兰，赶紧送俞局长和这位兄弟去房间。”

“去个鸟房间？我们又不嫖，结账！”俞东杰命令翟老板。

“好好，结账结账，小兰，给俞局长算算多少钱，该留多少留多少，俞局长清正廉洁。”翟老板说。

吧台的会计算了算，把找的零钱递给我。

“走，咱们转转去。”俞东杰对我说。

“翟老板，翟总，再见哈。”俞东杰说。

“俞兄慢走，慢走，嘿嘿嘿，你看，他喝多了，嘿嘿嘿……”翟老板用喉管勉强笑着。

走到院子里，我发现文件包忘了，回大厅拿时，看见翟老板撕掉脸上的笑皮，凶巴巴的。我隐约地听见他说，“狗不识抬举。”大堂经理骂道，“妈了个逼，熊样儿，一身都是刺疙瘩！”

看见我进来，翟老板又换上一副皮笑肉不笑的乖模样。

我说皮包落下了。大堂经理双手把皮包递给我，异常热情的笑容洋溢出熟肉的香气。

我拿着包出来，俞东杰还没消气。我说，“跟这种人，犯不着。”俞东杰说，“阿洞，你记住，我们就是要跟这种人过不去。”

“今天不是时候。”我说。

“早晚让我抓住证据，有他妈的好看。”俞东杰说完，看了看手机时间，又说，“咱们走着去虎头崖，看看得多长时间。”

我知道他是不会轻易放弃的。我们出了卧龙山庄的牌坊门，沿着小水泥路向上走。走了一会儿，是下坡，然后又是上坡。向上，向下，转弯，再转弯。天气潮热，我们不停出汗，老俞干脆甩了上衣，光着膀子，这时立刻有几只大蚊子像劫匪一样杀了过来。山林中虫类叽叽咕咕，鸣声沙哑刺耳。

走到虎头崖后面的枫杨林，俞东杰看看时间，用了二十三分钟。他用上衣擦擦汗，然后搭在肩膀上。

“如果是意外的话，他为什么没有掉湖里淹死，却大老远跑到虎头崖摔死呢？以卧龙山庄的地理环境，溺水的概率显然大得多。”俞东杰说，“最蹊跷的是，咱们走这一路上，你看见了吧，有两段路路边就是山谷，他为啥不跳那儿？”

“为什么？”

“因为那段山谷不够深，底下长满灌木丛，他要是在那儿发生意外，有可能摔不死。这是其一。”

“其二呢？”我说。

“蹊跷二，虎头崖是这条路上最高的山崖，而且山崖下面是光秃秃的岩石地，在这儿发生意外必死无疑。所以说，如果是意外的话，这意外也太‘意外’了吧。”

“就是说，他杀的可能性依然存在。”我说。

“如果是他杀，如果是你们中的一个人杀了马光辉，我是说如果的话，”俞东杰突然直勾勾地看着我，“你觉着会是谁？”

“从目前排查的情况看，可能性比较大的，应该是祁宏伟。”我说。

“假如是祁宏伟，他又是怎么做到的呢？”俞东杰说，“死亡现场除了死者的痕迹，没有第二个人的蛛丝马迹，就是说凶手没有到现场，隔空就把马光辉干掉了。这可能吗？”

“我觉着不可能。”

“有一种可能，”俞东杰说，“祁宏伟趁马光辉喝醉了，引导马光辉一路来到虎头崖，走到你我现在的位置，然后祁宏伟说，‘嘿，马光辉，你个王八蛋爬到虎头崖上，然后从上面跳下去。’马光辉说，‘是，我现在就去跳。’五分钟左右，祁宏伟听见扑通一声，然后回卧龙山庄睡觉去了。”

“他们的口供里显示，马光辉并没有太醉，起码没有醉到失去理性任人摆布的地步。”我说。

“对啊，一点没错，即使马光辉喝得酩酊大醉也不会那么容易被人驱使去跳崖。”俞东杰说，“但是，如果有人让他吸了毒品呢？吸毒是可以导致大脑失灵的。”

“问题是，尿检显示他不曾吸毒。”我说。

“是啊，所以说，我们不能认定为他杀，除非——”俞东杰抽了一口烟。

“除非什么？”

“除非有新的物证喽。”

## 物 证

回到刑警队，俞东杰有事先走了。我把近两天来的查证材料进行归纳整理，锁进档案柜。还不到开饭的钟点，我躺到值班室看电视。郑志给我打电话，要晚上一起吃饭，他正和两个兄弟在我们的住所里斗地主。我说没兴趣。赵大队下班时，经过值班室门口，说尸体检材昨天已送到省厅进一步化验，也许会发现点什么。

姜楠给我来信息，她家来了客人，她正在做饭，还发了一张“宫保鸡丁”的图片让我看。我夸她手艺不错，她说是她妈做的，如果我想吃的话不妨找个理由过去。我说你们家宴，还是算了。大队食堂开饭，我随便喝点小米粥，就着师傅腌制的芥菜丝，吃半块馒头。餐厅里，没有人再议论朗山的命案，一起连环飞车抢夺案成为大家关注的新的焦点。吃完饭，我洗刷洗刷餐具，到值班室看七点的新闻，主持人说今天星期日，我才知道原来是星期天，怪不得大队里有点冷清。

看完七点的新闻，感觉世界永远充满美好与希望。我无聊地关上电视，离开刑警队。路上许多男男女女走出家门，游弋于夜市，享受着灯光下的生活。回到住所，郑志和两个同事还在没命地斗地主，大概没分出输赢。电视机自作多情地播放着洗衣粉广告，餐桌边的烟灰缸里烟蒂堆成一座小小的坟，浓浓的尼古丁味弥漫了整个房子。我关了电视，打开前后窗户通风，然后去洗澡。我闭上眼睛，温热的水流从发际淋到脚跟。我虽然不去想案子的事，但脑海浮现的总是些不开心的画面——马光辉的死亡，马建国绝望的眼神，孙老师和他之间的关系，吴梦莹的父亲，二十万的赔偿，吴梦莹的死亡，马光辉旧卧室的那张照片——在我的意识里仿佛二者之间已经建立起某种说不清的纠缠关系。郑志他们仨去吃饭的时候，我躺在卧室里昏昏沉沉地睡着了。

第二天上午，大队开周一例会，俞东杰没有参加。会上赵大队传达了几个上级文件精神，其中一个是关于在一般执法执勤过程中实行枪弹分离的规定，通报了某地民警在一次执勤当中，携带枪支造成意外事故，受到上级严肃处理，责令同志们引以为戒。等于是一人害病大家陪着吃药。赵大队传达完文件，由各中队分别汇报手头上的案子进展情况，最后李副局长做点评，并提出下一步工作要求。开完例会，九点半，我回到办公室，发现俞东杰正跷着二郎腿抽烟。

“跟李副局长说了吗？”我以为他是来找李副局长申

请退出专案组的。

“说了。”俞东杰一脸的冷峻。

“他同意了？”我说。

“你猜他怎么说？”俞东杰故弄玄虚地说。

“怎么说？”我给他接一杯纯净水。

“他说，我给你条新线索，你就不退出了。”俞东杰脸上绽出喜悦。

“哦，什么线索？”我说。

“你别管了，收拾一下，跟我走。”俞东杰说着，灌下一杯纯净水。

我没再多问。我把笔录纸、钢笔、印油、传唤证、手铐等常用品装进公文包，然后问他还需要带什么。他说枪不用带了。

外面下着小雨，天空雾蒙蒙的。我们上了车，点火，启动，打开雨刮。俞东杰告诉我，省厅刑事技术室从马光辉的血液样本里发现了裸盖菇素。

“裸盖菇素？”我头回听说。

“尸体终于说话了。”俞东杰说。

我不知道裸盖菇素意味着什么，俞东杰很兴奋，应该是个突破性的线索。我们出了刑警大队，向南行驶。我问去哪儿。俞东杰从兜里掏出一张折叠起来的纸递给我，是提讯证，有局长签字，落款上盖着公安局鲜红的行政印章。

“去看守所。”俞东杰说。

“明白。”我说。

我们驶上环城路，俞东杰打开CD机，依然是童安格的歌，是一首《明天你是否依然爱我》。雨下紧了，雨刮有节奏地来回摆动，在挡风玻璃上留下两个透明的扇形。

“裸盖菇素是一种半人工合成的成瘾药物，昵称‘奶嘴’，价格适中，在沿海地下市场非常走俏，是‘嗑药族’的新宠，仅次于‘摇头丸’，近两年已经蔓延到内地。”俞东杰说。

“涉及毒品，这可是你的专长。”我说。

“我对大麻、海洛因、冰毒这些略知一二，对新药不大了解，而且我也有两年多没有接触禁毒工作了。”俞东杰扶着方向盘，顿了顿又说，“新药像流行歌曲一样层出不穷，五花八门，成为越来越多人的精神食粮。”

“隔行如隔山。”我说。

我们到了红绿灯路口，红灯亮起来，我们停在一辆大卡车后面。

“读过《平凡的世界》吗？那才是精神食粮。”俞东杰看了看我。

“看过《人生》。”我说。

雨雾中，远处的朗山像几块黑色的礁石悬浮在空中。绿灯亮了，前面的大卡车轰鸣着再次前进，宽大的橡胶双轮胎刺刺地卷起路面上的雨水，一股淡黄色的混浊水雾飘洒在我们的挡风玻璃上，俞东杰碰了一下雨刮的挡杆，快速刮了一阵儿。

我们通过十字路口，又走了四五百米，拐上一条向西的小水泥路。路面时好时坏，经过断裂处，车身被颠簸起老高。前面不远是拘留所，再往前便是看守所，走在这条路上的人多半没有好心情。行至水泥路的尽头，眼前是一面紧紧关闭着的漆黑的对开大门，大门上是一座塔楼，有两名武警挎着“微冲”站岗；十米高的墙头上架着蛲虫一样的铁丝网。我们把车停在大门口右侧的车位上。

右扇门上有一扇小门，俞东杰咣咣咣地敲门。过了一会儿，小门上的正方形窗口打开了，露出一张瘦小的脸，头发灰白，表情冷漠。我穿着警服正装，老俞着便衣。他看看我俩，然后目光停在我身上，伸出手。我把警官证和提讯证交给他，他接着，缩回手，关上小窗不见了。老俞说，“看来，你这身警服比我的脸管用。”我说，“你不认识他？”老俞说，“认识，都叫他老金，干了一辈子狱警，他也认识我，这家伙就那鸟样，看谁都欠他两包中华烟。”

过了三五分钟，小门咣当从里面打开了。老金一手提溜着一串大大小小的钥匙，一手扶着门框。我们进来，老金随手把门锁上，然后领我们到侧边的值班室，办公桌上放着一个空中华烟盒，烟灰缸里有数枚烟头。“登记。”老金说。一共有三个登记簿，每本都不一样。我看着提讯证上“徐龙江”的名字、年龄以及涉嫌罪名，逐本进行登记。俞东杰在旁边抽出一支香烟，也不搭理老金，自顾自地点燃，舒舒地嘘出烟雾，悠悠地抽起来。老金瞟了老俞一眼，脸上的表情更加阴沉了。

登记完，我拿给老金看。老金嘟噜着脸，也没看，从抽屉里拿出一枚青铜色的长方形短把印章，嗵的一下杵在提讯证的屁股上。我拿起来，带上公文包，准备去二道门。老俞抽出一支烟给我，然后又抽出一支递向老金说，“‘金掌门’还不抽烟吗？”老金看看那支烟，肩膀动了一下，微微一笑说，“啊，戒了。”

二道门半开着，我们推门进去，有两个检察院的同志，正提押着一名光头案犯出来。二道门值班的是韩保民指导员，五十三四岁，说话和气，不抽烟。看过我们的手续，让我俩在值班室等着，然后拿着提讯证到监狱院里去了。我站在值班室门口，雨不怎么下了，灰褐色的狱牢在雨雾弥漫的天空下，显得冷清而单调。有两个狱警领着三个身着黄色背心的囚犯从号里出来。走到院子中央，三个囚犯停住脚步，面朝塔楼的方向立正，然后依次报告姓名。塔楼上站岗的武警举起枪，高声喝道："什么情况？"囚犯答道："教育谈话。"武警道："老实点，去吧。"

我问老俞徐龙江是个什么样的人。老俞说，"从他十四岁开始我就认识他，野孩子，偷电瓶车、自行车，吸毒，打架，贼精贼精的，除了认字少，其他什么都不少。"

"他是什么时间被关进来的？"我说。

"上个月。"俞东杰说，"以前是少年犯，小打小闹，这次恐怕没那么容易出来了。"

提讯证上显示徐龙江这次涉嫌贩卖毒品，十九岁，如果罪名成立，十年八年是有得判了。这时候，韩保民领着一个年轻人进来了，穿着黄色的囚衣，头发长有一寸，鬓角有道疤痕，戴着手铐，神情冷漠黯淡，无精打采。看见俞东杰，有点惊喜。

"你们去第五审讯室。"韩保民说。

"谢了，韩大哥。"俞东杰说。

我们来到第五审讯室，屋里没人打扫，审讯椅和桌面落了一层灰尘。地上有桶残剩的方便面，方便面桶里扔着烟头，汤水发黑。俞东杰说，“徐龙江，你他妈的越玩越大啦。”徐龙江一进屋就迫不及待地说，“俞所长，有没有烟，给我支烟抽吧！”我让他坐到审讯椅上，老俞说不必。老俞看了看监控摄像头，拿出钥匙，打开了徐龙江的手铐，然后把一包云牌的香烟撂桌上，让他随便抽。徐龙江连忙抽出一支，掐掉橙黄色的过滤嘴，夹在嘴上。

“火，借个火俞所长？”徐龙江可怜兮兮地伸着手说，青黄色的脏兮兮的脸，麻木，疲倦，怎么看都不像一张年少的脸。

“毒瘾犯了？”俞东杰掏出打火机问。

“不是。”徐龙江漠然地说。

“好啊，那你也别借火了。”俞东杰把打火机装起来。

“我毒瘾小。”徐龙江说。

“这还像回事儿。”老俞把打火机吧嗒一声撂到桌子上。徐龙江赶紧拿起来把烟卷点上。俞东杰问，“你爸来看过你没？”徐龙江说，“早死了。”徐龙江蹲在墙根上连抽三支，狠狠地过烟瘾。

“行了吧？”俞东杰问。

“差不多了。”徐龙江深深打了个哈欠。

“我还有‘奶嘴’，你要不要来一口啊？”俞东杰试探道。徐龙江抬眼看看老俞，说，“不知道是啥。”

“你没卖过‘奶嘴’？”俞东杰问。

“想卖，没有渠道。”徐龙江说。

“你抽过几次？”

“没抽过。”

“小屁孩儿，不老实是吧？”老俞抓住他的衣领，把他干瘦的身子提溜起来。

“能不能给我交点儿‘伙食费’？”徐龙江任由摆布，毫无反应，一副死都不怕的样子。

“没问题，保证你隔三岔五有烧鸡吃。”

“这包烟能不能让我带进去？”徐龙江说。

“徐龙江，得寸进尺是吧？”

“不是，我在里面连个烟头也吸不上。”徐龙江又打了个哈欠。

俞东杰看看提讯室外，两个狱警在门廊下聊天。

“给你你也带不进去。”

“你肯定有办法。”徐龙江又抽出一支烟卷，把过滤嘴掐掉。

“好，我答应你。”俞东杰说，“我会给狱警打招呼，说你是我的狱内线人，每天允许你出来放风的时候抽一支。”

“本来就是。”

“回答我的问题。”

“那东西我只抽过两次。”

“什么时候抽的？”

“今年春节前抽一回，过了春节抽一回。”

“在哪儿抽的？”

“在战壕酒吧。”

“从哪儿买的？”

“不知道，蓝豆搞到的。”

“蓝豆是谁？”

“在战壕酒吧当三陪。”

“你睡过人家？”

“没有，她有男朋友。”

“现在，她还在战壕酒吧吗？”

“在，我进来之前还见过她。”

“蓝豆没给你说过从哪儿买的吗？”

“没有。”

“吸一次多少钱？”

“五六十块。”

“什么感觉？跟海洛因什么区别？”

“反正很刺激，想飞，死的感觉都有。”

“还有什么症状？”

“我形容不出来。”

“那东西是什么颜色，什么味道？”

“无色无味。”

“蓝豆长什么样？多大年龄？”

“蓝头发，十七岁，瘦瘦的，山西妹子。”

“住哪儿？”

“不知道。”

“还有什么？”

“就这些。”徐龙江说，“俞所长，如果你抓住人了，能不能放我出去？”

“有立功表现，可以减刑，暂时别想出去。在里面待一阵子对你有好处，有吃有喝，你也不用辛辛苦苦偷鸡摸狗了。”俞东杰说。

我们离开看守所的时候，雨又淅淅沥沥地下起来。俞东杰说他查过资料，曾有吸食者，服用裸盖菇素之后产生从高处跳下的冲动，他们确信自己可以飞行。只不过等待他们的往往是坚硬的地表以及来自地狱的嘭的一声闷响。

## 谋　杀

上午十一点，我们去战壕酒吧踩点儿，打算晚上行动。去战壕酒吧的途中，我们收到孙老师自杀的消息，便从槐树街改道走文化路，去蚌城一高家属院。这个突兀的消息，让我们变得迟钝，一时都没反应过来。因为雨下得小，黑色的雨刮器在最慢的挡位上，十秒钟左右刮一下。

“人怎么样？”我问俞东杰。

“但愿还活着。”老俞看了看我，脸上一抹谨慎的微笑。

街市上行人打着雨伞，或者穿着各色的雨衣。车走在大槐树下，豆大的水珠从树梢瑟瑟滴落，砸到车身上发出毕毕剥剥的声响。天空网状的雨丝，仿佛是疑惑与悲伤交织成的。孙老师为什么自杀呢。是马光辉的案子让她承受了太大的压力，还是因为跟马建国的私情？她和马建国的事，我把她想得太不好了。

走到文化路与人民路交叉口，正赶上小学生放学，四个交警冒雨指挥交通。大大小小的汽车堵有一公里长，自行车、电瓶车挤满道路。过了十字路口三百米左右就是一高，但这三百米左右的距离显得格外漫长。那家“Best宝视达”眼镜店还在；简爱理发店、常记面馆还在；“文化路浴池”改成了“文化路洗浴宾馆”；还有柯达照相馆，我们的毕业照就是他们拍的。记忆中的画面不期而至，浮现在眼前。

俞东杰凝眉思忖着，一直没有说话。雨刮器有节奏地重复着单调的动作，无声无息地滑过挡风玻璃。车窗上结了一层白气，车内湿热而沉闷。我打开车窗透气，任绵绵细雨飘洒在我脸上、肩上。远处的天空灰暗而迷蒙。

过了十字路口，过了一高大门，我们拐进那条水泥路，水泥路左侧是学校的围墙，围墙上写着“道路两侧，禁止停车”，宣传栏里张贴着家属院卫生制度、健康教育工作制度。围墙内红色的教学楼重新刷了墙漆，崭新鲜艳；第三食堂后面，几个抽油烟机出口沾满厚厚的黑色的油污；再往前走是大操场，两排高大的梧桐树挡住了视线；过了操场再往里走，是两幢白色的寝楼，有间寝室的后窗上还挂着两件衣裳，大概忘了下雨这回事。路右侧便是学校家属院，我们把车停在大门口一侧，然后步入家属院小区。

围观者已经散了，在一间车库里有三个人望着坠落处的血迹议论着什么。二号楼前面，栽着一排银杏树，经雨的枝叶绿油油的。有两名协警在房廊下抽烟，头发都淋湿了。孙老师被人民医院的救护车拉走，协警说当时还没断气。人是从四楼自家的阳台上跳下来的。坠落点旁边躺着半块褪色的浅绿色的塑料雨搭。小雨形成的涓涓细流带着红丝绸一样的血液流入下水道。俞东杰抬头望二号楼，大部分住户都装了防盗窗，只有四层和五层有三户没有装。一处固定电线的生锈的三脚架从墙上脱落，连着电线在空中摇晃，滴答着水珠。

“谁报的警？”俞东杰问那俩协警。

“报警人和目击证人到派出所录口供了。”协警说。

“到她屋里看了没有？”俞东杰问。

“还没有，打不开门，已经联系她亲属了，他们会尽快来开门。”协警说。

我们等的工夫，走访了孙老师的邻居。有的说，以前她很开朗，工作狂，生源差的班级经她一带，升学率也能很高，但是这几年她好像不大跟人来往了，对她的近况不了解；有的说，作为教师很优秀，业务没啥说的，后来提拔了副校长人就不是那回事了，近两年更不像话，三天两头请假，校委会意见很大。问到为什么自杀，都表示不理解；问到最近有没有发现什么人到过她家，都说不清楚。

来开门的是孙老师的外甥女，二十多岁。我问孙老师什么情况，她说没抢救过来。我心里一阵难过，先前抱着的那点希望彻底熄灭了。我想起她带我们走过的三年的时光，想起她在课堂上严肃而专注的神情；想起她漂亮的粉笔字；想起她对我的信任与期望；想起卧龙山庄那一晚她在树下抽烟；想起她曾经孑然一身度过了那么多年。她还没有退休，刚刚四十九岁，一个与死亡不相符的年龄。

我俩跟着孙老师的外甥女走上楼梯，墙壁上喷满各种小广告，许多接线盒碎烂了，露出各种杂乱的缆线。没有声控灯，楼道里弥漫着陈旧而昏黄的气息。我们爬到四楼，她将一枚生锈的黑褐色的钥匙插入古铜色的锁孔，银灰色的防盗门吱嘎一声打开了。然后她又用另一把钥匙插入锁孔打开黄漆木门，木门发出小象呼唤一样的悲鸣。

一进屋女孩就哭了。她说她上高中时在姨妈家住过两年，姨妈没有孩子，待她像亲生女儿，这两年她在外地就业结婚，跟姨妈疏远了。屋子里幽暗、冷清，俞东杰打开所有电灯。门口的条绒吸尘垫上放着一双黑色女士皮鞋，皮鞋旁边放着一双灰蓝色的拖鞋，也许有人来过。鞋架上除了各款女鞋，也放着一双拖鞋。

餐桌上一碟瓜子、一把梳子，什物篮里蹲着几个苹果，有一把椅子被拉出来，稍稍歪斜着，像是刚刚坐过。

客厅沙发上盖着几何纹的沙发罩；茶几上有些干涸的水渍，烟灰缸里溺毙着几个黄褐色的烟头；电视机穿着粉色的纱衣；垃圾桶里堆积着果皮、擦拭纸和一个站立的酒瓶，也许昨晚她喝了点酒，一个人或者跟什么人。

阳台的花架上，有一盆鸢尾花打碎了，泥土撒了一地；两盆绿萝也倒翻在地；还有一盆仙人掌、一盆天竺葵和一盆玻璃翠都有不同程度的碰损。晾衣架上挂着晒干的衣服，有两件内衣掉在地上；有一扇玻璃窗大开着，纱窗破了，被风吹得飘飘摇摇。

厨房里，案台上的电饭锅黑色的电源线耷拉着，里面有半锅熟米饭；蒸锅里放着半碗炒菜，也许馏过；淘洗盆旁边的垃圾桶发散着酸味，里面有米粥、红薯皮、腐烂的韭菜、发芽的萝卜；餐具都还干净。冰箱里有两个塑料袋，分别装着鱼丸和烧鸡，像是从饭馆打包带回家的，味道没有质变，最近两天应该跟什么人一起吃饭了。

卫生间里，窗户半开着，纱窗紧闭；洗衣机上趴着几件待洗的衣服，盥洗盆上放着香皂和化妆品，一条毛巾湿漉漉的，也许早上用过。我从镜子里看见自己忧郁的脸，不由得联想孙老师在此最后一次梳妆是何样的情景，仿佛她飘然地就站在这里了。

卧室里，床上象牙色的毛毯没有叠放，皱巴巴的横在那里，上面卧着一只抱枕。床头柜上有两瓶药，一瓶是佳静安定，一瓶是朱砂安神丸。粉白色的壁柜，一扇门开着，里面叠放着衣服，最上方的搁箱里塞着一条厚厚的条纹棉被。

来到背阴的小书房，书桌上放着一个乳白色的瓷茶杯，还剩余少量白水。电脑开着，QQ没有下线，处在隐身登录状态，昵称是“飞蓬草”。俞东杰戴上白手套，滑动鼠标，查看她的QQ信息，在“空间”里发现了这样的记录：

> 我非常惭愧，我教过的一个学生出了事，警方正在调查。虽然我认为他是个意外，可我觉得难辞其咎。我被警方传去问了两天，回来满是质疑的目光。各种传言都出来了，我压力好大，能不能别乱说了，我受不了了。

发表时间是5月12日23时45分。下面接着有两条评论。

第一条是来自“雏鸟的房间”的评论：有些事，只能承担，只能面对。

第二条是来自“微尘”的评论：唾沫星子淹死人啊，所以走自己的路让他们瞎掰吧！

除了电脑，我们没有动任何东西。初步看完，俞东杰告诉孙老师的外甥女锁好门，先不要碰任何东西，技术人员等会儿还要详细察看。她点头说明白。俞东杰又问，“你姨妈有抑郁症之类的情况吗？”她说应该有点抑郁症，以前治疗过。

我们离开现场，开车去奚仲街派出所。报案人是齐向远老师，高一时他教我们生物，现在他已经退休了。今天上午他买菜回来，走着走着听见身后砰的一声响，吓了一大跳。俞东杰说，人体内有大量水和气，在猛烈撞击地面时，体腔会发生爆炸。

齐老师原来和孙老师都住二号楼，他在一单元二楼西户。俞东杰问他近两天有没有发现孙老师和什么人接触。齐老师说，“也没发现她跟什么人接触，昨天我出来散步，见她和一个男生在楼下说话，还跟我打了声招呼，看着挺正常的。”

“您昨天什么时候出来散步的？”俞东杰问。

“五点左右吧，我每天下午都出去走走。”齐老师满头银发，比以前老迈，但气色依然不错。

“那个男生叫什么？”俞东杰问。

“我不知道，学生太多了。”齐老师说。

“长什么样记得吗？”俞东杰问。

“我没留意，就是白白净净的那样子。”齐老师说。

“男生有多大年龄？”俞东杰问。

“十七八岁吧，应该是高三的学生。”齐老师说。

“孙老师在哪个班任课？”俞东杰问。

“她应该不任课了吧，现在只做行政了。”齐老师说。

“她这两年一直没任课。”我补充说。

“我好像教过你，你叫什么名字，我忘了。”齐老师跟我说。

“您记性真好齐老师，我是2000届九班的李洞，班主任就是孙老师。”我说。

“对了，我有印象，你当时是班长。”齐老师头发花白，和蔼可亲地微笑着说，“现在成才了，不错不错，当老师的最开心的事儿莫过于自己的学生有出息。”

那时候因为高考不考生物、地理这两门课，所以生物、地理不招学生待见。齐老师一切顺其自然，每次上课他带一本书和一个笔记本，走上讲台郑重地宣布一声“上课”。然后我喊“起立”，同学们稀里哗啦地站起来说“老师好”。他说“同学们好，请坐下”。我们再稀里哗啦地坐下。然后齐老师说，同学们有什么问题可以问我，老规矩，我学我的，你们学你们的，可以说话，但不要大声。然后他打开书本、笔记本，津津有味地做自己的学问。常常是下课铃响了，他还在沙沙地记笔记。齐老师的学问很好，你如果问他语文题、数学题，他也能解答。我忽然百感交集。我又想起吴梦莹，想起物是人非的种种。

“谢谢齐老师夸奖。”我说。

另一个目击证人是个收破烂的老头儿，当时他蹬着三轮车，正在二号楼前吆喝“谁有破烂拿来卖”，忽然一个人从楼上哗啦就下来了。

我们中午在奚仲街派出所食堂吃了免费的午餐，张卫峰问老俞汾酒什么时候能喝，他等得喉咙都干了。老俞说忙过这几天。老张说，“我看你这几天比几年还长。”老俞笑道，“还没吊足胃口哪。”吃完饭从奚仲街派出所出来，俞东杰说想顺道去人民医院看看尸体，我犹豫着没有回应。他又着重问了我一句，“怎么样？”我说，“没问题。”

我们来到医院，向院方管理人员出示了证件，并向孙老师的亲属说明来意。孙老师的大妹同意我们查看，在她的陪同下，管理员领我们乘电梯去太平间。太平间在地下负一楼，电梯门打开，一股阴冷的风席卷而来，令我的头发丝爹竖起来。管理员瘦骨嶙峋，戴着厚厚的近视镜片，面无表情；俞东杰一脸冷峻；孙老师的大妹满目凄惶。

停尸间厚重的不锈钢推拉门慢慢打开，里面黑咕隆咚，伸手不见五指。管理员随手吧嗒摁了一下开关，几根电棒闪了闪，嘣嘣地亮起来，刷着绿漆的墙壁反射着绿光，我们仿佛潜入了一片冰冷的浅绿色的水域。空气中似乎有个变态的机器在一秒钟之内将太平间的温度吸干了，冷气令人牙齿打架。管理员不耐烦地揭开覆盖在孙老师身上的浅蓝色的尸布，她穿着一套粉白色的睡衣，沾满血污，泥水还没有干，长头发散乱在头下，头部有两处创伤，血迹黏结在头发上。在微暗冷清的光线里她的脸色和裸露的双脚像粉笔一样白，浑身的血液似乎被抽干了。躯体佝偻不直，下巴颏上翘，一对幽暗的鼻孔阴森森地瞭着来人。

## 裸盖菇素

晚上我们去战壕酒吧。战壕酒吧在城西那条老街上，路灯瞎了一半，街道狭窄，两边大多是民房改造成的参差不齐的门面，五金日杂店、焊接铺、汽修部，诸如此类；一家烧烤店，生意不大景气，锈迹斑斑的炭炉冒着一缕孤烟，奄奄一息。老板趴在柜台上无聊地喝着自卖的啤酒；老板娘捧着脸打瞌睡，即使架子上挂的羊肉趴满光顾的苍蝇也懒得招呼一下。

战壕酒吧在烧烤店斜对面，我们把警车停在远一点的地方，然后步入战壕酒吧。吧台左侧有道水泥楼梯通往地下室，隐隐传出舞曲的闷响。服务生说，要到地下室玩需要先充值一千元，办一张VIP卡。俞东杰把钱给他，他说很快办好。这时候时钟指向午夜十二点，街道上路灯全部熄灭，只有烧烤店门前那盏六十瓦的灯泡照出一小片光亮，其余一抹黑。黑暗中来了一辆车，直接开到酒吧门前，车大灯强烈的光芒射入昏暗的酒吧里，刺着我们的眼，俞东杰皱起眉。

从车上下来两男两女，其中一个女的戴着墨镜。四个人说笑着走进来，领头的男人冲服务生晃了晃VIP卡，便径直朝地下室去了。

办好会员卡，服务生问，“头次来吗？”我说是。于是服务生引着我们进入地下室。入口写着“负一层，小心碰头”。过了第二道门，骤然喧闹起来。首先看见的是一场钢管舞表演。那舞女甩着金发，骨感十足，像一只倒挂的螳螂。观众不时喝彩，有的醉汉嘿嘿傻笑。空调温度很低，湿凉的烟味不仅刺鼻而且蜇眼。

穿过舞池，我们找座坐下。地下室空间不小，我感觉应该是一个大“F”形的格局。再往里有几间韩式包厢。俞东杰用眼睛搜寻着每个座位与角落。没有看见蓝头发女孩。刚才在我们前面进来的那两对男女就坐在不远的地方，戴墨镜的女人正把墨镜取下来。我们要了两杯扎啤。

舞曲突然像一阵鞭炮咕嗵咕嗵地响起来，一下子爆破了人的狂热。酒鬼们纷纷站起来，开始蹦迪，尖叫，扭动腰身，吐着烟雾，摇头晃脑。旋射的灯光令人眼花缭乱。舞曲时而热烈，时而紧张，时而窒息，时而又排山倒海。舞场里沸腾着血液，翻滚着皮肉，不知死活地颠簸着五脏六腑。

舞曲过后，我发现吧台里一个系红头巾的小伙，一边调酒一边扭头看我们。过了一会儿，他过来了，把一千块钱退给了俞东杰，说是老板的意思。

“你是谁？”俞东杰问。

“叫我小刘就行。”小刘头顶扎着一撮头发，像个鸡毛毽子。

“你们老板是谁？”

“是昊哥，哦不是，是秦昊。”

“让他出来见我。”俞东杰说。

“他今晚不在家。”

“不在家，这么巧。”俞东杰说，“我们又不是踢场子的，见个面，我有事问他。”

“今晚老板真的不在，要不请哥留个联系方式吧。”

小刘很为难，用手指挠着脸上几颗红得发紫的青春痘。

“看来秦昊这小子架子挺大啊。”俞东杰跟我说，“好吧，咱们走。”我们出了酒吧，俞东杰说，“我们刚进来就被认出来，这个秦昊神通广大啊。”我们上了车，俞东杰的电话响了。

“‘保护伞’来了。”老俞打开手机，是周平生副局长的电话，周副局长分管治安管理。老俞接通电话，打开免提，对方说：

“东杰啊，我是周平生，听说你还在加班，辛苦了。”

“周局辛苦，这么晚了还惦记着同志们。”俞东杰说。

“是这样，有个亲戚，开了个酒吧，如果你发现他们有违法的地方，一定要依法处理，千万别顾忌跟我的关系。刚才他给我打电话，要我跟你打个招呼，关照一下，你别误会，我决不护短。”

“周局深明大义，东杰一定照办。”俞东杰说。

“那好，就这样，早点休息，再见。”周副局长说。

第二天下午，俞东杰带着我把警车直接停到战壕酒吧门口，然后把靠背放平，躺车上补觉。我说，“这样行吗？”俞东杰说，“你等着阿洞，有奇效。”我们躺到下午四点多，老俞的手机响了。

“东杰哥，我是秦昊，周局长是我舅舅，昨个有点事儿，没来得及找你。”秦昊说。

“你是那个‘日天’‘昊’吗？”俞东杰问。

“是啊东杰哥。”秦昊说。

“你到警车上来。”

“我马上过去。”秦昊说，“东杰哥，能不能先把警车开走，马上该上客了，你把警车停在这儿，谁还敢来呀，是不是？”

“见面再说。”俞东杰挂了电话。

过了一会儿，秦昊来了，二十八九岁，嘴巴上方卧着一只大塌鼻子，不像是天生塌的，也许在某次搏斗中被人打碎了鼻梁骨。

“东杰哥，小弟照顾不周的地方，请多多包涵，你看我舅都说了，咱们是自己人哪。”

“谁跟你是自己人？你是哪架子上的鸡？”俞东杰说，“周局长说了，你要是有违法的情况，严惩不贷。”

“好好好，哥哥说的是，只要你发现我哪些地方有毛病，尽管处罚我。”因为鼻子塌的原因，秦昊说“好好好”听起来像“搞搞搞”。

“把蓝豆交给我，我马上走。”俞东杰说。

“蓝豆？我没听说过这个人啊……”秦昊一咧嘴。

“别跟我废话，耽误了我的事儿，小心我替周局长收拾你。”

“好好好，我问问，员工多，我也弄不清楚，哥哥稍等。”秦昊到一边打电话去了。十分钟左右，秦昊过来，苦笑道，“哥哥，我舅让我问问你，找那个蓝豆有什么事儿吗？”

“当然有事儿。”俞东杰说。

“那跟我们酒吧没什么关系吧？”秦昊问。

“秦昊，你小子要是没有看上去那么傻的话，就马上把人规规矩矩地交给我。”俞东杰几乎是一字一顿地说。

“好好好，我明白了，马上交人。”秦昊的脸冷若冰霜，塌鼻子翕张着，发出吭吭的声音。

战壕酒吧对面传来电焊铺切割钢材的刺鸣。一辆深红色的小汽车从南边呼啸而至，冲起一团尘烟。

蓝豆从车上下来了，秦昊龇着牙咬着下嘴唇，以一种警告的温和语气嘱咐道，“蓝豆，警官哥哥让你走一趟，你就走一趟吧。好好跟警官哥哥配合，知道的你就说，不知道的别乱说。”蓝豆嚼着口香糖，点点头。

俞东杰冷哼一声，掏出一支烟插在烟斗上。那是我第一次看见他使用烟斗。蓝豆极不情愿地上了车。我们发动帕拉丁警车，离开了战壕酒吧。

车上，蓝豆说，“哎，警官，我又没犯法，为什么跟我过不去，我也很辛苦的。”我们没有搭理她。到了刑警队，蓝豆依然否认她吸食过“奶嘴”。她身份证上的名字是冯豆豆。

“冯豆豆，头发染得不错啊。”俞东杰说。

“我爱怎么染怎么染。”蓝豆说。

“你在战壕酒吧干什么工作？”

“除了卖啤酒，什么也不干，我可是良民。”

“你吸的那东西，从哪儿来的？”

“除了烟，我什么都没吸过。”

“放你娘的屁。”俞东杰骂道。

“好吧，”蓝豆嚼着口香糖说，“算你牛逼。”

“我看你是不想出去了。”俞东杰说。

“随便。”蓝豆满不在乎。

“先说说你的家庭情况？”我说。

“没有家，我在外面喝西北风长大的。”

“请你好好说话行吗，我们是依法办事，并不是跟谁过不去。”我说。

“我平常就这么说话啊，哪儿不对啦？”蓝豆一脸不屑。

“欠揍。”俞东杰说。

“我可不是吓大的。”蓝豆吐了口香糖，点上一支烟。

“你家人的联系方式是多少？”我问。

“关你屁事，懒得睬你。”蓝豆对着我坐的位置吹了口“仙气”，那口气夹杂着烟味、酒味、口香糖味以及香水味。

俞东杰站起来，走到蓝豆面前，啪啪掴了蓝豆两个耳光。俞东杰说，“这是我替你老子打的。”蓝豆惊恐地捂住脸，泪水在眼眶里打转。“现在会好好说话了吧。”俞东杰喝道。蓝豆的鼻子抽搐着，嘴唇抖动着。我把老俞拉到一边，给他点上一支烟。

我对蓝豆说，“我知道这件事你不想家人知道，我们会尽量帮你隐瞒，但是你是未成年人，我们必须找到你家人。”蓝豆像孩子一样哭出声来。俞东杰命令道，“哭给谁看哪，憋住！”蓝豆立刻止住了哭泣，憋得鼻子里呼哧呼哧地喘气。我抽出几张纸给她。我说，“即使你不说，我们也能查到，只不过是慢一点，但那样一来大家都不好看了。”蓝豆翻翻眼看看我，我知道她准备说了。我说，“我如果是你，就不会傻到在这个小问题上跟那位想当你干爹的人怄气。”蓝豆擤了擤鼻涕，扔了擦拭纸，看着俞东杰说，“好吧，你牛逼，我现在清醒了。”

蓝豆告诉我她爸的手机号，俞东杰用办公室的固定电话拨通蓝豆父亲的手机，摁下免提键。

“喂，你好。”

“你好，谁呀？”对方说，听声音应该有五十岁左右。

“你认识一个叫冯豆豆的吗？”俞东杰说。

“她是我闺女，你是谁呀，我没听出来？”对方说，“我正找这孩子呢，走了半年，也不知道去哪儿了，她没事吧？你是谁？”

“你别急大哥，冯豆豆没事，我是公安局的，她呢因为无证驾驶，被我们教育了一下，你不介意吧。”

“不介意不介意，只要她没事就好，我女儿虽然性格倔，但是心眼好，你们可不要为难她呀。”对方的声音充满恳求。

“不会的，你放心吧大哥，她很快就回去了。这是我们办公室的电话号，有什么随时跟我们联系。”俞东杰又跟他说了我们的通信地址，然后对方说，“我能跟豆豆说两句话吗？”

“好的，我让她接。”俞东杰把电话给蓝豆。对方说，“豆豆，你没事吧，你还生你妈的气吗，赶紧回……”蓝豆关了免提，我们听不见对方说什么了。

“爸，你放心吧，我没事，你不用担心我……”蓝豆一边抹眼泪一边说，脸上的脂粉、暗蓝的眼影被泪水洗掉了一部分。通完话，她把电话交给老俞，蓝豆的爸爸放心不下，再次求老俞不要为难豆豆。

在接下来的讯问过程中，蓝豆给我们描述了吸食裸盖菇素的感受，一开始四肢麻木，不能动弹；过一阵子身心轻盈，眼前出现幻觉，有飞行的冲动。卖家提醒吸食者，享用之后不要去高处，否则后果自负。

俞东杰给我科普过，毒品通过作用于大脑的中枢神经系统来影响人的行为，大脑的刺激作用和抑制作用在正常情况下是平衡的，这就好比油门和刹车，一旦失去平衡，后果难以预料。而打破这种平衡的常常是药物，比如酒精、海洛因、冰毒以及裸盖菇素。

蓝豆还没有成瘾，最初吸食裸盖菇素的原因主要是好奇。裸盖菇素耐药性很明显，吸食过两次之后，同样的剂量已经达不到预期的效果，需要加大剂量。蓝豆说，“幸亏没钱抽不起，否则真就抽上瘾了。”向她兜售“奶嘴”的人是个四十多岁的妇女，但从没露过脸，每次都戴着口罩，最近一次，她把东西放在一家成人用品店，让蓝豆去取。

讯问结束时已是晚上八点，赵大队告诉我们，按照省厅给的测试方法，法医对孙老师的血液进行了裸盖菇素测试，结果呈阳性。俞东杰吃了一惊。

赵大队让我们今晚就去那家成人用品店蹲守，让五中队去找那天晚上在卧龙山庄聚会的几个人来验血，查一下还有没有人吸食过裸盖菇素。我们先去粥鼎记吃了晚餐，然后由蓝豆指路，我们开着那辆白色捷达来到人民广场对面的一条小街上，从广场散步回家的人很多，街的尽头就是清河。那家成人用品店在路西，离丁字路口不远。我们将车倒进成人用品店对面两棵女贞树下，与另一辆黑色尼桑并列停靠，然后关闭车灯，把车窗开一道缝，我们隐蔽在车里。几杆路灯发着橙黄色的浊光，像街头流浪汉昏聩的老眼。

随着时间的推移，行人越来越少，街上逐渐冷清。俞东杰问蓝豆上次交易是什么时间，蓝豆说将近十二点。俞东杰看看时间说，“现在十点四十，也快了。”路对面那爿小店铺掩映在女贞树下。如果不是门头左侧的一小块广告屏，几乎看不出是家做买卖的。广告屏上闪烁着“夫妻用品，24小时营业”的红色字样。通过树枝的缝隙还可以看见，两扇磨砂玻璃门上也分别贴着宋体字广告语，一边是“成人保健”，一边是“情侣用品”。从玻璃门里透出暧昧的柔和的光雾。在两扇磨砂玻璃门上还有几个淡淡的水印美术字，一边是“调情　情趣　避孕”，一边是“跳蛋　震动　颤抖”。

我们沉默着，等待着。俞东杰眼瞅着对面，摆弄着那把五四式手枪。忽然老俞像背网络段子一样说道，“以前人们讲情调，现在人们讲调情；以前人们玩心跳，现在人们玩蛋跳；以前人们追求感动，现在人们追求震动。好邪门啊。”

蓝豆在后头扑哧一声，显然没忍住笑。

这时候，有俩女的穿着白色短裤，手拉手，边走边咬耳朵，走到店门口，左右望了望，拐进店里。老俞问是不是她们，蓝豆说不是。大概五分钟，俩女的出来了，有说有笑地朝街道尽头走去。到了清河边，没有路灯，我们看不见她们了。过了一会儿，从清河边的沿溪路，从黑暗中，来了一辆车，停在离成人用品店不远的地方，首先下来个男的，五十多岁的样子。

接着车上下来个女的，揪着自己的连衣裙抖擞着，看那意思是怕热，男的推推她，让她赶快上车。然后男的掏出钱包，匆匆进店，匆匆出店，匆匆驾车，从车上传来女人的笑声。笑声并不真切，大概在电动车窗完全关闭前的片刻传出来的，那时候车排气筒正咴咴打着喷嚏，就在一瞬间笑声已经在夜空中零落了。

这时候，又有人在成人用品店门口停下。俞东杰看看时间，十一点半。那人骑着电动车，二十来岁，嘴上叼着烟，穿一件长袖方格T恤衫，灰色牛仔裤把屁股收得紧绷绷的，头上的短发支棱着，有股子冷酷劲儿。他停好电车，提提腰带，一手插进裤兜，一手推门进店。俞东杰说，“蓝豆，是不是也不是这个人。”蓝豆说这个人没见过。

为避免打草惊蛇，我们没有贸然行动。又过了一个小时，仍然没什么发现。老俞继续摆弄那把五四式手枪，咔嗒上膛，垫着方向盘，瞄准成人用品店，压扳机，继续压扳机，啪的一小声，击锤的一小声，空打的一小声，干巴巴的一小声，就像打火机啪的一小声。然后再上膛，再瞄准，再啪的一小声。看不出他有半点着急和倦怠。直到凌晨两点，我和蓝豆哈欠连天，俞东杰才发动汽车，放我们回去睡觉。

第二天上午，我们对蓝豆采取社区戒毒措施，办完手续，函告大同当地警方。我们把蓝豆送到去大同的车站。老俞掏出五百块钱给我，让我给蓝豆当路费。我说，“让你一人掏腰包不合适。”老俞说，“也不是我掏腰包，我是先垫上，回头我找赵大队报销，这是公事儿。我们又不是活菩萨。”“好吧。”我说。买好车票，上车前我把五百块钱给蓝豆，蓝豆不要。

“我还没穷到一无所有。”蓝豆说。

“我们不是可怜你，这是按规定给你的，相当于遣返费吧。”我说。

“不需要。”蓝豆说。

“还想挨打是吧。”老俞笑道。

“你要是把我们当朋友，就拿着吧，要不你‘干爹’会生气的。”我把钱塞进她衣兜里，“说不定有一天，我们去大同看云冈石窟，你还得管饭呢。”

“那你们一定要去。”蓝豆说。

“一定。”我说。

蓝豆凄然地看了看俞东杰，说，“我会记着你的。”老俞说，“欢迎各种各样的打击报复。”蓝豆凄然一笑。艳阳高照，她上了车，我和老俞站在巴士的阴影里抽烟。她打开窗户，让我们回去，说她肯定回家。过了一会儿发车的时间到了，大金龙客车启动，车尾的发动机震颤着发出嗡嗡的轰鸣，排气筒喷出的热浪荡起巨大烟尘。蓝豆再次朝我俩挥手，挥手，泪水流到鼻洼里。我心里一热，一瞬间我想起在她这个年龄我经历过的往事。车开过去，太阳强烈的光线刺得我闭上了眼睛。

回到刑警大队，老俞跟老赵说报销的事儿。老赵说，“你既然做好事了，就别想着报销，再说也没有发票。”老俞说，“做好事儿能开发票吗？”老赵说，“所以做好事不能报销，否则那还叫什么做好事。”老俞说，“别跟我扯淡，我这是公事公办，公私分明。”赵大队说，“你写个情况说明，我给你签字。”老俞说，“这还差不多。”

我问俞东杰接下来怎么办。老俞说，“你知道毒品作用于大脑的时候有多危险吗？”

“不清楚。”我说。

“大脑控制心跳、血压和呼吸，比如被呛着的时候，大脑发出指令让身体机能产生反射，清除异物，而毒品会抑制大脑的正常反应，那么身体得不到指令，就会窒息而死。”

“就是说，裸盖菇素可以用作杀人的手段？”我说。

“马光辉和孙卿吸食了裸盖菇素，首先，死于意外的可能很大。”老俞指着自己的脑门子说，“因为这儿，这儿不听使唤了。”

我们把枪和弹夹分别从保险柜里拿出来。俞东杰继续说，“当然也可能死于他杀，如果裸盖菇素是有人故意让他们吸食的，那就可能是谋杀了。”俞东杰拿出那个白色烟斗又说，“所以，咱们下一步要弄清马光辉和孙卿是怎么吸食了裸盖菇素的。”

“事情越来越复杂了。”我说。

“恰恰相反，我觉着事情开始明朗了。”俞东杰叼起烟斗。

## 失 踪

俞东杰参加专案组会议，我在我们中队休息室等他。天气燥热，我打开房顶的吊扇，然后从铁皮柜里拿出一本旧杂志胡乱翻翻。我躺到床上把那条叠成豆腐块的军绿色的被子压瘪了。对面是另一张钢结构双人床，下铺没有被褥，裸露着棕色的压缩木板。上铺的两个兄弟跟中队长出差了，房间我可以专用几天。看了一会儿杂志，我想起姜楠的生日，便给她打电话，告诉她后天5月19号是她的生日，问她打算怎么过。她说她还没想好。我问她喜欢什么蛋糕、希望在什么样的地方过。她说，“你那么忙，怎么忽然关心起这件事来了。”我说我一直在关心这件事。她说，“为什么呢？”我说5月19号我正好没事干。她义愤填膺地哼了一声。我再次问她喜欢什么蛋糕、希望在哪儿过、白天还是夜晚。她说，“我真的不知道，你最好去猜。”这时外面响起了敲门声，随后俞东杰推门进来了。可真是时候。

“会议结束了？”我问。

“结束了。”俞东杰在对面的床板上坐下，看着我。

“什么精神？”

“所谓省里来的刑侦专家，基本上跟我们分析的差不多，”俞东杰抽出一支烟，说，“马光辉和孙卿体内都检测出裸盖菇素，孙卿死亡在后，有两种可能，第一，孙卿吸食裸盖菇素，了解裸盖菇素的功效，5月6号那天晚上利用裸盖菇素，故意让马光辉坠崖身亡，然后她承受不了心理压力，选择自杀。”

窗外的阳光照射进来，俞东杰吐出的烟雾在光束里缭绕翻滚。我没有接话茬儿，俞东杰继续说，“第二种可能是，另有其人，先后让他俩吸食了裸盖菇素，这种手段陌生人做不到，应该是熟人作案。”

“划定人员范围了吗？”我问。

俞东杰没有直接回答我，他说，“吸食裸盖菇素后，两周之内仍然能检测得出来，今天是17号，就是说从5月6号到现在过了十二天，卧龙山庄那天晚上如果还有谁吸食过裸盖菇素，仍能检测出来。如果是吸食成瘾者，两个月之内可以间接检测出来。”

“都进行检测了？”

“魏娟的结果也出来了，经广州警方配合对其血液进行检测，未发现裸盖菇素。”俞东杰掰着手指头说，“祁宏伟、黄晓东、乔永、方慧都没有检测到，目前还有你和陈德坤，你去技术室验一下血吧，例行程序。”

“没问题，”我说，“你等我一下。”

俞东杰点点头。我来到技术室，两个同事正等着我，都准备好了。我问需要多长时间，他们说二十几分钟。我伸出手，一个同事捏住我的中指，用酒精棉擦拭了一下，一丝凉意顺着中指传导至臂弯。然后他们用一枚匕针快速地刺破了我的中指肚，稍加捻压，一朵鲜血开在指尖，尖细的疼痛像一根看不见的铁丝穿过心头。他们用一张两寸照片大小的白色吸附纸采集了我的血样，然后拿到一瓶橙色的液体旁边。我用酒精棉球按着伤口，站在技术室门口等了一会儿，一个同事说，你可以走了。

我回到休息室，把酒精棉扔进垃圾桶。

“进行完了？”俞东杰问。

“你说呢？”我也问。

“例行公事，你还真小心眼啊。”

他给我一支烟，我点燃，抽了一口。我说，“并不是小心眼，这事搁你身上你高兴啊。”俞东杰收拾好公文包，对我说，“这回我给你当跟班。”

“去哪儿？”我问。

“陈德坤疑似失踪。”俞东杰说，“昨天晚上，五中队没找到他，家里没有人，他父母外出了，学校说他昨天下午没去上班，手机关机。今天到现在仍然联系不上。”

蚌城二中新校区在开发区，封闭式管理，陈德坤在那儿上班。孙老师是前天中午在医院抢救无效死亡的，陈德坤是昨天中午失去联系的，两者似有某种关联。俞东杰开着帕拉丁，我坐在副驾驶座上，我们出了刑警队大门。

“你怀疑陈德坤？”我问。

“现在大家都怀疑他。”俞东杰说。

“他缺乏动机。”我说。

“缺乏不缺乏动机，很快就知道了。”俞东杰兴奋地说，“我感到离真相只有一张窗户纸的距离了。”他打开车载CD机，播的是童安格的《忘不了》，老俞跟着哼唱了两句。

“还有没有其他可能？”我问。

“跟孙卿接触的那个高中生，记得吧，你那个齐老师说的，”俞东杰说，“我觉得那个高中生不该在那个时候出现在你们孙老师家楼下，总感觉怪怪的。”

“去查了吗？”我问。

“赵大队和李副局长去查了，得找他们校长，看看那名学生究竟是何许人也。”俞东杰说。

枫杨路中段即是蚌城二中，铁栅墙内外栽着茂密的榉竹，青翠挺拔，掩映着校园，形成一道天然屏障。大门口两侧分别种着两行玉兰。大门建得相当气派，有两层楼那么高，椭圆的横格索拉吊梁，多少流露出现代气息；门卫室居中，将铝合金电动伸缩大门一分为二，右进左出，从里面看是右出左进。

我们将警车停在大门口的玉兰树下，一个五十来岁的保安从门卫室出来，非常礼貌地跟我俩打招呼。俞东杰出示了工作证，说需要到教务处办点事。保安大哥给我们免去了登记手续，摁下遥控器开关，大门轱辘轱辘打开了。走进校园，冲着大门的柏油路两边栽着两列银杏，树干高大，碧绿的新叶在阳光下闪着盈盈的光。树下立着宣传栏。走出银杏林荫大道，进入升旗广场，一杆银光闪闪的不锈钢旗杆直插云霄，五星红旗在夏日的蓝天下迎风飘扬。这是学校的中心地区。围绕着广场，由东向西，分别是教学楼、宿舍楼、餐厅以及办公楼，一律刷着热腾腾的赤红色的墙漆。学校正在上课，教学楼上传来授课和读书的声音，操场上有一群穿着红色球衣的少年正在练习篮球。我们走向办公楼，楼前有个小花园，边沿的红叶石楠修剪齐整。

接待我们的是一名分管后勤的副校长，他一边带路一边说，“这个小陈是不是闹什么情绪了，不上课，也不请假。”我们查看了签到簿，上面显示陈德坤近来十天按时上下班，考勤情况正常。然后副校长带我们来到二楼202室，这是一间小会议室。陈德坤教二五班和二六班的几何，我们首先询问了二五班班主任。

“您最后一次见陈德坤是什么时候？”俞东杰问。

“昨天上午十点多，我上完语文课下课，碰见他在走廊里，拿着教案。”班主任说，这人留着一缕小黑胡，年龄跟俞东杰差不多。

“他跟您说什么了吗？”俞东杰问。

“没有说什么，他冲我点点头，我朝他点点头。”班主任一说话先皱一下眉，很谨慎的样子。

“您觉着他人怎么样？”俞东杰问。

“我觉着他人品很好，团结同志，忠厚老实，也很勤恳，我们班的几何成绩在全年级很优秀。”班主任说。

“平时如果遇到什么事儿，不能按时上课，他会跟您说吗？”俞东杰问。

“每次都说，先向领导请假，然后再跟我说一下，或者跟其他老师调课，也都会说一声，他很有规矩。”班主任说。

“他最近有什么不寻常的地方吗？”俞东杰问。

“我觉着他很正常。”班主任说。

“昨天上午他什么时候离开学校的？”俞东杰问。

“我不清楚，我知道他第四节有课，二六班的课。”

“他‘五一’期间跟同学聚会，出了点意外，这件事你知道吗？”俞东杰问。

“我听说过，但不清楚。”

“您问过他这件事吗？”俞东杰问。

“没问过，我从来不过问别人的私事。”班主任说。

“您觉着这件事儿对他有影响吗，比如受刺激什么的？”俞东杰问。

“应该没啥影响，我也没发现对他有什么刺激。”班主任说。

“您对陈德坤突然失去联系这件事怎么看？”俞东杰问。

“我没什么看法。”班主任用食指擦了擦鼻子说。

“您还有什么吗？”俞东杰也皱起眉头。

“我没什么了。”

“那就不耽误您的时间了。”俞东杰说。

“啊，好。”班主任有点意外地站起来，皱了一下眉，又说，“你们辛苦了。”我说，“不客气，麻烦你告诉下一位过来。”他说好的。这名班主任走出小会议室的时候，俞东杰说，“除了废话还是废话。”我说，“如果不改行，这样的废话恐怕还要重复二十多年。”俞东杰说，“我有个老领导，搞审讯的，他常告诉我，‘我懒得跟你废话’这句话也是废话。”接下来询问的是一名与陈德坤关系比较好的代数老师，他们年龄相差不大，同时考取的这份工作。

“你最后一次见陈德坤是什么时候？”俞东杰问。

“昨天上午十一点，第三节下课，我们一起回的办公室。”代数老师说。

这时下课铃响了，随后是学生下楼的声音，很快校园里叽叽喳喳，热闹起来。

“你们说什么了吗？”俞东杰继续问。

“他说跟女朋友和好了，中午去她家吃饭。”代数老师说。

“他中午去了吗？”俞东杰问。

“应该去了，也可能没去，”代数老师说，“反正后来就联系不上了，手机打不通了。听说昨天晚上公安局找他没找到。”

“他跟他女朋友怎么回事？”俞东杰问。

“前几天一直吵架。”

“为什么吵架？”俞东杰问。

“这我也不大清楚。”代数老师说，“‘五一’期间他跟同学聚会，一个同学出事了，他被公安局审问，不知是不是与这件事有关。”

“那件事对他有什么刺激吗？”俞东杰问。

“我感觉刺激不小，从公安局回来，整天耷拉着头，也不大说话，萎靡不振的，情绪很低落。这两天刚好些，人精神了，突然又失踪了。”代数老师说。

“还有其他不寻常的情况吗？”俞东杰问。

“其他的没什么，就是那件事儿，对他是个刺激。”

“他给您讲过这件事吗？”俞东杰问。

“没讲过，有一次我问他，他说倒霉死了，别提了。他不讲，我也就没问。”

“除了工作时间，最近他跟什么人接触过或者干过其他什么事儿吗？”俞东杰问。

“最近他状态不好，跟我也很少说话，加上跟女友闹得不爽，所以，我也不清楚他最近都干了什么。”

“昨天中午放学时，您在什么地方？”俞东杰问。

“我提前走了一会儿，当时在街上，富强路上。”

“昨天上午他什么时候离开学校的？”俞东杰问。

“应该是放学后走的吧，他第四节有课，我走的时候他应该还在上课。”代数老师说。

“您对陈德坤突然失去联系这件事怎么看？”俞东杰问。

“是不是又跟女朋友闹掰啦？”代数老师说，“我说不准。”

接着我们又询问了三个老师。陈德坤是昨天放学后坐公交车离开的，他的电瓶车在学校里充电，大概当时电力不足。我们查看了陈德坤的办公桌，桌面上放着一摞教案和几本教材，抽屉里有个会议记录本，所记都是学校的一些公事，还有一本听课笔记。没发现什么异常。我们离开学校时，已经放学半个钟头，副校长留我们吃饭，俞东杰说，“感谢配合，不麻烦了。”升旗广场上的天空被一层乌云覆盖，强烈的阳光透进云层使乌云发出灰白的焐热的光晕。夏日的天空总是变幻莫测。经过大门口，门卫室的保安大哥正端着饭盒吃饭，看见我们，用拿筷子的手朝我们挥了挥。

我们回刑警大队的途中，联系了陈德坤的女朋友，她不愿意去刑警队，我们约好吃完午饭去她家。我们在大队食堂吃饭的时候，赵大队说，陈德坤的父母问过所有的亲戚朋友了，都没有陈德坤的消息，他们正从外地赶回来。赵大队还提醒我们下午有雷阵雨，别忘了带雨具。俞东杰说车后备厢有。

匆匆吃完午餐，我和俞东杰直接去陈德坤女友家。她住在御景新城，离蚌城市府不远，11号楼四单元中户，我们敲开了门。这是一套两室一厅的房子，她租来的，自己住。她不是本地人，通过公务员考试从阜阳考到这边，在政府办工作，比陈德坤大两岁，白白瘦瘦，待人接物落落大方，普通话很流利，与省级电视台新闻主持人的水平相当。可以看出她特别担心陈德坤，得知我是陈德坤的高中同学，她变得亲切起来，她说，“我听坤讲过你，只是一直没见面，有什么问题你们问吧。”

“你们最后一次联系是什么时候？”我问。

俞东杰从公文包里拿出记录本，对陈德坤的女友说，“别看李警官年轻，他可是我的直接领导。”陈德坤的女友说，“嗯，看得出来。听坤说他上学的时候一直当班长，有领导天分。”

“老俞同志，你做好记录，我问的时候尽量不要插话。”我说。

“明白，李队。”俞东杰一本正经地说。

“咱们进入正题。你们最后一次联系是什么时候？”我问。

“昨天上午九点左右，他跟我联系，说他爸妈出差了，想买点菜到我这边吃午饭，我说好。”陈德坤的女友说，“后来到了十一点多，我们单位领导说，上级检查组没有走，中午要招待，让我搞好服务。我给坤打手机，说中午不行了，一起吃晚饭吧。他说也好。到了下午三点多，我给他联系，手机打不通，QQ也不在线，发信息不回，一直到现在，还是联系不上。”

“‘五一’期间，他跟同学聚会的事儿你知道吗？”我问。

“我听他说了，有个同学坠崖身亡，他不会跟这事儿有关系吧？”她显得有些惊恐。

“这件事对他有什么影响吗？”我问。

“他被公安局关了两天，从刑警队出来的时候我去接他了，非常憔悴，他爸怪了他一顿。他跟我说他没做过任何亏心事，怎么调查他都不会害怕的。不过我觉着，他明显受到了惊吓。”

“最近他跟什么人接触过吗？”我问。

“没有，他最近一直没出去过，下了班就待在家里。”

“你们最近见面多吗？”我问。

“不多，前些天，他脾气非常不好，好像换了个人似的，我们吵了几回架，我甚至打算跟他分手。”

“我印象当中他人很好啊。”我说。

“人品没啥说的，性格温和，能体贴人，就是从那次同学聚会回来，脾气突然变了。”她说。

外面阴云密布，室内的光线进一步变暗，陈德坤的女朋友打开了客厅的电灯。

“能具体描述一下吗？”我问。

“那天下午，就是5月7号下午，‘五一’假期的最后一天嘛，我从阜阳回来，他到车站接我，我看他精神萎靡不振，问他怎么啦，他说昨天喝着假酒了，胃里一直难受。不想吃东西，吃了就恶心。接下来好几天忧心忡忡的，动不动就生气，跟我吵架，怪我不接电话，怪我回信息不及时，怪我回家晚，诸如此类吧，”她叹了口气说，“这两天才好一点，又出了这个事。”

“他以前出现过这种情况吗？”俞东杰问。

“从来没有，我没见过他这样，”她说，“按说，喝假酒难受，也不至于连脾气都变那么坏吧，那几天我真的以为他有别的想法了。”

“是不是伴随感冒的症状？”俞东杰问。

“有一点，阿姨说他可能是肠胃型感冒，让他喝了几支抗病毒口服液。”她说。

“好的，我问完了，李队，你继续。”俞东杰说。

窗外响起轰隆隆的雷声，大雨随后哗哗下起来。

“前天他有没有去过什么地方？”我说。

“前天他在学校，我们一直联系着呢，没有听他说要去哪儿。”她说。

“你确定？”

“确定。”她点点头。

我走到阳台上，透过玻璃窗向外张望，天空被雨幕遮盖。陈德坤的女朋友再次给我们续上凉茶。为了等雨势过去，我们又谈了些无关紧要的话。不一会儿雨停了，我问俞东杰还有什么要问的没有，俞东杰说听李警官的。于是我们结束了询问，临离开时，陈德坤的女友告诉我，希望尽快找到陈德坤，她越来越感到害怕。我说，“放心吧，一有结果第一时间通知你，如果你有什么新情况也要及时跟我们联系。”

从11号楼出来，天空乌云在狂风中流动翻滚，一股骤雨过后的凉意席卷上来。俞东杰说，“陈德坤那天晚上一定吸毒了，疲倦、恶心、易怒，这些都是吸毒后的典型反应。”

“就是说，”我顿了顿，一个对我来说不可思议的念头冒了上来，不可能，不可能的，陈德坤怎么会杀他们呢。“他吸食过裸盖菇素？”我问俞东杰。

“有可能是裸盖菇素，也有可能是其他毒品，根据作用的结果，毒品一般分为两大类，兴奋剂和抑制剂。冰毒、摇头丸是兴奋剂，海洛因则是典型的抑制剂。还有一种比较特殊，就是致幻剂，通常我们说的迷幻蘑菇、‘听话药’就是这类玩意儿。现在比较流行的致幻剂是半人工合成的裸盖菇素和LSD。”俞东杰说，“根据他女友描述的症状，应该毒瘾不大。”

“LSD是啥玩意儿？”我问，我尽量保持平静。

“麦角酸二乙胺，迷幻药中的‘大王’，裸盖菇素相当于‘小王’。”

“他是真正的嫌疑人？”我并不想揣测这方面的情况，但又有一种迫切感，想从俞东杰那里得到一个确定的消息。

“感觉又不像，他不像是个干得出杀人放火这种事儿的人。”俞东杰说，“而且，像他女朋友那样的女孩不大可能交到一个不靠谱的男朋友。”

“这你也看得出来。”我说。老俞这么说也符合我的判断，事情或许另有原因。

“那当然咯。”俞东杰打了个响指说。

警车被暴雨冲洗得一尘不染。

“下一站去哪儿？”我们上了警车。

“去联通公司，调取通话记录。”俞东杰说。

我们到了联通公司，服务大厅挤满了人，不知道是避雨还是又在搞什么活动。俞东杰说，“我看通信公司这活儿不错，没事儿给机主开通几个不明不白的业务，然后钱就唰唰到手了，比我们这帮中看不中用的警察强多了。”我们下了车，随着人流慢慢挪进大厅。

一个留着偏分头的白胖男子正跟一个穿着黑色职业装的服务员讨论联通和移动谁的信号好。服务员说，“当然是联通信号好，用了就知道。”留偏分头的家伙说，“得了吧美女，我试过，‘联通’肯定不如移动。”服务员用鼻子哼了一下，没搭理他。留偏分头的家伙皮笑肉不笑地还要说什么，俞东杰拍拍他的肩膀说，“伙计，哪个信号好，你能不能回家试，我们还有事要办哩。”留偏分头的家伙想说不中听的，看我们穿着警服，便闭上嘴巴挤进人群不见了。接着那个服务员问我们办什么业务。

## 谋　杀

我们重点查看了陈德坤前天到昨天上午的通话记录，没有什么发现。从联通公司出来，云缝里洒下潮湿的阳光，天气闷热。我问老俞接下来还怎么查。俞东杰说，“卧龙山庄那天晚上，陈德坤和乔永住一个房间，咱们去找他问问。”我说也好。

我们开着车直接去乔永所在的医药公司，车载空调不太好，老俞落下了车窗。我们沿着建设路行至康太大药房门口，下车，走进药房。一个大堂会计模样的头发花白的阿姨正给一个人清点药品数目，大厅里放着几个大纸箱。我问乔永在不在，她示意我们稍等。旁边的女销售员正向两位中年妇女力推保健品（某种安神养颜的口服液），嘴角上分别积攒着一小堆白沫。大厅左侧有个咨询台，一位戴花镜穿白大褂的老先生在给一位老太太量血压。老太太噘着嘴、耷拉着眼皮；老先生闭着眼，气定神闲，好像远在天边。

阿姨忙完，告诉我们乔永请假了。我问他请假去哪儿了，阿姨说哪儿也没去，他准备结婚，这阵子老是请假。俞东杰说，“打他的手机。”我掏出手机，跟乔永联系，电话接通，乔永问我什么事儿。我说，“俞所长需要找你了解一些情况。”乔永说，“你们来我家吧，我这会儿出不去。”我问他哪个家，他说，“泰和小区东北角那幢楼，十楼东户。”我说，“你布置新房哪？”乔永说差不多吧。俞东杰开车，我们朝泰和小区的方向驶去。

泰和小区在清河南岸，离浅水湾烈士陵园不远。穿过解放路和人民路，经过六个红绿灯，我们走到浅水湾烈士陵园，陵园空气清新，风景宜人。小学、初中时代，每逢清明节、国庆节，我们会去扫墓献花，进行爱国主义教育，缅怀本地涌现的革命先烈。陵园里到处是水杉树，高大、笔直、挺拔，树冠如塔，枝叶如翎如羽，伟岸秀美。浅水湾烈士陵园现在也叫浅水湾公墓。墓园围墙边的那段水泥路还没有重修，水泥路表层的光面早磨下去了，露出混凝的小石块。小石块每天都有脱落，像老人掉牙。脱落的小石块被车轮、被孩子们带到别处。水泥路渐显老迈，坑洼不平。雨在坑洼处积攒成一面面不规则的镜子。浅水湾公墓附近的两个城中村正在拆迁，一群花园洋房已经建起来。墓园的大门正对着礼堂，一群人进进出出，穿着雨衣，神情黯然，手里抬着桌子，拿着花圈、白布，他们在布置灵堂。一阵风吹过，带来森林里潮湿的霉腥气息。穿过清河三桥，上了丰产路，又走了几十米远，我们拐进泰和小区，这是一片以橙色为主色调的高层楼房。我们把车停在绿化带边上一辆北京吉普后面。

下了车，我们向东北角那幢楼走去。这时候是下午三点多钟，我俩穿着夏执勤服，小区里打牌的闲散居民、收废品的大叔、扛着工具的装修工人无一例外地要多打量我们几眼，那眼神就像从羊群里忽然看见了别的牲口。东北角这幢楼应该交房最晚，电梯里还垫着两块沾满漆斑和白灰的木板，电梯厢壁上贴满家电、厨具、瓷砖等各种各样的广告。到了十楼，我摁下东户的门铃。十秒钟左右门开了。

乔永穿一件带有“康太医药”字样的蓝色T恤衫，看起来不大高兴，不乏书卷气的脸上挂着两小片勉强的笑容。房子不错，一百二十平方米，崭新，宽敞。然而家具似乎过于寒酸，清一色的二手货，或者是从原来的旧房子里直接搬过来的。餐厅里，餐桌是一张可折叠的白色小桌，类似海鲜大排档用的那种，旁边放着两把粉红色的塑料圆凳；一台灰不溜秋的新飞牌破冰箱小得可怜。厨房与餐厅之间的隔断是简易的磨砂玻璃推拉门。后阳台上一道咖啡色的窗帘严密地拉着，遮挡了外部的光亮。客厅里没有电视机，背景墙上挂着一幅不伦不类的油画，是那种在不懂美术的人看来会感到抓狂的东西，主角是一个半身少女，鼻子和嘴巴扭曲变形，一对不对称的黑洞洞的眼睛斜视着脚前的地面，羞涩而忧郁。少女周遭是色彩对比极其强烈的黄色的灯光和深蓝的夜空。

我说，“你画的？”

乔永说，“比葫芦画瓢。”

茶几是一张枣红色的方桌，漆皮翘起或剥落，仿佛经历过改朝换代的沧桑。其高度也明显偏高，我说，“大艺术家，你这是麻将桌还是茶几？”乔永脸一红，对我说，“先凑合着，还没买新的。”他去倒茶，让我们坐下。沙发是那种老式理发店里常见的栗色硬座沙发，上面垫着几块破旧的黄褐色的绒面海绵垫。前阳台上堆放着乱七八糟的纸箱子和鞋架。廉价的浅灰色木地板隐隐有股刺鼻的气味，踩上去有中空不实之感。更不协调的是客厅天花板上安装一部吊扇灯，这倒是一举两得，同时解决了扇风和照明。电线排的是一红一蓝两道明线，没有线盒，裸露在白色的墙壁上好像房子的血管。整套房子谈不上装修，更像是装修前的准备。

“这也能结婚？”俞东杰皱着眉问。

“还有没房子的呢。”我说。

“钱都让谁挣了呢？”俞东杰道。

“开发商挣了呗。”我说。

乔永端着一玻璃壶茶水来到客厅，用一次性纸杯给我俩倒了两杯水，说，“尝尝怎么样，这可是纯正的杭菊，我们公司内部员工用的，非卖品。”我们正嗓子冒烟儿，端起来喝了一气，果然清香可口，回甘味明显。

“加冰糖了吧。”俞东杰说。

“加了一点，冰糖配杭菊，平肝明目，清热解暑。”乔永端起茶壶给我们续满，然后又拿个纸杯给自己倒上一杯。

“你挺会养生啊，怪不得你的脸还那么嫩。”我说。

外面沙沙沙又下起了雨。我端着水杯，站起来，到阳台上随便看看，最东头的一块窗玻璃涂上了花红柳绿的颜料，大概是一幅水彩画。乔永高中时是美术生，美术生大都有个特点：专业课强，文化课弱。但是乔永很特别，文化课顺利过关，专业课屡战屡败。听说他连续考了两年都未能通过。

屋内光线偏暗，我来到后阳台，打开窗帘。浅水湾风景尽收眼底，雨如千丝万线，在湖面上罗织起层层烟波，成片成片的芦苇在风雨中起起伏伏。墓园被茂密的落羽杉林覆盖，雨雾缭绕，弥漫其间，透着阴气。“视线不错吧。”乔永来到窗前给我续茶。我说，“不错。”他望了一眼那个风雨交加的墓园，眼眶里流露出一抹阴郁的警觉。我自然可以想起在浅水湾陵园扫墓的往事，但直到这时候我还不知道吴梦莹就埋葬在那里。

接着俞东杰一边喝水一边问话，“你自己住吗，未婚妻呢？”

乔永说，“暂时我自己住，还没装修好。”

俞东杰问，“你爸妈在哪儿住？”

乔永说，“跟我哥在温州。”

俞东杰问，“你最近都干了什么？”

乔永说，“没干什么，上班，然后收拾房子。”

俞东杰问，“最近见过陈德坤吗？”

乔永说，“没有。”

俞东杰问，“仔细回想一下，卧龙山庄那天晚上，你和陈德坤在房间里，他有没有吸食什么东西……”

我端着茶杯继续浏览乔大艺术家装修“时髦”的房子。小卧室的门开着，可以看见画架上一幅未完成的人物画：一位瘦削的裸体少女，黄白色的皮肤，坐于幽暗的某处，双手交叉掩盖着腹下，腿部还没有着色，仿佛画中人装了一副假肢；少女的头发披散着，灰暗的眼睛惊恐地望着前方；侧面的光源将她的身影投在沉沉夜幕上，像个活脱脱的女巫。我走进小卧室，发现画架旁边放着一本画册，打开的那一页正是乔永临摹的原作，题目是《夜》。

地板上还躺着一幅习作，依然是位少女，看不见脸庞，穿一件红色的连衣裙，身材修长，坐在暗蓝的礁石上，左手托着低垂的额头，面前是紫色的充满神秘的茫茫大海，海风吹来，拂着她的长发。

小卧室没有床，窗台下有一张桌柜连体的学生书架，书架前放一把黑色的网布高背椅子。书架上有本《海子诗集》和一本《少年维特之烦恼》，两本书磨损严重，显然翻过N遍。我随便翻开《海子诗集》，扉页上用墨水钢笔写着一句话："往事如烟，但有些事会冷冻在你的生命里，永远不会过期。"这不像是海子的诗句。

画架与地板上的两幅画跟贴在墙上的画，风格明显不同，大概他正试着学习另一种画法吧。墙壁上的画尽是些奇形怪状的女性肖像。第一幅，两撇旋涡状的棕色头发，灰白的额头上两道淡黑色的柳叶眉，一上一下，接近一个"二"字；两只大得出奇的冷冷的眼睛，竖排在鼻梁骨上；左脸上长着一个俊俏的鼻子。第二幅，一位身体丰腴的少女，肌肤粉白，坐在一把红色椅子上，头枕着靠背，闭着眼睛，面部被一条粗黑的直线分割，缺了半个脑门子，双臂交叉插于大腿之间，黑色内裤上排列着十二根蚯蚓一样的手指。这形象呈现的大概是她睡梦中的自己。

我感到不适，头有点晕，这房子太闷了，我想打开窗，窗户在书柜后面，还是算了吧，也许站得太久了。我喝完杯中水，我听见俞东杰还在问着什么。我把杯子放在书桌上。接着胃里有点恶心，有中暑的感觉。我揉揉太阳穴，继续浏览墙上的画作。第三幅，人物面貌与色彩有古埃及狮身人面像的风格，眼睛像机器眼，全身由几何块块拼成。接下来，第四幅、第五幅……大部分画作都由诸多块面随意拼凑，或者由线条与色彩自由组合。有的原始野蛮，有的面目狰狞，有的绝望凄凉，有的灰暗压抑，有的狂野粗放。我感到十分疲劳，至少是审美上的疲劳。这些画作变形、扭曲、阴郁，构成一个怪诞的群落，占满墙壁，令人窒息。

我的心跳加快，浑身出汗，呼吸变得粗重。一种紧张而慌乱的情绪越来越强烈。我转身打算走出小卧室，找地方休息片刻。我看见木门背面还有一幅大画，类似一套色彩斑斓的婚纱，那些像海浪、像火焰、像旋涡一样翻腾的线条，充满躁动与不安，充满某种神秘的悲剧性的幻觉。我听见客厅里什么东西摔打的声音，听见家具在地板上摩擦发出粗粝的嘎吱声，而说话声似乎静止了。

我不清楚究竟发生了什么事，这时候我还没意识到我们已经服下了裸盖菇素，还没意识到这将是我一生中喝下的最昂贵的菊花茶。裸盖菇素可以制成白色粉末，在水中易溶解，无色无味，毒贩子贩卖时常常将粉末溶解，再用吸墨纸吸收，然后进行分售。裸盖菇素用作娱乐刺激一次使用的典型剂量为四到十毫克，用作谋杀的手段恐怕要远远超过这个剂量。我不知道服下了裸盖菇素，更不知道服下了多少毫克。裸盖菇素能轻易被肠胃吸收，并迅速进入大脑，吸食后二三十分钟内产生药效，药效会持续四小时左右。我感到天旋地转，干呕了几下仍无济于事。我不知道我很快就会倒下，成为这种致幻剂的奴隶。

我担心自己晕倒，下意识地扶住门框，然而手指绵软无力，使不上劲，怎么也抓不牢门框，我掏出手机想打个电话，但手机滑落在地板上。

从小卧室到客厅三四米的距离变得漫长而艰难。我的双腿和双脚难以支撑身体，我只能用背部抵着墙壁向前移动。我感到恐惧，慌乱。韧带与肌肉里不断产生的尖锐的刺痛，提醒着我生命犹存，这痛感成了一种鼓励，让我咬紧牙关保持着最后的那点清醒。

我踉跄到客厅，跌倒在地板上。我还能看清乔永的模样，油黑的头发，瘦削的额头，褐色的眼睛，白皙的脸庞，红润的嘴唇以及漠然的表情。他十分镇静，虽然同我们一起服用了裸盖菇素，但他尚未达到我所表现的痛苦。裸盖菇素有耐药性，他应该不止一次吸食过。我想爬起来，他用脚将我踩了下去，我听不清他嘴里说了句什么。俞东杰吃力地站起来，他把他推倒在沙发上。然后他拉开了吊扇灯。灯亮了，风扇旋转起来，乔永抬着头，一动不动地凝望着苍白的吊顶。从旋转的扇叶上抛洒出雾一样的粉尘，我看见俞东杰面部扭曲，惊叫起来，但听不清他在说什么，他用海绵垫堵住了脸，我不清楚他在干什么。粉末被风扇吹得沸沸扬扬，如云如雾，不断撒下，落到我脸上，进入鼻孔里。

我躺在地板上，从我头部的角度可以看见背景墙上的半身少女，她正冷冷地斜视着我。那双眼睛深邃，黝黑，将我吸引。从那里，我看到无数眼睛与耳朵、鼻子与嘴巴，它们不断错位，零落，拉长，延展，不断变幻，在我周遭，忽上忽下，忽左忽右，围着我打转，一次又一次地组合成怪诞的图画，又一次次地打散变形。在这些盘旋的图画里，我可以看见许多面目各异的少女。

我模糊地瞥见乔永再次将俞东杰推倒在沙发上，夺走了他的手机，然后他的嘴唇嚅动几下，又说了句什么话。房间的一切开始晃动，开始弯曲，门框、桌子、墙壁都变了形。

之后，梦魇结束了，一觉醒来我感到轻盈，温暖，仿佛从自己的身体里抽离出来，致幻剂能造成感官、感觉、记忆和自我意识的强烈变化。人吸食后处于一种剥离状态，他无法统合自己的认知、记忆和意志。他会变得容易驱使，容易控制；他会飞行。

在一些关于“滥药”的专著里，裸盖菇素、LSD这类药物被描述成“对‘内在之神’的追寻”。当药物作用于大脑、作用于中枢神经系统，吸食者会产生幻视幻听，在虚幻的情景中他们开始追寻，追寻隐藏的自己，追寻像石块一样沉溺却无法溶解的悔恨。

是俞东杰救了我一命。那天下午他没有像我神志不清完全失去控制。首先他对毒品有着职业性的警觉，他有八年的缉毒工作经验。起码他不会像我，感觉头晕恶心了还继续享用非卖品的“菊花茶”。他感到不适之后便意识到被乔永下了“药”。他一度想控制住乔永，但毕竟丧失了大半的战斗力。他四肢瘫软，倒在沙发上，他知道风扇上的粉末也是裸盖菇素，他采取了措施，尽可能不吸入。而乔永站在客厅里，深呼吸，大口地呼吸，他抱定必死的决心了。

按照老俞的描述，那天我想冲出窗外，俞东杰抱住我的腿，我蹬开了他。他用牙死死地咬住我的裤腿，他说除了牙其他地方都使不上劲。我在窗前跌倒，俞东杰艰难地挣扎着，爬着，拿出手铐将我和那张老旧的实木方桌铐在一起。我想多亏那张茶几足够高大笨重。

“你不知道当时我有多难受，我拽着你，浑身要散架，你还打我，踹我，我差点就放弃了，可你跟着我出来，出事的话我的脸往哪儿搁，唉，还是拼了老命不撒手吧。”俞东杰说。

我们躺在医院里，住在一间病房。我苦笑着无言以对。我被铐住之后，乔永开始上蹿下跳，俞东杰还想抓住他，但实在心有余而力不足。乔永更疯狂，他想穿越墙壁，老俞拉住他的时候被他活生生掰掉了两片指甲。在我们出院后的一个星期俞东杰右手的食指和大拇指还包扎着纱布。三个月后那两片指甲才像蜗牛一样慢慢长出来。乔永最终从十楼后阳台上纵身飞去。俞东杰尽力了，在那一个多小时的过程中，他始终保持一定程度的清醒，虽然身体麻木酸软，也出现过短暂的假性幻觉，但他使出浑身解数避免我们发生危险。

陈德坤是在乔永的储藏室里找到的。储藏室在负一楼，有七八平方米，没有窗户，也没有电灯。打开防盗门，赵大队他们用手电筒照明，在地上发现半包红色的蜡烛，墙壁上有两处烛火熏燎的黑烟灰，他们还找到四克“白粉”。陈德坤被绑在一台生锈的面条机上，面条机固定在一条30厘米宽、160厘米长的条凳的一端，类似粮油铺加工半成品用的那种东西。陈德坤躺在案板上，从胸部到小腿反复捆了几圈，嘴巴用一条新毛巾堵着。整个人呼吸微弱，像软面条一样。一双大眼睛红得像猫眼，脸如白纸。把毛巾从他嘴里揪出来后，半天还合不上嘴。他看见警察的第一眼，泪流满面。

那天中午由于女朋友临时有事，陈德坤放学后坐公交车回家，到农业路畜牧局下车，走到他家那个小区门口，看见乔永在一边吸烟，他问乔永干吗。乔永指指旁边停着的一辆带有“康太医药公司”字样的微型货车，说是配送药品经过。陈德坤说到我家吃饭吧。乔永说不了。陈德坤说，别客气，我爸妈没在家，就我一个人。乔永说，要是这样你别回家了，到我那儿吃吧，我上午买了新鲜的排骨。乔永从车上拿出一袋排骨让陈德坤看。于是陈德坤上了那辆车。事实证明，他吃的这顿排骨饭比我们喝的菊花茶便宜不了多少。饭没吃完，陈德坤就哈欠连天昏昏欲睡了。中午，当人们还缠绵在夏日的午觉之中，乔永带着陈德坤坐电梯到负一楼，进入地下室，点上蜡烛。陈德坤说，你玩什么呢老同学。乔永说，你躺着会更舒服。陈德坤乖乖躺到案板上，感觉幸福，安逸。随后他就会度过一个冰冷漆黑的“美好”夜晚。第二天，乔永来给他喂饭，陈德坤求老同学放了他。乔永说，放心吧，我不会害你，等我办完事你就可以出去了。陈德坤问他为什么这样做。乔永说出了原委。

卧龙山庄那天晚上，在408房间，他往陈德坤的茶水里放了“白粉”，为的是让他睡得不省人事，便于他出去搞定马光辉。“白粉”属于抑制剂，吸食后困盹乏力，一个月之内尿液呈阳性。刑警队对那天聚会的人员进行毒品测试，如果查出陈德坤吸食过“白粉”，那么乔永便会跟着暴露。因为陈德坤从不吸毒，只能是有人下毒。乔永知道警方早晚会发现他，他绑了陈德坤是为了争取时间。至于为什么要搞定马光辉，他没有说，他要陈德坤暂时委屈一下，最多三五天。

“控制陈德坤，一方面拖延警方对他的怀疑，同时也可以转移我们的视线。”俞东杰说。

“也许他考虑得没那么复杂。”我说。

“嗯，那小子的智商也不过如此。”俞东杰看着墙上的输液瓶说，“他如果不急于对我们下手，我们仍然发现不了他。”

“是啊，他有机会再隐蔽一阵子。”我说。

“你认为他为什么杀人？动机是什么？”俞东杰扭头问我。

“估计心理有问题吧。”我淡淡地说。

我们住在第一人民医院十六楼的特护病房，病房里宽敞干净。中央空调一直保持在二十三摄氏度，不热不冷。这和那些五六个病号挤一个房间以及躺在走廊里的病人形成鲜明对比。墙角放了一大堆水果和各种滋补品。张局长亲自来慰问；李副局长三天来过两次；兄弟们来看望，赵大队还给我们送了鲜花。昨天（5月19号）下午，姜楠和她的同学红红来看我，我只能口头祝她生日快乐。老俞说我桃花运不一般，夸姜楠是蚌城第一美女。姜楠为我们骄傲，红红说我们是最可爱的人。《蚌城晚报》、蚌城卫视都对我和老俞进行了报道，张局长郑重宣布“5·8命案”告破，蚌城公安局多年来，顽强拼搏，英勇战斗，再次实现了命案必破。我们像英雄一样被关怀，被关注，被表扬。却没有人关心死去的人曾经历过什么。没有人知道我内心深处的疼痛与变化。是的，我没有死去，因为俞东杰给我捡了条命回来，然而有一样东西已经死去，我并没有把它带回来。

浅蓝色的百叶窗开着，半躺在病床上即可望见蚌城的风景，参差不齐的楼群、车水马龙的街道、翡翠一样的公园以及穿城而过的河流。暴雨洗过的瓦蓝的天空澄明而辽阔，远处是郁郁葱葱的山峦，就在那里，就在两个礼拜前……有那么一会儿，我和老俞都不说话，他时而望着窗外，时而闭目冥想，也许他正在脑海中重新梳理案发的经过以及每个侦查的细节。透明的吊瓶里药液一滴一滴下来，缓缓注入我的血管。这是最后一瓶，下午我们出院。我想起孙老师也曾躺在这家医院，躺在阴冷的太平间，面如白纸，脊柱断裂。赵大队说人已经火化，从她卧室床头的那个安眠药瓶上找到了乔永的指纹。孙老师当然知道是乔永送给她的安眠药，她知道，在卧龙山庄的那天晚上她就知道，只是从此她再也不会失眠，再也无法知晓那药瓶里装的不是佳静安定，也不是艾司唑仑，而是裸盖菇素。

## 乔永的日记

出院的第三天我和俞东杰开始正常上班。赵大队给我派一份室内的差事，分析乔永遗留的一本日记，因为我是他的高中同学，可以提供一些佐证。这本日记的部分内容是乔永对高中生活的回忆。所记并不连贯，有些事情我有印象，有些事情没有。时间记述上也有混淆之处，跟落款时间矛盾。我从中得以窥见他内心不为人知的一面。他的钢笔字清秀，书面干净，偶有涂改处都抹成一个方正的墨块，他写道——

今天是个悲惨的日子，就像你又在我面前死了一次。2000年，你走后，我又上了高四、高五，只可惜事与愿违，我还是考不上任何一所美术学院。你是我的第一生命，美术是我的第二生命，现在第一生命没有了，要是第二生命再没有了，我活着还有什么意义。我不能面对这样的结局，即使上不了美院我也不能放下手中的画笔。我说过，虽然你走了，但我会让你继续活在我的生命里，用我的画笔每天都画一幅你，这并不辛苦，对我来说轻而易举，我随时随地都可以将你画出来，我享受其中，每次画出一幅满意的你，就像我再次与你相逢。我也不光画你，我什么都画，只要是让我有触动的，只要是给我美感的，我都会欣然拿起画笔。除了画画，我什么都不想干。每当我调好颜料，每当我拿起画笔、摊开画布，天空美轮美奂的光影、远方的地平线、市井与风景、人类与鸟兽，所有的一切都是那么亲切，那么充满激情，充满生命力，充满表象背后的奇迹。我的画没有人欣赏，有时候非常失落，我常常闷在自己的画室里自娱自乐。我承认常向家里伸手要钱，每次都迅速花光，亲戚朋友那儿能借的我也都借了。现在没人愿意再借给我，我父亲、我母亲、我哥哥他们再也不会支持我了。他们骂我是寄生虫，骂我是吃才，朋友说我神经病，这一切都无所谓，我只想画画，我只想画你，你就是我的全部。我死不悔改，依然我行我素，依然无所事事。今天之所以悲惨，是因为我父亲把我的画具、画集以及我画的那些画，一把火全烧了，连我的几本日记也一块烧了，他不知道他干了什么，他把我毁了。最让我痛心的是那两本高中时代的日记，那里面记着关于你的许多往事，记着我对你的爱，记着我对你的美好回忆，也记着我的悲哀与我的挣扎，以及我对美术的心得。那个恶魔一样的老糊涂，他不知道他到底干了什么。当我一个人站在院子里，面对那堆烧焦的灰烬，我知道我和我的家已经没有关系了，我再也没必要存在于这个家庭之中了。我早就该离开，在我父亲眼里、在我哥哥嫂嫂眼里，我就是一坨牛屎，是他们的累赘，是家庭的耻辱。我决定独自生活，我要找一份工作，以前我在一家医药公司实习过，我上过半年卫校，我打算去那儿。毕竟我需要生存，我需要买颜料，我需要画你，我需要做完未竟之事。从今晚开始，咱们经常聊聊，你觉得可以吗？我尽可能地弥补失去的日记，趁着我还能回忆起关于你的点点滴滴，趁着我的脑子还没有完全遗忘。

2006年2月26日

下一篇他写道——

你还记得开学那一天吗，你穿一件鹅黄色的上衣，领口上有蓝白格格的镶边，走在人群中显得非常靓丽。你留着短发，嘴唇略厚，棱角分明，嘴角两旁有一对微凹的梨窝。你的鼻子圆润而秀挺，双眼皮，黑黝黝的瞳孔里闪烁着春水一样的光亮。初秋的阳光晒红了你的脸，你额头上冒汗了，你用手绢擦了擦，然后你和同伴去买冰激凌，你一定还记得那个小卖部，阿婆非常喜欢你，有好多回我站在那儿假装买东西等你经过，只可惜后来被学校关了。我记得那天你买的冰激凌是巧克力味的。报到的同学很多，你们吃着冰激凌，站在花园的榆树下面等候，榆树上的知了鸣叫着，你说过，人在失眠的时候耳朵里就会有知了叫。

我站在新生堆里偷看你，有一缕头发贴在你额角上，你用手绢把它擦到后面，你继续吃冰激凌，你偶尔蹙眉，望着远处，好像有什么心事，过一会儿又呵呵笑起来。后来，尤其是我上高四、高五那两年，每次经过这里，每次瞥见那两棵大榆树，我都会想起那是你站过的地方，那是你吃过冰激凌的地方，那是我第一次遇见你的地方。那一天，第一天，生命中的第一天，我就那样小心翼翼地、偷偷地看着你，满怀惊喜、满怀绝望地看着你，你没有发现，你同伴也没发现，报到的同学太多了，你始终都不知道，我永远不会让你知道，而且你再也不会知道了。你选了文科，我也选了文科，咱们那一届九个文科班，我们能分到一个班，这一定是上天对我的恩赐，上天将你送到我身边，送到我眼前。让我能够听见你梦一般的声音，让我能够看见你耀眼的光芒，让我能够诚惶诚恐地靠近你，说上一句话；让我可以无数次地站在走廊里守望你下课回来，让我可以与你一起经历你所经历的青春岁月。

我记得第一次打扫卫生，班主任带着我们，有李洞，有“发哥”，有方慧，有我，有你，我们一起去后勤处领取劳动工具，有两把铁锹，有四把扫帚，一个搪瓷水盆，还有几个黑板擦和一袋粉笔，你拿着那个带锦鲤花纹的水盆，你去取水，那本该是男生的活儿，因为要把水从一楼端到三楼，“发哥”想讨好你，要去打水，你坚持自己去干。于是他们站在走廊里望着你，等着看你的笑话，你上上下下跑了三趟，衣服弄湿了，累得红涨着脸，满头大汗，像个战斗的天使。从那时起我就知道，你不仅是个美丽的女孩，还是个倔强的女孩，充满活力、充满激情的女孩。第二天你胳膊酸痛，小腿酸痛，我看见你的同桌扶着你上下楼。军训的时候，你几乎站不住了，教官对你特别照顾，那个教官是少数民族，是彝族还是傣族，我忘了，他给我们唱过一段他们民族的歌谣。我们分组拼歌那天，他给你说了一句少数民族语，你问他什么意思，他说意思就是我喜欢你。我们都笑了，你脸红了。你从没把自己当成明珠，你不知道自己有多么光彩夺目，那么多人喜欢你，给你写情书，你总是顾及别人的感受，你怕伤害他们，给他们委婉回信，你不懂拒绝，你不懂用拒绝把自己包装得更高贵、更冰清玉洁。你没把任何女生当成对手，却有一大堆女生把你视作情敌。第一次月考结束，按成绩排名挑选座位，你坐在第五排靠左，我在第九排靠右，你离我很远，但我依然能够瞥见你，上几何课的时候你喜欢跟右边的同桌说话，那时我可以看见侧面的你，我画过一幅画，就是这样的角度，光源从我看不见的你的左侧照过来，而我能看见的你的右侧是朦胧的，你的脸是朦胧的，是神秘的。我觉着画得不错，只可惜也被父亲烧掉了。今夜特别冷，我的手木了，就此打住，晚安。

2006年2月27日

接下来，2006年2月28日至2006年3月17日的日记，乔永写的大都是他奇怪的梦境，我不知道他在说什么。这之后他写道——

上早自习，每次你来得都很晚，很多时候是最后一个进班，你跟你后妈有矛盾，不跟他们住在一起，你住在奶奶家，奶奶家在城北，离一高比较远。尤其是冬天，有时候上课铃响了你还没来，我看见你的座位空空如也，我想你是不是又跟后妈吵架了，是不是你爸又批斗你了，是不是路上出了什么问题。我看着英语课本，或者历史课本，脑子里胡思乱想，懒得动嘴，教室里嗡嗡的读书声将我包围。有一次英语老师问我发什么呆，我说我喜欢在心里默诵，英语老师说别思想开小差就好。我骗了她，我心里想的都是你。我控制不了自己，在那样的情况下，在你该出现而迟迟没有出现的情况下，你不知道我有多么不安，直到你来，安然无恙地坐到座位上，翻开书本，我才会安心。我的担心也仅仅是担心，我没有非分之想，我只是默默地爱你，这就够了。晚自习你倒是来得挺早。

你经常在学校食堂吃饭，食堂里有家开封小吃，你喜欢吃他们做的砂锅，有时候是米线，有时候是烩面，吃米线的时候你都要放一点辣椒油，吃烩面的时候你喜欢就着糖醋蒜。晚餐你喜欢吃竹笋炒腊肉，喜欢吃酸辣绿豆芽，吃酸辣绿豆芽时，你先把菜消灭掉，然后用剩下来的馒头泡剩下来的菜汤，你吃得津津有味。我常常独自坐在离你们不远的地方，边吃边瞅着你，我吃得很慢，总是磨蹭到你吃完结束，跟其他女生一起去洗餐具。有时候你会看见我，向我投来短暂的一瞥，转瞬就过去了，你没有特别留意，你不知道我在干什么，你以为我只是在吃饭，是很多很多吃饭的人中的一个。

有一次上体育课，自由活动时间你跟方慧打羽毛球，你喜欢打羽毛球，你穿着迷彩裤、运动鞋，戴一顶白色的太阳帽，英姿飒爽，动作麻利，引来许多人观看，连体育老师都被你迷住了，亲自指导你，单独指导你，该怎么发球，怎么接球。羽毛球场旁边有单双杠，我一边玩单双杠一边观看，羽毛球飞到我这边，我就捡起来给方慧拿过去，每次都给方慧拿过去，你说明明该你发球，我知道，我当然知道，可我害怕直接面对你。我也不是特别自卑，只是在你面前我忽然就变成那样了。今天晚上室温很低，很冷，先谈到这里，窗外夜色昏黑，春天即将到来，又一个祭日即将到来。

2006年3月18日夜

下一篇他写道——

马光辉让我帮他写信，我非常矛盾，我不知道到底该不该答应他。我知道他一开始追你，你并没有接受，你只是鼓励他刻苦学习，你只是答应他做永远的朋友。那时候也许你对他已经有好感，不过你做得很有分寸，也很得体。包括黄晓东，我真的很佩服他，他居然敢给你写情书，而你的回复也非常恰当，他给我炫耀过那张纸条，我还记得，你鼓励他安心学习，祝他段考顺利。我想你多半是可怜他、尊重他，那封信他不知道看过多少遍。有时候我也有给你写信的冲动，渴望你的回复，你一定会回复，哪怕是像回复黄晓东那样的只言片语，然而我始终没有，我没有那样的勇气，我也不想使你为难，我在日记里写下来，这就够了。我在画布上画下来，这就够了。“发哥”追你的时候，高一快结束了，晚上他送你回家，那时你还没有住校，下雨时他给你送雨伞，劳动时他替你干活，他是劳动委员，不管是公开场合还是私下场合，他都抓住机会向你献殷勤；不管你同意不同意他都勇往直前地进攻。终于有一天晚上，他被人揍得鼻青脸肿，几天不能上学。派出所介入调查，还牵连了你，我知道你非常尴尬，非常苦恼。后来你知道这件事是马光辉干的，你找他谈了，你警告他不许胡来。我知道你也心存感激，起码“发哥”不会再纠缠你了。我不知道马光辉为什么找上我帮他写情书，也许是因为他们都叫我“诗人”，我知道他们只是在取笑我。我告诉他我写不好。他说他看到我在校报上发表的诗歌了，他觉着写得特别好，特别有味道。我认为他不是在恭维我，也许他真喜欢我的诗，虚荣心使我动摇了，我问他是否真心爱你，他发了毒誓。于是我答应了。我知道这样做是可耻的；我知道是虚荣心在作祟；我知道我相貌平庸，没有人喜欢我，你更不会喜欢我，你也不应该喜欢我这样的男孩；我知道我一辈子也没有勇气给你写情书，而这恰恰是一个出口。于是我开始给你写第一封信，我打好草稿，然后马光辉自己誊写下来。我答应他，永远保密，只有我们俩知道。直到现在还是个秘密，而你终其一生都不曾知晓。你会怪我吗，你会恨我吗？好吧，今天聊到这里，今天画了一天画，一直找不对颜色，我感到很累。

2006年3月19日凌晨

下一篇他写道——

我帮光辉写完了第十封情书，不论如何我说爱你了，你读到了，但愿你知道，不，但愿你永远不知道，只要你喜欢，只要你快乐，只要你过得好，我希望你和他直到永远。我知道光辉有点花心，但那不是问题，问题是他那么爱你，你也爱他；问题是你那么完美，无与伦比的美，从外貌到心灵，从心灵到外貌。没有人能拒绝你，没有人会伤害你，除非白痴，除非没有灵魂的人。写完了信，我检查了两遍，我又修改了几个字，尽我所能，力图让每一个字配得上你。检查最后一遍，我哭了，不是因为自己的文字有多么动人，再优美的文字也形容不了你，而是我知道，这之后你们会亲密无间，真心相爱，我再也不能通过这种方式给你写信了，就好像你永远离开了，就好像我永远失去了你。其实我该为你高兴，马光辉说我写的信正是他想要表达的，他语文不好，他只是说不出来，所以信虽然是我替写的，但他没有骗你，我也没有骗你。至少当时是那样。我不知道这些信你是否收藏，是否还在人间，也许早已灰飞烟灭。

2006年3月20日

下一篇他写道——

每次写信都在茨园巷，在我家二楼那间青灰色的房屋里，我点上一支蜡烛，熄灭电灯，我必须在烛光下给你写信，我趴在那张破旧的方桌上，拿出带玫瑰花纹的信纸，是马光辉专门准备的，那信纸有淡淡的玫瑰露的香味。他是用心的，至少一开始他是用心的，我感觉得到，否则我也不会帮他写那些信。烛光下，我拿着钢笔，向你表达我的爱，刻骨铭心的爱，或者说表达马光辉的爱，我希望他也那样爱你。我的情意流淌到笔尖上，流淌到信纸上。烛光下，仿佛你就站在柔和的灯影里，仿佛就站在我身边。很多时候我写得泪眼蒙眬，不得不停下来平复一下情绪。有时为了寻找一个恰当的词语我会苦苦琢磨半夜。有时候写完一封信天色已经破晓，巷子里那棵老楝树、那棵大椿树清晰可辨。我无数次站在窗前凝望着那两棵树，我画过它们，因为它们和你有关。我在第九封信里也提到过它们。如今，它们已经成为某种象征，成为我心中永远的苦楝与青椿。每次写完我都会在日记本里抄一份，只可惜那本日记被我父亲烧了。我知道你喜欢那些信，因为那些信你终于接受了马光辉，因为那些信你把最初的好感变成了对他的爱。然而我没想到，我真的没想到，他背叛了你，而我成了最大的帮凶。我知道我有罪，我知道我必须向你忏悔，必须用生命向你忏悔。

2006年3月21日

接下来2006年3月25日至2006年4月3日乔永写的是他每日作画的经过，比如怎么画吴梦莹的眼睛、嘴唇，写得非常详细。这之后他写道——

上地理课的时候，大家都不听课，地理老师没有自知之明，你非常讨厌他，我们都不喜欢他，每次上课他都说不准备多讲，但每次都啰嗦到下课，大家嘲笑他跟空气说话。他在上面讲课，下面有的做语文试卷，有的做英语练习题，有的打呼噜，有的看武侠小说，而我偷偷地观察你，我想把你的所有细节——头发、眉毛、眼睛、鼻子、嘴唇、肌肤、毛细血管以及神情意态一一印在脑海里，呈现在画里。那时你看的是《还珠格格》，我知道是马光辉送给你的，你翻看着，时而会笑起来，时而偷偷地掉眼泪。一次晚自习，政治老师讲评试卷，班长发现你看《还珠格格》。他收了你的书，说暂时帮你收藏，他提醒你注意听课。你还担心他会交给班主任，放了学他还给你了。你走出教室，我也走出教室。教学大楼上，那些发誓宁掉十斤肉不落他人后的莘莘学子还在用功，尤其是高三教室，依旧灯火通明。几个体育生在运动场做引体向上；小食堂里有人吃加餐；广播室门口曹副校长抽着烟跟一位老师说话，过一会儿他将下达熄灯的命令。云缝里洒下花白的月光，没有星星，天空中满布初秋的阴郁。天气闷热，有人在花园里散步，有人回寝楼洗澡，有人正离开校园。我看见你骑上单车，消失在夜色中。

你看完《还珠格格》原著，又想看电视剧，教室里虽然有电视机，但除了新闻、除了教学片，孙老师是绝对不许看其他东西的。你们冒着风险偷偷地看，有时候利用午休时间，有时候在下午放学后。有一次被孙老师发现了，她把你们狠狠批了一顿。你在讲台上做检讨，你流泪，你知道我心里有多煎熬。后来你们不在教室里看了，马光辉想办法，在老杨那儿看，就是学校超市里那个管理员，他那儿有一台二十四英寸的长虹牌电视机；有时候在校园附近的简爱理发店看，马光辉跟那儿的老板混得特别熟，他们那帮所谓的“太保”们都在那儿理发。我知道你喜欢“小燕子”，也喜欢林心如；我知道你喜欢李翊君唱的片尾曲，在高二那年的春节联欢会上你唱的就是《雨蝶》，方慧唱的也是《雨蝶》，其实孙老师不喜欢你们唱那样的情歌。那天晚上，你穿一件橙色的高领毛衣，美艳动人，你唱得特别投入，你感染大家，你迷倒更多人。方慧唱得也很棒，只是他们更关注你的惊世之美。我知道就是那段时间你萌生了上电影学院的想法。

暑假补课那个月，有一次英语老师给我们讲了一部电影，就是风靡全球的《泰坦尼克号》，英语老师讲得眼圈红了，那天没有一个人讨厌英语课，同学们开始疯传，说《泰坦尼克号》是个真实故事，说杰克死了而露丝至今还活着。一天夜晚，你们去录像厅终于看了那部电影，那段时间你经常跟马光辉出入录像厅，或者台球馆，你尝到了爱情的甜蜜，我为你开心，也独自难过。那段补课的日子，你开始贪玩，开始厌倦学习考试，无休止的学习考试；你开始放飞自己，仿佛你的心扉打开了。那不怪你，没有人愿意天天泡在题海里，没有人愿意生活在集中营里，没有人甘心成为考试的奴隶。

有件好事告诉你，你知道吗，我找到工作了，今天我正式上班了，我姨妈在那家公司当会计，要不是她的照顾，老板不会用我。下一步，我得尽快从家里搬出去。晚安！

2006年4月5日

**我继续翻看乔永的日记，下一篇他写道——**

你在班里的排名不断下降，成绩一落千丈。孙老师并没有放弃你，所谓的没有放弃你，每次排名下滑她都跟你谈话，严厉批评，从思想上予以鞭策。孙老师怀疑你是不是分心了，她跟你父母沟通，你父亲教训你，骂你浪费粮食，你后妈骂你没良心。我知道你讨厌解析几何，但你尽力了；我知道你怕考试，我知道你讨厌排名，我知道你后妈是个毒妇，我知道你父亲偏心。为了交差，第十八次模拟考试你作弊了，你一跃进入前五十名，我们班一百零九人，相当于过了本科线。孙老师在班里给我们上“政治课”时表扬了你，同时批评了另一个女生，她那次模拟考试名次下滑，被流放到“3911”，她恼羞成怒，向孙老师告密。孙老师气坏了，骂你自欺欺人，不知羞耻。祸不单行，不久，你们在简爱理发店聚会，被学校领导逮了，给了你们处分。孙老师怒不可遏，要你们自己打自己的脸，你不肯屈服，你顶撞了她，她出手打你，骂你金玉其外败絮其中。第二天，你父亲又狠狠地揍了你一顿。我知道从那天开始你彻底跟他们决裂了。

这些对你来说根本不算什么，然而又过了不久，最让你心碎的事发生了，马光辉跟你分手，他爱上了倪琳，那个总仰着头走路的女生，那个狂妄自大的女生，除了穿名牌衣服她还有什么？除了一年换三块腕表她还有什么？我知道你爱马光辉，你放不下他；我知道你像雏鸟一样天真，我知道在你灵魂的房间里没有第三个人；我知道你的心地有多么善良，我知道你有多么柔弱；我知道你厌倦了尘世，我从你眼里看见了绝望，那段时间你万念俱灰，而我也在经历生命中最惨痛的日子。

2006年4月9日

下一篇他写道——

离高考还有一百零四天，你突然又逃学了。没有请假，没有留言，没有跟任何人说，你明知道这样会被开除学籍，你明知道这样会被取消高考报名资格，你依然离开了。我知道那是为什么。第三天你回来了，你一个人躺在寝室里，打开那瓶毒药，决绝地啜饮着，这世界再没有什么值得你留恋。我知道马光辉就是那瓶毒药，我知道李洞就是那瓶毒药，还有孙老师，还有你父亲、你继母，他们就是那瓶毒药，他们的无情、他们的偏见、他们的卑鄙就是那瓶毒药。你勇猛地啜饮着，反抗着，嘲讽着，冷笑着。可是他们，学校里那些像鱼一样冷漠的先生们、领导们却说你是由于高考无望，说你顶不住学习压力，说你是早恋的问题少女，说你走上一条不归路。事情草草处理，真相被封锁了。他们捏造了另一个版本，说你服毒是跟家人赌气，说你服毒的量其实并不大，拉到医院之后，医院抢救措施不当，责任在医院一方，校方还帮你家人跟医院打官司。他们居然把自己说成了好人。

学校要求全体同学安心学习，不要乱发议论。我从彭老师那里知道，他们在撒谎，他们和医院串通一气撒谎。你死去的第三天，离高考还有一百天，高考百日冲刺誓师大会依然如期召开，每个毕业班选了两名学生代表和一名家长代表发言，领导也来学校慰问讲话，从大门口到观礼台的水泥路还铺上了一层崭新的沥青。校园里，很快扫除了刚刚蒙上的那层阴影。在越来越疯狂的强化训练和模拟考试里，谁都无暇顾及个别人的不幸，没有谁肯浪费时间为你难过。他们在宣誓，在鼓动，在冲刺。雨下起来，打在每个人的脸上，没有人打伞，校委会领导、任课老师和我们一起像将士一样伫立在风雨中。许多人都流泪了，我也流泪了，但他们不知道我为什么流泪。他们不知道我心里除了深深的哀伤，还有毫无振奋的激情。在我眼里那场沸腾的宣誓，好比就是你的葬礼。我写不下去了，我要停了，晚安！晚安！

2006年4月10日

下一篇他写道——

你躺在那里，紧闭双眼，一动不动，头发散落在两边，你看不见我，你看不见哭泣的人，你看不见这个世界，你身上覆盖着黑色的纱布，只有淡蓝色的衣领捧着你苍白的脸庞，淡蓝色的光晕，接近黄昏前的天空的淡蓝色光晕，亲吻着你，抚摸着你。你父亲给你买了一副柏木棺材，柏木的金黄色、棕色、红褐色的纹理，均匀优美，散发着哀婉的木香。那是你的房间，你将长眠的房间，棺盖打开着，它在等待。一个木匠正给它刷上黑漆。沐浴着你脸庞的淡蓝色光晕逐渐消退，无边无际的灰白色，死亡的灰白色逐渐漫上来，你的脸庞被它们湮没，连最后一点微弱的光也熄灭了。那两棵榆树上，缀满白色的榆钱。那个春天我一直凝视着它。去年如此，前年如此。因为我知道春天会过去，而它为春天执行葬礼。现在，白色的榆钱纷纷飘落，因为它知道，知道你死了，我的心也死了。

2006年4月12日

我看着乔永的日记，我没想到一个灵魂曾经如此痛苦。下一篇他写道——

我知道是他们伤害了你，因为你的美，有那么多人仰慕你追求你，可那跟你有什么关系，你为此烦恼还来不及，他们却因此看低你，把你当害群之马，把你当成轻浮的人，把你当徒有其表的人。即便如此，我知道你会原谅他们，你倔强，但更善良，我知道你不会和他们——那些嫉妒小人、那些势利眼、那些满脑子偏见的人——计较，但我不知道我能不能原谅他们，也许能，也许终将跟我毫无关系，也许我会像他们一样忘却。你知道的，时间这东西，除了催人变老，除了让人喜新厌旧、移情别恋，除了冲淡一切，除了让人遗忘，还能有什么用。

你第一个周年，我来到浅水湾墓园，我站在杉树林里，站在离你的坟茔不远的地方，墓园里到处是五彩鲜艳的纸花圈，也有从花卉店买来的植物花。在阴暗的光线里，在蒙蒙的春雨里，我看见你的生母和你姨母一起来了，她们哭泣，她们给你烧纸钱，雨淋湿了火，冒着白烟。她们怪你为什么那么傻，她们诅咒你父亲。她们走后不久，你奶奶和你父亲来了，奶奶满头白发，跪在潮湿的地上，她一直哭，你父亲抽着烟，默默地站着，给奶奶打着雨伞。后来你表姐也来了，你的闺蜜也来了，两个，有一个我不认识，她们没有哭泣，她们把洁白的鲜花放在你坟上，说了一小会儿话，然后跟你说了声再见。这之后没有人来了。墓园归于寂静。我站在杉树下，抬头仰望，任雨水打在脸上，深绿的稠密的森林将天空分割得支离破碎，分割成湿淋淋的铅块，不断压下来。我拿着红玫瑰花走到你坟前，我从不给你送白玫瑰，也不送白月季，凡是白色一概个送，因为你在我生命里活着，从不曾离去，你的坟茔依然散发着芳香。我把玫瑰放在你坟前，放在他们刚刚摆过祭品的地方。昏黄的春雨，穿过墓园的冷空气，发出银灰色的声音。打在你墓碑上，打在你房间上。如今，有谁愿意来你的房间；如今，还有谁会来你灵魂的房间。第二年来的人更少，第三年你父亲也没有来。我知道他们在遗忘，生的欢愉使他们遗忘。那些爱过你的，那些仰慕你的，那些愧对你的，那些伤害过你的，如今他们又在哪里。你只是成为他们茶余饭后的传说，成为警示教育课上失足少女的教材，成为学校安全管理的一个案例。他们在谈论的时候，头头是道，深表痛惜，又有谁知道你就埋葬在这里，埋葬在阴冷的泥土里；谁又在乎你尸骨未寒。生的欢愉使他们遗忘，他们渴望着肉体永恒，却不相信灵魂可以不朽。我站在杉树林里，雨一直下。雨停的时候，树叶上的积水依然像雨一样打在我身上。雨淋湿了我的头发，从头发里流到我脸上，流到我衣领上、肩膀上，我的衣服湿透了，那湿凉湿凉的雨水浸到我肌肤上，浸入毛细血管里，不断夺走我的体温，不断将我的哀悼冷却，不断将我的悲伤冷却，我没有了悲伤，从那天开始，我就知道我不会再为你悲伤。我再次回想与你一起走过的岁月，你读高中，你怀着梦想，你美丽，你善良，你被男生追，你被误解，你唱歌，你厌学，你恋爱，你学习退步，你挨骂，你倔强，你受辱，你被抛弃，你失恋，你哭泣，你成为笑柄，你穿上洁白的衣裳，你死亡。安放你的荒野，开满白色的荼蘼，一群鸟惊叫着飞过天空。从那两棵榆树开始，到榆钱飘落结束，我一一将你回顾。我站在杉树林里，雨一直下。我知道这场雨后天会黑下来。我知道月亮已经死了，不管有没有星光，黑夜都必然降临。

2006年4月18日

接下来乔永写了自己怎么贩毒，怎么挣钱，怎么买了一套房子，为什么画了一幅婚纱，怎么提高绘画技艺，还有大量令人费解的诗歌，一直写到2007年。

不管犯罪心理专家怎么分析乔永性格的形成——外貌平庸，高考打击，缺乏关爱，不受重视，被人嘲笑，敏感、偏执、自卑、分裂、扭曲——他们尽可能用那些名词去阐释，去定义。而我从自己的亲身经历出发，我的判断是——他爱但不嫉妒，他黑暗但不卑劣。这至少也是事实的一部分。

## 黑名单

乔永被他家人草草葬在老家一座山包边上。孙老师和马光辉先后在浅水湾墓园下葬。所有的事情似乎都过去了。再经蚌城的街头巷尾传说一阵之后，这件案子将彻底被人们淡忘。虽然它的惨痛在个别人心中还要延续多年。比如在马光辉的父母心中、在乔永的母亲心中、在我心中，都还将延续多年。为期半个月的侦查工作直接改变了我的人生走向。我常常想起俞东杰，想起他才长出来一半的小蜗牛一样的指甲，想起他指着自己的鼻子跟我说“你向我汇报就行了”，想起他最终打掉了卧龙山庄的黄色营生，也想起我们最后一次从刑警队出发。

那天天气晴朗，炎热。俞东杰穿着短袖执勤服，戴着墨镜，依然是我拎包，他开车。他修好了帕拉丁警车的空调，车内的环境舒适多了。出了刑警队大门，走到第一个红绿灯路口，他打开了车载CD机，播放的依然是童安格的歌——《把根留住》。我问他是不是偏爱童安格。俞东杰说，“非常偏爱，不过箱子里还有其他歌星的唱片，喜欢谁你自己找。”我说童安格挺好。我随手打开工作台下面的工具箱，又放下遮阳板，看来看去全是童安格的唱片。俞东杰说，“要不去趟音像店，买两张你喜欢的。”我说只是随便翻翻。直到现在，我仍觉得疾恶如仇的老俞一点都不像那种多愁善感的人。

“这件案子，你一开始有没有预感？”俞东杰问我。

“多少有点吧，特别是从马光辉出事之后。”我说。

“你们聚会当晚，你就没发现有什么不对劲的吗？”

“没有，”我说，“可能是他隐藏得太深了吧。”

“九个人，真让人不寒而栗。”俞东杰说。

在乔永的遗物里发现了一张黑名单，上面列着他要谋杀的九个人，马光辉第一，我位居第二，孙老师第三，陈校长第四，吴新平第五，倪琳第六，还有三个我不认识。如果那天我没有提前离开卧龙山庄，可能我会死在孙老师前面。

“他认为那些人都伤害了吴梦莹。”我说。

“人不怕钻空子，就怕钻牛角尖。”俞东杰说。

我们一边走一边聊。我把座椅靠背往后放放，稍稍躺着，漫无目的地瞅着拥挤的街道以及街道边五花八门的商铺。朝南走的时候，炽烈的阳光透过挡风玻璃斜照进来，刺得我睁不开眼。我听见窗外市井中喧哗的声音、议论纷纷的声音，好像都与案子有关，好像都与我有关。

“吴梦莹都跟谁谈过？”俞东杰问。

“据我所知，只有马光辉。”我说，我知道老俞还有不少疑问，包括我为什么出现在黑名单里。

“倪琳是谁？”俞东杰问。

“倪琳和马光辉都是官二代，她爸以前是财政局的局长，我也是刚知道，上学那会儿，她高傲，不可一世，有不少男生追她，据说她没有给他们回过一个字。”

“追吴梦莹的不也挺多吗？”俞东杰问。

“是挺多，印象中挺多的……”我没有说下去。

“‘发哥’是谁？”俞东杰问。

“‘发哥’？这家伙是个自恋狂，本名叫王建伟，”我一边回忆，一边跟老俞说，“浓眉大眼，皮肤黑黑的，络腮胡子，胸毛比较发达，这一点让他引以为傲，尤其在体育课上，常常解开胸前的扣子，露出胸毛显摆。他桌洞里放着一把梳子和一面小圆镜子，课堂上基本不跟同学说话，课堂纪律遵守得不错，就是一节课下来要照四五回镜子，你算算，一节课四十五分钟，平均十分钟照一次。”

“那么自恋？”俞东杰说，“不过那个年龄，自恋也算发育正常。”

“每次照完镜子之后，再看看镜子背面。”我说。

“为什么？”俞东杰问。

“镜子背面是周润发的头像。”

俞东杰哈哈笑起来，“我说怎么叫‘发哥’呢。”接着俞东杰也给我讲了一个他高中时代的“人物”，除了喜欢照镜子，还爱抹香水。每个人都有过青春，每个青春都有故事，即便是伤感也蛮可以回味。假如让我重新过一次青春，也许会比上一次过得好，只可惜我再也回不去了，我们再也回不去了。

“给我说说简爱理发店那事儿？”俞东杰说。

他车开得很慢，他想听我讲讲那些事。俞东杰有充分的好奇心，有时候我想，他除了坚硬的一面，另一面就像个孩子，他透明，直接，不隐藏自己的内心。当然简爱理发店那件事也和案子有关，或者说那正是这场悲剧的开端。他打开了我的记忆，我开始给他讲，从马光辉开始。

马光辉是“太保帮”的一员，号称“十三太保”，“太保帮”的主要业务是打架、泡妞、赌博以及吃喝玩乐。他们什么事儿都敢干，有时候连老师也敢动。当时有位物理老师，体罚了某“太保”的女朋友，没过几天，那位物理老师在一次酒后回家的路上，被扔进下水道。大家对“十三太保”的印象是神秘、帅、酷。总之他们那些人非常受女生的青睐。简爱理发店在文化路，离一高不远，离二高也不远，理发店二楼是一套两室一厅的房子，那是“太保帮”的秘密据点。他们经常在那儿厮混，打牌，喝酒，看赛事，看成人片。

那天晚上，刚刚八点，简爱理发店还没关门，曹副校长带着保安室的几名工作人员进了理发店，冲上二楼，把几个被曹副校长称为“逃学先进分子”的人当场“抓获”。据黄晓东说，当时吴梦莹坐在马光辉身边，桌子上摆满了酒瓶和香烟，VCD正嗷嗷叫地播放着以打打杀杀闻名的港片《古惑仔》。一共八个人，两名二高的，六名一高的，吴梦莹是唯一一名女生。一高的六名学生中，四名是我们九班的。孙老师向陈校长、向校委会做了深刻检讨，陈校长以治校严格出名，出了这种事情怎么向家长交代，怎么向社会交代，蚌城一高还有什么权威可言。孙老师被陈校长狠狠批了一通。

随后，怒不可遏的孙老师在班里召开“批判大会”，四个“罪犯”，马光辉、黄晓东、张斌、吴梦莹站在讲台上，一字排开，面向全体同学。孙老师说，“你们四个，给班级抹黑，给全校抹黑，也给你们家长抹黑，对不起老师，对不起家长，也对不起你们自己。”孙老师声音低沉、嘶哑，阴燃着怒火。

四个人头勾得像豆芽。孙老师继续说，“每人十个耳光，自己动手，打得不响重来！”这种处罚方式在我们学校里并不新鲜，对于那些“逃学先进分子”来说，朝自己的脸蛋开打就像放几个小炮，就像吃碗凉皮，如此而已。但孙老师可能不知道，这对于某些人来说有多么艰难。

“马光辉先来。”孙老师说。马光辉佯装没听见，吊儿郎当地歪着头，通过教室门口看楼前的榆树上两个疑似拍拖的小鸟。孙老师说，“最好乖乖听话，一视同仁，谁都一样。”在马光辉的思想里，他肯定跟别人不一样，除了他爸是教育局局长，他还是大名鼎鼎的“十三太保”。

“能不能别打这么多？”马光辉说。

“一巴掌也不能少，如果你觉着我管不了你，我就打电话让你爹亲自过来。”孙老师说。

马光辉皱了皱眉，仍然没有行动。同学们不免有点紧张，剧情从没这么演过，从没人敢和孙老师讨价还价，从没人敢拖延孙老师的命令。但是马光辉做了。那时候，所有人，包括马光辉自己，也未必知道孙老师和他父亲之间的特殊关系。

“孙老师，要不我替光辉挨吧，是我求他带我们出去的。”张斌没精打采地说。

张斌常常上课睡大觉，高中三年给我的印象是，半边脸在胳膊肘上硌出一道红印，口水在课本上洇湿一片。

“哟呵，还结成统一战线了是吧。”孙老师从第一排课桌上随手拿起一本参考资料，打张斌的脑门子，边打边说，“统一战线，教你统一战线。”

“好了好了，我打就是。”马光辉还挺讲义气，不忍同伴为他受苦，抬起双手，左右开弓，右手掴右脸，左手掴左脸，都很响亮，嘴脸立刻火辣辣地红了。

“以后打算怎么办？”孙老师问。

“以后遵守学校纪律。”马光辉不耐烦地说。

“把你的话拴到耳朵上，给我记住。”孙老师把打张斌的那本参考资料夹在腋下，气冲冲地说，“下一个。”

张斌和黄晓东比较自觉，两个人几乎同时进行自掴，声音比木板子拍的还响亮，好像打的不是自己的脸。打完，孙老师问，“下步打算？”

“我打算改正错误。”张斌说。

“我打算重新做人。”黄晓东说。

“不是打算，要立即改正。”孙老师说。

二人点头称是，脸都打得红扑扑的，像抹了一层胭脂粉。

讲台上只剩下吴梦莹，她低着头，长发从两边垂下，形成一道帘幕。孙老师说，“先把你的头发给我拢起来，面对大家。”吴梦莹没有反应，好像没听见。孙老师说，“你聋啦？”吴梦莹把头发往后甩了甩，抬起头，耷拉着眼皮，脸色由红转白。

“掌嘴！”孙老师以冰块一样的语气命令道。

吴梦莹依然毫无反应，紧绷着脸，无声地反抗着。

“掌嘴！”孙老师又吼了一嗓子。

教室里的气氛再次紧张起来，一开始还有人事不关己高高挂起，该怎么做练习题还怎么做练习题。现在所有的笔都停了，所有的书本都放下来，所有的人都屏住呼吸，看着冰霜美女吴梦莹，看着他们忽然不认识的吴梦莹。一种寂静的东西在爆炸。

“你还知道可耻呀，快点打，别耽误大家的时间。”孙老师用食指指着吴梦莹的鼻子说。

吴梦莹眼里泪光在闪耀。她极不情愿地轻轻抬起手，敷衍了事地掴了自己几个耳光。声音实在不响，我们都知道过不了关。

“脸皮那么厚，你还怕疼啊？”孙老师命令道，

“重来！”

“我打过了。”吴梦莹的脸色变得惨白，咬着嘴唇，眼神充满不屑。

“你说什么，我没听见，你再说一遍？”孙老师一侧耳。

“我打过了。”吴梦莹以板上钉钉的语气干脆地说。

“你打过了是吧？”孙老师脸色煞白，嘴唇发紫，那是我们不止一次领教过的表情，绝对是爆发的征兆。孙老师说着，双手举起那本参考资料，朝吴梦莹摔过去，啪的一声砸在吴梦莹头上，嘴里说道，“你打过了，该我打了。”吴梦莹只是用手护住脸，不躲不闪，这更激怒了孙老师，她又抓起两本参考资料摔过去，嘴里骂着，“恬不知耻，死不悔改！”吴梦莹保持站位，一动不动，孙老师继续摔书本，继续骂，“金玉其外，败絮其中！”第一排课桌上堆积如山的试题资料被孙老师卸去大半，全砸在吴梦莹身上。下午最后一节课的阳光慢慢变得暗淡，昏黄。

“这老师挺厉害呀。”俞东杰说。

“她是我们学校最严厉的班主任，也最爱面子。”我说，“不过，许多学生家长都愿意让孩子到她班里。”

“严师出高徒嘛。”俞东杰说。

我们走到文化路口，红灯亮起来，老俞停车，把挡杆放在空挡上。简爱理发店就在前面不远的地方，那个老板叫阿飞，手艺的确不错。透过挡风玻璃，我望见天空犹如一面晶莹的蓝色的凹透镜，几团云朵在烈日照耀下反射出火焰一样的光芒。我还能记起，那天孙老师停下的时候，吴梦莹站在一堆凌乱的参考资料里。也许她不该发那么大的火，她应该知道吴梦莹还将有一顿毒打等待着她老爸去执行。况且学校已经给了他们严重的处分。我不知道二高那两名学生当时经历了什么样的命运，我们学校的六个人给的处分是，开除学籍，留校察看。

绿灯亮了，俞东杰转动方向盘，我们拐上文化路。我看见他的手指，没长出指甲的那两根手指，显得有些笨笨的。

“是不是毕业班最后一百天都搞倒计时？”

“我们班从最后二百天就开始搞倒计时了。”我说。

我仍然记得那句魔咒一样的话，在黑板右下角——“今天离高考还有××天”——它静静地躺在那里，像长了眼睛一样盯着我们，直到2000年7月6日下午，化作一缕细微的尘埃。

“‘3911’是怎么回事儿？”俞东杰问。

“我们班是九班，一共十一排，到了三年级，每次考试排名后十的同学只能坐最后一排，‘3911’就是三九班第十一排的意思。化学老师说，‘3911’是一种高毒农药的代码，好像是西梅脱什么的。他们说那些差生就是‘高考毒药’，学校为了保证升学率，百分之十的差生不准从本校报名参加高考，想参加得自己想办法。”

“那时候好像只讲升学率。”俞东杰说。

“现在也是。”我说。

“不是说不允许学校给学生排名了吗？”

“连我们抓小偷都搞排名，哪儿不搞排名呢。”

“你们班当时多少人？”

“一百多人。”

“这些年一高的教学质量还是可以的，每年都有几个清华、北大，社会反响不错。”

“这几年的情况我不清楚，我们上学那会儿，一高刚刚崛起，考上清华、北大的考生，都是从外校挖来的，我们班主任就挖过一个叫梁星华的，花了五万块钱，从外市买进来，当年代表一高考上了北大，文科状元。”

“听说过，生源争夺大战，愈演愈烈。”

我和俞东杰再次来到一高家属院，我们把车停在二号楼前，已经和齐老师约好了。他住在二号楼一单元二楼西户。二号楼下面的血迹早就消失了，看不出任何事故的迹象。一个清洁工正在清理垃圾箱里的生活垃圾。我们走进楼道。

齐老师说孙老师跳楼前一天的下午，他出门散步看见孙老师正和一名男生说话，而查证的结果是，从高一到高三没有任何男生跟孙老师接触过，也没有去过她家楼下。专案组怀疑齐老师看见的男生就是乔永，而不是什么高三学生。为了证实这一点，我们带着乔永的照片，请齐老师辨认。

到了二楼，齐老师家关闭着防盗门，里面的木门开着，通过铁网格可以看见屋内的挂钟和白色的墙壁。我轻轻敲了敲门，防盗门发出旧金属的声音。齐老师立刻从客厅走过来，他正等着我们。齐老师穿着卡其色的半截裤，扎一条一看就知道有些年头的老式的棕色牛皮腰带，上身是一件洁白的背心，手里拿着一把棕榈扇。齐老师打开门，把我们让进屋。我们落座，他去开风扇，家里没有装空调。风扇是一台老式落地扇，擦拭得干净明亮，浅绿色的扇叶轻轻旋转起来，几乎没有噪声，这么一个老古董，性能还这么好，显然是主人爱惜保养的结果。他挪了挪风扇的位置以便更好地对准我们，室内立刻凉风习习了。齐老师弄好风扇，给我们倒水，水杯是那种带盖的白色瓷杯，一个杯盖的边缘有一点小豁口。暖水瓶的外壳是竹编的那种，也是老古董了。屋内的桌椅板凳、各种器具陈设都是老式的，有一种回到七八十年代的感觉。所有物品乃至各个角落无不干净整洁，带着岁月打磨出的淡淡光泽，给人俭朴、安静、清凉的感觉。

“不热吧你俩？”齐老师和蔼地笑着说。

“一点不热，心静自然凉嘛。”俞东杰说，“一到您家里心就静了。”

“条件简陋，多多包涵。”齐老师谦卑地说。

“这比我爸家强多了。”俞东杰说。

我从包里掏出一块圆茶饼，我说，“齐老师，这是我去年去云南出差带回来的普洱，我也不大喝茶，送给您品尝一下。”齐老师随手接过，说，“谢谢李洞，我就不客气了。”

“师母呢？”我问。

“去市场买菜了，中午别走了，咱们一起吃饭。”齐老师说。

“不麻烦老师了，我们还有事儿。”我掏出乔永的照片，递给齐老师，“您回忆一下，那天下午您看见的是不是这个人。”

照片虽然是全身照，但毕竟尺寸不大，我以为，齐老师会拿出老花镜，戴上观看。没想到他拿到眼前，看了几秒钟，然后点点头说，“没错，就是他。”

“您确定吗？”俞东杰问。

“确定。”齐老师微笑着说，“我眼睛一点不花，视力还能达到1.0呢。”

“这我相信，您看起来很硬朗。”俞东杰说，“问题是这家伙今年二十六岁，怎么看起来还像高中生呢？”

“人类在发育过程中，有一种现象叫作幼态延续，”齐老师风趣地说，“你看人一生下来没毛，长大依然没毛，光的。像鸟类就不行了，从小没毛，长大羽毛丰满，发育也停止了。”

“齐老师可是生物学专家。”我对俞东杰说。

“专家谈不上，有兴趣你们可以了解一下这方面的知识。”说完齐老师叹了口气，不无惋惜地说，“二十六岁，这么年轻，干点什么不行呢，咋能去犯罪呢。”齐老师看着我又说，“听说那孩子跟你是一届的？”我点点头。齐老师说，“我对这个学生没印象了。”

我们又聊了一会儿别的，然后向齐老师告辞。齐老师可亲可敬，只是我没想到十年之后我们会以这样的方式见面。走到楼下，我抬头望了望孙老师家的阳台，现在那里已经人去楼空，房子的主人带着她今生今世的孤独和遗憾飞远了。那天下午乔永在她家楼下，应该是给她送所谓的

“进口安眠药”——致命的安眠药。我又想起卧龙山庄我们聚会的那个夜晚，席间孙老师问乔永卖不卖安眠药，能否帮她买点，大家碰杯，合影，飙歌，没有人心存戒备，似乎也没有人心存不轨。大家一起怀念逝去的青春，唱歌，喝酒，聊天，就是那个夜晚，那个我未曾察觉却暗流涌动的不平常的夜晚，那个出乎意料又早已注定的夜晚。

我们接下来去奚仲街派出所接张卫峰副所长，老俞让他帮忙约见吴新平。做这些工作主要是完善证据链，乔永自杀后，没有口供，部分线索只能从外围去印证。

我们上了警车，倒车，掉头，出了院门，朝奚仲街派出所方向驶去。

“乔永买的房子，收入来源是贩毒，也正是在贩毒的过程中他发现了这种杀人手段，并付诸实施。”俞东杰说，“他给孙卿的那瓶药，他事先进行了二次加工，看起来跟安眠药一样。这家伙挺专业啊。”

“同班上学时候，他很少说话，不太引人注意，给人的印象是一旦做什么就会很专注的那种。”我说。

俞东杰扭头看看副驾驶这边的倒车镜，然后思忖着不说话了。其实我并不想去吴新平家，见到与吴梦莹有关的一切对我来说都是一种折磨。但那时我已经想好要辞职离开蚌城了，去她家或者说去她老爸家就算是一次告别、一次忏悔，就算是最后一次回望。

驶过清河二桥，我们来到沿溪路东段，我们停在奚仲街派出所门口对面，俞东杰熄了火，摁下双闪键，然后给老张打手机。派出所办公楼上三楼一扇窗打开了，老张冲我们的警车摆手，我把车窗放下来，老张喊道，“别打了，我这就下去。”过了几分钟，老张出来了。

“跟吴新平约好了没有？”俞东杰问。

“你俞大所长交办的事儿，我敢不落实？”老张上了警车。

“在哪儿见面？”俞东杰问。

“去他家。”老张说。

“他家在哪儿？”俞东杰问。

“还是上次去的，挚地大道北段，那个什么鸟服装专卖店。”老张说，“他在华祥路那栋房子卖了，为了做生意方便，他买下了专卖店后面那套小楼。”

我们到了报喜鸟男装专卖店，吴新平在门口等着，看见我们下车，挥手引着我们去他家。专卖店旁边有一间廊房，穿过廊房，里面是一小片居民区，有五六栋带院小楼，被周边的楼群包围着。吴新平家是一栋贴着白色竖条瓷砖的两层楼房。院里有一棵大玉兰树，黑黑的树身有四五拃粗。树下坐着一位七旬老太，眼神浑浊而茫然。

“这是老母亲吧？”老张问道。

“是啊，去年患了老年痴呆，不认人儿，也不记事儿了。”吴新平说，“生活不能自理，我和我姐轮流照料。”

我们进了客厅。室内刚刚进行了翻新，装修得不错，真皮沙发，实木茶儿，看样子挺上档次。吴新平让老婆去给我们泡茶。他老婆白面，大眼，鼻子尖尖的，岁数比吴新平小，应该是吴梦莹那位后妈。

“再次打扰你，实在不好意思。”俞东杰说。

“没事的，绝对配合好。”吴新平说。

“听老张说，你去年见过乔永？”俞东杰问。

“是啊，他是康太医药公司的销售员，离我的专卖店不远，去年，清明节前后吧，那孩子天天在我店门口转悠，问他买衣服吗，他东看看西看看也不买，他说他是康太医药公司的，问我买不买安眠药，我说不需要。”吴新平说，“一开始我还以为是个小偷小摸的二流子，后来他跟我套近乎，请我吃饭，我没去，后来他说跟小梦是同学，三番五次请我吃饭，我当时就觉着他不正常，最后一次我警告他不许再来店里捣乱，再来我报警，后来就不见他了。前天听说那小子是杀人犯，吓我一跳。”

“这说明你命大，你要是接受他的吃请，去年就完蛋了。”老张笑道。

“听说他有迷药，人一吃就听他的话，真的假的？”吴新平问。

“一点都不假，吃了他的药，教你往东你不往西。”老张笑道。

“他因为啥杀人？”吴新平问。

“因为啥？”老张说，“谁有钱他杀谁，要不他怎么找上你呢。”

“得了老表，我有啥钱，你还不知道我多深多浅啊。”吴新平说，“都说那家伙是心理变态？”

“应该是吧。”老张说。

这时候院里的老太太慢吞吞地进来了，嘴里咕哝着，“小梦，小梦哩……”吴新平站起来说，“妈，你又干啥呀，有客人，先坐外头哈。”然后把老太太搀出去了。吴新平的老婆说，“连她孙子她都不认得了，就记着她孙女。”吴新平跟老婆说，“你闭嘴吧，讲那干吗，谁没老的那一天。”他老婆微微一撇嘴，然后跟老张说，“小梦其实很优秀，就是，唉，不太听话，要是好好的话，现在也该结婚了，他爸啊一喝醉酒就哭。”吴新平说，“你赶紧到前面去，这儿没你的事儿了。”吴新平的老婆给我们倒好茶水，然后说，“你们坐啊，我先忙去，中午在家吃饭。”老张说，“没事儿，你忙去吧弟妹。”

乔永的犯罪行为被一一坐实。赵大队对倪琳也进行了电话询问，她在省城上班，据倪琳说，去年有个叫乔永的校友，通过QQ跟她联系，约她见面，被她拒绝了，那个QQ的昵称是“雏鸟的房间”，在孙卿老师的QQ好友里也有“雏鸟的房间”，就是乔永本人。吴新平、倪琳他们自然都不知道自己在乔永的黑名单里，不知道乔永接近他们的真实目的，我们也没有必要告诉他们，我们要做的就是事实清楚，证据确凿，侦查终结报告要写得滴水不漏。

我因为特殊的身份阅读了乔永的日记，知道黑名单的存在，知道我自己也在黑名单里，并且位居第二。然而我宁愿什么都不知道，宁愿像他们一样将罪犯归结为变态狂。案子在侦查的意义上水落石出，而在我心中是另一种真相大白。俞东杰当然有疑惑，他想了解黑名单上的人究竟和吴梦莹之间发生过什么，他已经知道马光辉，知道倪琳，知道孙老师，也大约知道吴新平他们，但他还不清楚我和吴梦莹之间曾经发生过什么。乔永死了，依法不再追究刑事责任。侦查已经走至终结，但对我来说有些事才刚刚开始。

从吴新平家出来，老张问俞东杰汾酒可以喝了吧。俞东杰说可以了，晚上一起去胡记烧烤城。回到刑警队，俞东杰问我复检了没有，我说我准备明天早上去。他昨天去医院复检过了。我问他有没有问题，老俞拍拍自己的胸肌说，“我这身板，当然没问题。”中午我们在食堂就餐，俞东杰说，“别忘了晚上的酒场。”我说好的。吃完饭我回到住处休息。整整一下午，我都缠绵在床上，什么都不想干，姜楠的信息也没有回，更没有喝酒的心情，或者我可以借复检身体予以推辞。复检需要空腹，主要有这么几项，尿常规、血常规、肝功肾功、神经系统。俞东杰没问题，至于我，不用复检我也清楚，还存在轻度的幻听。

下午六点钟，我勉强起床，擦了把脸，下楼，沿着大街，朝胡记烧烤城大致的方向走。我的幻听主要是在睡梦中，常常会被某种声音叫醒，那声音清晰实在，有具体的方位可辨。有时伴随着具体的画面，我在理智上清楚是幻觉，但总要挨过一阵儿才能罢休。裸盖菇素有个特点，在药效期内产生的幻觉，一部分会成为使用者的记忆，哪怕是使用者永远不再吸食，那些幻觉也会在相当长的时期内在使用者的脑海里重现，甚至伴随终身。这也是戒毒困难的原因之一。这就意味着那些声音以及画面一时无法从我脑海里磨灭；这就意味着某种看不见的病痛将长期折磨着我。上午在吴新平家的那段时间里，我始终没有说话，有许多画面携带着声音不断从我脑海里、从我耳朵里穿过。

到了胡记烧烤城，俞东杰和老张已经坐在一张四人台的餐椅上，三五成群的客人正陆续进来，烧烤炉那边抽油烟机呜呜地响，烧烤城里弥漫着烤肉的香味。我挨着老张坐下来，俞东杰让服务员上菜。桌子上立正着两个黑蓝色的瓷瓶，上面写着金色的“老白汾酒”字样。老张说，“咱仨一斤酒嫌少，二斤酒嫌多，要不再叫个人吧。”

“得了，”俞东杰说，“谁不知道你是‘张二斤’，虽说现在头上没毛了，起码还得一斤吧。”

“不行了，现在量不行了，有脂肪肝。”老张说。

“别谦虚了‘秃子’，专门请你哪。”老俞说。

我说我少喝点儿，明天体检。俞东杰让我改到后天。他们俩心情高涨，我若坚持，只怕扫兴。半只脆皮鸡，一盘杏仁拌洋葱，一盘五香牛肉，一盘松花蛋拌黄瓜，四个小菜上来，老俞打开酒瓶。我们开始喝酒，老俞感谢老张给予的帮助，老张说自家兄弟，不要客套。三杯酒下肚，话题又扯到吴梦莹自杀的事情上，老张问还需要不需要找卷宗。俞东杰说没那个必要了。老张谈起彭春先老师，就是乔永日记里提到的彭老师，老张说他是个倔强的人。

彭老师的事我自然清楚。吴梦莹出事之后，牵涉到划分责任，按照蚌城人民政府有关校园安全管理的文件规定，在校园内发生学生非正常死亡的，除司法部门依法追究法律责任外，还要追究行政责任，对主要领导进行诫勉谈话，对分管领导予以免职，对相关责任教师降两级工资。抢救无效死亡和当场死亡，在法律效果和社会效果上不一样，在行政责任认定上更不一样，在医院抢救无效死亡即不具备“在校园内死亡”这个前提。聪明的校领导当然会咬文嚼字，当然懂得如何钻那些条条框框的空子。

吴梦莹在寝室服毒，发现时已经气绝身亡。我和孙老师、彭老师当时都在场，120救护车拉走的只是一具尸体。张卫峰调查取证的时候，我和那位最先发现的女生在孙老师的授意下撒了谎，我告诉张卫峰，由于发现及时，还没断气，还有救活的希望。然而彭老师没有服从学校安排的统一口径，他没有选择说谎，虽然最终没有因为他的“一面之词”给学校带来重大损失，但他使学校陷于被动，使某些同事差点受到严重处分，他别有用心，吃里扒外，关键时刻不抱团儿，必须受到排挤。那段时间，彭老师的幽默与风趣不见了，高考前的一个星期，彭老师给我们上完最后一课，说他已经辞职，如果有缘，以后再见。那之后再没有人在蚌城见过他，听说他带着妻儿老小去了南方。

“当时，我再三问他，人是不是断气了，”老张说，

“他说人在寝室里被发现的时候就死了，这是事实。我还提醒他，别人都说当时人没死，还能说话呢。他说我看到的就是当场死亡，他让我必须这么记。我也没办法，只好如实记录。”

“肯定有人给你打招呼，说，你在这件事情上得好处了没有？”俞东杰举着酒杯问。

“我啥好处也没得，一盒烟也没见，当时是局长亲自安排要顾大局，照顾一下校方。”老张说。老张的脸已经喝得红扑扑的，跟脑门子上的头皮没什么分别。

“乔永应该把你也宰了。”俞东杰笑道。

“跟我有啥关系，我只是如实记录，学校的人都那么说，就彭春先傻乎乎地说当场死了。”老张说，“你问问李洞老弟，是不是那种情况。”

我说差不多吧。我端起酒杯，一饮而尽。俞东杰的老白汾酒很烈，我们都喝晕了。

“李洞，你怎么也在黑名单上，他针对你干吗？”老张问。老张有意无意地戳到了我心里最幽暗的部分。

“乔永那家伙啊，‘歪嘴子吹风——有股子斜（邪）气’！”老俞眯着眼说。

俞东杰似乎在给我打圆场，好像这一切都应该归于乔永的扭曲与邪恶。但他不会想不到我和吴梦莹之间也一定发生过什么。只是他知道我不愿意说一个字。他没问过我，我很感激。然而我和吴梦莹之间又发生过什么呢，那些年少轻狂的错误又算得了什么呢，为什么我无法面对那个曾经的自己呢。俞东杰又给我倒上一杯酒，不夜的烧烤城，意正浓，酒正酣。烟抽完了，我去买烟，买完点上一支，站在街边，站在路灯下，站在夏夜的风中。醉眼望去的夜景有些摇晃，有些虚幻。而那个曾经的自我越来越清晰可见。我再次沉入我以为我可以忘却的回忆，想起那个带着刀疤的青春了。在那张黑名单里乔永将我排在第二位，就是说他知道我告了密，知道我撒了谎。但他未必清楚离高考还有一百零四天的那个下午我和吴梦莹见面的事。

那天因为体检，学校放了半天假。我说有点事情，约吴梦莹见面，在校区南边的小植物园。当时马光辉已经跟她分手，那是个阴天，看不见朗山的阴天。天空聚集着玄武岩一样的阴云。小植物园里栾树刚刚发芽；亭亭的玉兰已经开花，虽然还没来得及长出一片叶子。我等了个把小时，吴梦莹到了。我问她复习得怎么样，她说没复习的感觉。我告诉她以她现在的成绩连专科线都过不了。她说听天由命吧。我对她的态度感到痛惜。我说，“你完全可以赶上来，你以前并不差，再说，即使今年失败，可以明年再来。”

“你跟我说这事儿啊，耳朵都磨出茧子啦，好吧，谢谢班长，我得走了。”吴梦莹说。她身上有一种玩世不恭的妖艳。

“报个补课班，恶补一下数学，冲一冲，还有机会。”我说。

我不觉得这么做纯属自作多情，那时的我相当自负，我以为她本该属于我，我爱她，也想要她爱我。只是到后来我才明白，我在她心里从来没有位置。

“恶补一下数学？真要命。”她说着，从衣兜里掏出一支烟，熟练地点上。

那时候我还从没抽过烟。而那支烟无论如何都不该出现在她的嘴上，我的惊诧与愤怒同那支烟一起被点燃了。

“我们可以辜负自己，但不可以辜负父母，不可以辜负祖国。”我道貌岸然地说道。

吴梦莹笑起来，那笑声饱含嘲讽与放荡。我感到耻辱，感到颜面扫地。

“不要一条道上走到黑。”我说。

“你说我是在哪条道上走到黑呢？”她说。

她嘴上那支烟逐渐化作缥缈与灰烬。她夹烟的姿势、颓废的神情永远印在了我的记忆里。我想那时我更在乎的是我自己的感受，是我自己的渴望。我并不曾去体会她的内心，我不懂有些伤痛只能等它慢慢过去，只能默默为她祈祷。我想立刻治好她，我以为我可以治好她，我真的很蠢。

“你这是在自暴自弃。”我说。

“你认为我怎么着才不自暴自弃呢，好好学习？天天向上？还是乖乖地跟你谈恋爱？你可真逗啊，班长。”

“昨天我还碰见你的白马王子跟倪琳一起快活呢，为那个酒囊饭袋误了自己的前途，值吗？”

“问题是，这关你什么事儿呢。就算你是大班长，你也管得太宽了吧。”她用手拢了拢头发，依然故我地说。

“我为你好，你一点不明白吗？”

“为我好？行了，你还充起好人来了，我们看电视剧你打小报告，我们在简爱聚会你告密，教我说你顶多也就是个伪君子。算了，我这人是不会计较这些鸡毛蒜皮的事儿的。”

“我只是不想你跟他鬼混，谁都看得出来，他只不过是玩玩你。”

“闭嘴！你以为你是谁呀。”

“非要自甘堕落吗，非要那么贱吗！”我对着一棵海棠树气急败坏地跺了一脚。我想这多半是做给她看的。

“你才是个贱货，自作多情的贱货，你算什么东西，他比你好一百倍。”

她扔了烟头，转身离开，我抓住她的胳膊，让她回来，她回转身，扬手给了我一巴掌，打在我左眼睛上。“别碰我。”她说。她的手掌温柔而犀利。我的左眼硌出了泪水。我扯着她的袖口不放，迫使她转过身，然后还给她一个响亮的耳光，像阴暗暮色里的一道闪电。“无药可救。”我说。她捂着腮，翕张着鼻孔，怨恨地看着我，惊恐地看着我。春雨淅沥沥下起来，打在她脸上。她眼睛里一半是愤怒，一半是轻蔑。她擦了擦脸上的雨水，拉了拉被我扯歪的衣领，准备离开。我啐了口唾沫，“破鞋！”我狠狠地骂道。泪水从她眼睛里夺眶而出。我终于击中她的要害，把她打垮了。她双手捧着下半张脸，疾步跑去。湿漉漉的风中，雨丝斜斜紧紧密密，闪着绣花针一样的光，穿透春色的芬芳。她打了个趔趄，她的头碰到栾树上，她捂着头，弯下腰，猛烈地抽搐，颤抖，犹如风暴中的一棵小树。

“去死吧，永远别回来。”我说。

那是她此生听见我说的最后一句话。然后她消失了两天，然后她回寝室服毒，永远死去。

那时我年少无知，我的一语成谶和她的死只是巧合，只是意外，我也没有必要追究自己，我依然能心安理得地生活下去。告密，嫉妒，自私，争强好胜，撒谎——那些在生命的早年做下的小恶是成长的必要代价，轻狂本是年少的天性。然而随着岁月的流逝，我才逐渐明白，那小小的一恶同样会成为命中的一因，像一粒小小的种子在黑暗中孕育。有些伤口会成长。吴梦莹是一棵小树，我对她的伤害，好比用一把小刻刀在那棵小树上划下一道头发丝一样的伤口，似乎微不足道。拿小刻刀的人继续成长，只是他忘了那道伤口也在成长，直到有一天他蓦然发现，那道细小的伤口已经长成触目惊心的大疤。

吴梦莹自杀后，我对她的诅咒并没有立即停歇。我依然余怒未消地紧紧攥着那把小刻刀……

我抽完烟，回到座位上，俞东杰和老张在划拳。我看着杯中酒，我在想，我爱过她吗？我伤害过她吗？那是我吗？她的死跟我有关吗？他们的死跟我有关吗？我能成为好警察吗？我还能做警察吗？我还能做个正人君子吗？我还能爱上谁吗？我不停拷问着自己。然而我始终没有告诉俞东杰我用那把小刻刀做下的小恶。那个时候，负罪感冲销了我的任何念想。我只想马上逃离蚌城，逃离我生命中最漫长的夜晚。饭局结束，我告别了俞东杰，告别了老张，我独自沿着马路往回走。酒精使我醉眼蒙眬，昏黄的路灯照耀着蚌城的大街，照耀着我脚下越来越不现实的路。我没有回我和郑志的住所，我径直来到刑侦大队，我曾经有过梦想的刑侦大队。我爬到七楼，进入民警健身房，打开跑步机，6码，12码，18码，跑步机嘶嘶作响，我的脚步在空荡荡的健身房里也咚咚作响。我不停奔跑，尽可能快速地奔跑。灼热的血液沿着我体内九万公里长的动静脉管汩汩奔流。我知道，将会有很长一段时期，我的路正如此刻我脚下的跑步机，正如跑步机的履带，不管我怎么加速度都只能在原地打转，无法向前行进一步。我清楚，只有我清楚，有些人从不担心进入现场，而有些人穷其一生都在给自己找一张不在场的证明。

## 爱别离

我打算过一阵子再向局政治部提出辞职申请，我不想别人将我的辞职与这件谋杀案联系起来。我买了一套司法考试参考资料，包括往年的真题试卷、最新法律汇编、学习光碟，又从网上报了一个远程辅导班。一有空我就埋头学习，不久单位的同事都知道我在备战司法考试。那几年，司法考试被称为“天下第一考”，每年考生通过率百分之十左右，有志于此也算是有雄心、有抱负，当然我没有指望通过，至少一两年内不会。它有可能真的会成为我人生的下一个起点，但眼下最主要的是我给自己制造的辞职借口。俞东杰告诉我，重打鼓另开张可没那么容易，问我是不是真打算转行。我说做一名律师才是我的理想。赵大队说，那你干脆到预审科吧，更适合你。预审科主要是看卷宗，为案件进入诉讼程序把关。我非常感谢赵大队。我有了更多学习时间，几乎工作就是学习。我加了一个司法考试QQ群，每天跟网友交流学习心得，关注哪些部门法是热点、哪些是必考点。我将空闲的时间统统分配给枯燥无味的法律学习，除了抽烟，我不喝酒，不打牌，也不参加聚会。有时候郑志出差不在家，我一个人待在住所里，一边翻看法条，一边抽烟，看累了就躺在沙发上眯一会儿。一觉醒来，夜深人静，那本有着枣红色封面的厚厚的法律汇编打开着，仿佛在等我继续沉湎其中。我等待着十月的到来，不管能不能通过，到时我都会辞职。

至于我和姜楠的恋情也只好画上句号。一开始我对她采取不冷不热的态度，我想这样大家就会逐渐疏远，直到不相往来。我记得我出院之后，我们第一次约会，在一家老馄饨馆，我用不到一百个字给她讲了案情的经过。姜楠一边往碗里加醋一边问，“那个人怎么会那样？”她指的是乔永。

“大概是报复社会吧。”我口是心非地说。

“他为什么对你和俞队长下手？”姜楠义愤填膺地问，好像永远不该有人对警察下手一样。

“因为，我们发现了他。”我嚼着一只馄饨说。

“然后呢？”她显然不满意，充满好奇，满怀欢欣，想知道更多的情节。

“没有然后了。”我像制止一个不懂事的小屁孩儿那样对她说。然后我拿起醋瓶也加了一点。

没有然后了，我们的确没有然后了。我提醒自己，我们通过亲戚介绍认识，认识不过两个多月，没有感情基础，奔着婚姻而去，像蚌城这样的小城市里许许多多的工薪阶层那样，不过是由红娘牵线凑合成双的一对婚龄男女而已。我不能耽误她的好时光。我将离开蚌城去拾掇内心的残局，没有心思谈婚论嫁，至少眼下是这样。

我问她跟警察打交道是不是挺没安全感，她说安全感并不是由身份决定的。她发现我情绪不大好，问我身体恢复得怎么样。我说没事了。我没有掩饰我的冷淡，只是她从不把事情想得那么糟糕。她还不曾领教这个世界的另一面。那段时间，我没有主动约过她，她每天都会给我发信息，问我中午吃了什么，心情怎么样，几点睡觉。我只是回答，没有多余的话。她渐渐意识到发生了什么，问我是不是遇上什么事了，我说没有。她说是不是还没完全从那件案子里走出来，我说是的。她建议我休假，出去玩一圈。我说谢谢。就这样我们的联系逐渐客气起来。但她仍然没有放弃。她温柔，也挑剔，更自信，她不知道她对我来说有什么不妥，也许她只需要再给我点时间。她错了。她不知道那桩谋杀案对我来说意味什么，她不知道幻听的毛病每个夜晚都折磨着我，她不知道我的内心正经历着什么。这段匆匆而来的姻缘，注定像夏日清晨的山岚待不到上午八点便匆匆而去。于是，对她亦然。

我调整岗位到预审科那天，姜楠跟我联系，说红红约我们去她店里吃饭，问我有空没有。我说正好没事。我决定不再磨叽，这次跟她把话说清楚。下午六点半我到了汉釜韩式烤肉城，红红安排的是一个包间，姜楠已经到了，除了红红，还有一男一女，我不认识。我挨着那男生坐下来，跟姜楠斜对面。一扇月亮门似的落地窗——这时天还没黑——透过纱帘可以看见步行街的日间风景。红红介绍说，“坐在我右边的是我堂姐杨丽影女士。”红红的堂姐有三十来岁，穿一件黑色印花连衣裙，老成稳重，她微笑着朝我点了点头。我也点头打了招呼。我看看姜楠，她正看着我，恬静而无辜地看着我。发现我看她，她扭头瞅了瞅窗外。她穿一件橡皮红的短袖宽松T恤衫，依然扎着麻花辫。红红继续说，“我左边的是我的死党姜楠小姐。”姜楠颔首示意。坐在我身边的男生跟姜楠说，“我多次听红红讲起你。”红红说，“这位呢，就是我堂姐刚刚给我介绍的对象，姚伟涛先生，你们可以叫涛哥，但不可以叫‘伟哥’。”红红的堂姐拍了红红一巴掌，让她正经点儿。涛哥跟我握手说，“没事儿，叫涛哥叫伟哥都无所谓。”我说，“幸会，涛哥。”他穿一件黑色T恤衫，体格健壮，话不多，一脸谦逊，给人一种厚墩墩的感觉，年龄与我相当。红红接着说，“这位呢，就是我死党的男朋友李洞李大警官。”姜楠说，“别听她瞎说，我们也是刚认识。”红红说，“你就好好装吧。”涛哥再次跟我握手，“久闻大名，报纸上登了，我们都看了。”我说别客气。

“那，现在人物关系都清楚了吧。”红红站起来说。她穿一套灰色的短袖夏款西装，比上回见瘦了一点。红红又说，“大家别误会，今晚上不是我请客，是涛哥请客。”

这时候一名服务员，把各种菜品端到桌面上，我们打开烤炉。海鲜、烤肉各选了一部分放进烤盘。不一会儿，熏烤的香味弥漫了房间。我们一边聊一边各自吃着。姜楠一手拿着筷子，一手拿着餐巾，不时擦擦嘴巴。我们的目光相遇的时候，她便赞美烤肉不错，建议大家多吃点。窗外夜幕降下来，步行街亮起了路灯。我问红红，“你上次不是说音乐系统装好了吗，怎么不来点儿音乐？”

“我们这个包间没有音箱，外面播着呢，你没听见啊。”红红说。

“是交响曲吗？”我问。

“听起来像《安魂曲》呢。”姜楠笑道。

“你们别笑话我了，放了两次交响曲，也不知道谁的，难听死了，客人老找我投诉。”红红说，“后来从莳光音乐酒吧拷了一套轻音乐，反响还不错。”

“乡巴佬爱吃‘洋’葱。”红红的堂姐说。

“一开始我就跟她说不行，她还不听。”姜楠说。

红红的堂姐向我打听不久前那起案件，她说，“听红红说，那个杀人犯就是你抓的？”我说，“我又不是成龙，一群人呢。”她竖起大拇指说，“你真了不起！”我苦笑道，“过奖了。”她又问，“他因为啥杀人，听说杀的是他班主任和同学？”姜楠说，“他呀，最不爱说的就是工作上的事儿了。”红红接过话茬儿说，“要不是李洞及时发现，还得几个人死呢。所以，今天咱们敬英雄一杯，来来来，端起酒杯。”我说，“感谢各位抬爱。”然后我们端起酒杯，叮叮当当碰在一起——最后一次碰在一起。红红又说，“涛哥，你得向李洞看齐呀。”涛哥给我打了个敬礼，又倒上酒跟我碰。

那天晚上，大部分时间是红红在说话，气氛活跃。她也的确够开心，酒过三巡之后，她和涛哥开始甜言蜜语，掩饰不住的两情相悦。显然他们发展的速度远超我和姜楠，第一次在这里见她，我还称她“杨总”的时候，她准备在饭店里放《安魂曲》的时候，她还没男朋友，到现在不过一个多月的时间——而我和姜楠不仅没有前进，而且向后倒退，回到原点。饭局结束，我送姜楠回家，我们沿着清河岸往回走。

“恢复元气了吧？”姜楠说。

“已无大碍。”我说，“下一步，打算辞职。”

她走在我前头，穿着米色的直筒九分裤，露出白皙纤瘦的脚踝。

“为什么？”她说。

“想考律师，刚报了个辅导班。”

“这想法挺不错，然后呢？”她停下来问。

“然后十月份参加司法考试。”我说，“不管考得怎么样，职是辞定了。”

“再然后呢？”

“然后离开蚌城。”

“做警察不好吗？”

“人总是干一行烦一行。”

“这也是一种喜新厌旧吧？”

“多少不太一样。”

从莳光音乐酒吧顶部打过来的旋转的光束，掠过行人，掠过波光粼粼的水面。

“你这种材料，不会甘心在蚌城待一辈子的。”她继续向前走。

“也不是这个意思，认识你已经很满足。”我跟在她后面。

“你是在安慰我吗？”

“完全没有，你知道我不擅长这个。”

“这倒是句大实话。”姜楠说，“你什么时候有的这种想法，认识我的时候就有吗？”

“差不多吧。”

“差多少呢？”姜楠说。

“一直有这个想法。”我顿了顿，接着说，“我们不在一个城市生活，继续发展不现实，这些事，我们懂。”

“你确定不后悔？”她笑道。

“认识你已经很满足。”

“你怎么不问问我怎么想的？”

“怎么想的？”我说。我点上一支烟，眺望着河面。

“其实，我也没怎么想。”姜楠说。

她用手揉揉鼻子。我百无聊赖地吐了口长长的烟气。我们沉默了一会儿。然后她说，“你该回去了，谢谢你陪我走这么远。”我说，“应该的。”夏夜舒适的凉风吹着她橡皮红的T恤，吹乱了她额前的头发，她用手梳理了两下，仍然有几缕发丝撩着她的脸庞。我记得她伸出手跟我握，白玉一样的手，我曾经渴望牵着的手，在夜色中，在路灯下，莹莹有光，从我的手心倏然滑过。

过了一个星期，周末晚上，八点多，红红给我打手机，说姜楠喝多了。我说怎么会呢。红红说，“少装蒜，咋回事儿你心里清楚。”听她说话的声音应该也喝酒了。我说，“你们少喝点酒，早点儿回家。”红红说，“李洞，李大警官，你牛什么呀，你马上给我过来。”我打了个哈欠，说已经睡了。红红说，“睡了你给我爬起来，我告诉你，楠楠要是有个三长两短，我教你吃不了兜着走。”我知道她多少有点危言耸听。我问，“她怎么了？”红红说，“别废话，你到底来不来？”我问在哪儿。红红说在莳光音乐酒吧。

我到了酒吧，包厢里播放着华丽舒缓的钢琴曲，红红抽着烟，姜楠也抽着烟，失意得有模有样。看见我进来，姜楠笑起来，“哟呵，这谁呀，红红，还不赶紧给帅哥让座。”我在她俩对面坐下来，睡意缠绵不去，打不起精神。红红又要了三杯生啤，乳白细腻的泡沫像个雪球漂在杯口，有股纯正的大麦芽的清香。

“喝！”红红说。

“全是我的？”

“谁让你来得晚，罚酒。”红红说。

姜楠吃吃地笑起来，朝空中吹出烟雾。我端起一杯来，等着她俩来碰。姜楠端起酒杯被红红拦住了，红红说，“让他先把罚酒喝完。”姜楠指着红红说，“你是不是太过分了呀，你不怕人家生气啊。”姜楠的头发披在肩上，时而垂落到眼前，她把它们向后甩过去。她的脸醉红了，她夹烟的姿势很做作，显然没抽过什么烟。这一点比吴梦莹可差远了。我端起黄澄澄的生啤，实在是小儿科。我一饮而尽。姜楠鼓掌喝彩。“今儿是狂欢夜吗？”我乜斜着眼睛问。红红说，“喝完这一杯还有两杯。”我接着喝，不紧不慢地又喝了两杯。我打了个啤酒嗝，精神比刚才好多了。姜楠伸出大拇指说，“瞧瞧，还是警察厉害。”她已经喝醉了。红红拍了拍我的肩膀说，“好自为之，别让我失望。”她站起来，准备出去，又趴我耳边说，“你打着灯笼也找不到这么纯的，别犯迷糊。”我点点头，认为她说的没错。姜楠说，“你干吗红红，想当逃兵啊。”红红说，“我回店里看看，你们先聊着。”

“回来！”姜楠一巴掌拍在桌子上，杯盘同时吧嗒跳了一下，她突然发作了。

“怎么啦，老大，别生气，我错了还不行吗。”红红说。

“老老实实坐下。”姜楠命令道。

“好好，我坐下。”红红坐下。

“说，谁让他来的？”姜楠说，“你脑子进水啦，你不了解我呀，有必要吗，我稀罕吗？”

“我哪有喊他，是他睡不着，给我打电话，我想正好嘛这不是。李洞，你说是不是？”

“是的。”我说。

“你们俩合谋是吧，合谋来拯救我是吧？好吧，你滚吧杨总，去收你的账去吧，”姜楠指着推拉门说，“甭在这儿当灯泡，耽误老娘的好事儿。”

“那我先走了老大。”红红说完站起来，用食指点着我说，“都是你，你给我记住。”红红拉开门，又回头对我说，“她心情不怎么样，好好侍候，听见没？”我说我耳朵毛病不大。红红出去了。这时滚动屏上显示：下一曲，《哥德堡变奏曲》。我不懂音乐，也懒得听，总之那首曲子够漫长。

“好了，现在咱们可以谈情说爱了。”姜楠呵呵笑道，看着很憨傻。

我点上一支烟，昏黄的灯光里，白雾缭绕，像一团乱麻。

“你说，我好不好，说实话。”姜楠眼神迷离。

“好。”我说。

“那你有没有一见钟情的感觉？”

“没有。”我说。

“你放屁。”姜楠说完，自己咯咯笑起来，“我居然失恋了，你是不是在可怜我？”

“怎么会。”我说。

“你是不是有了其他女孩，找个理由把我甩了？”

她抽了一大口烟，烟火快烧到手指头，烟灰老长，她忘了弹。

“你喝醉了。”我说。

“你曾经说过，这之前你没谈过恋爱？”

“是的，我说过。”

“这句话不是真的？”

“我高中的时候喜欢过一个女生，但是，那不算谈恋爱。”

“你是不是忘不掉她？”

“只是记得，并不是忘不掉，起码不是你说的那个意思，她只是个记忆，所有记忆中的一个记忆。”

“你有没有想过，我也可以考试，也可以离开蚌城。”

“你一定行。”

“为什么走，有什么事瞒着我？”

“这跟我的心理有关。”我说，“你喝多了，给你说估计你也听不明白。反正，经历了那个案子之后，我心里发生了点变化，我不再喜欢警察这个职业了，想换个环境，他们的死与我有关，心理负担这回事，你知道的。我失去了一些东西，永远失去了……你该有更好的生活。”

“生活，好就够了，为什么还要更好……”她烟头上长长的烟灰断落，砸在玻璃上，跌得粉碎。

“你喝醉了，我送你回家。”

“我没喝醉，干吗回家……”

“走吧，听我的，明天就好了。”

“甩一个人，是不是可以找一百个理由？”

“是啊，总会找到的。”

“爱过我吗？”姜楠眼眶里泪水在打转。

她一手扶着酒杯，一手夹着烟蒂，指甲上涂着月光色的指甲油；嘴唇上打着自然色的唇膏；乌黑的秀发，嫣红的脸庞。香烟已经燃到尽头，她终于感到了疼痛，手指一松，滚烫的烟蒂落到桌面上洒下的酒水里，发出刺的一声响。她咬着嘴唇一动不动地看着我，等着我的回答，眼眶里泪水在打转。她的纯情照见了我的另一面，我再次冷冷地掂量了自己。

我多想告诉姜楠，我和吴梦莹的故事还没有结束；我多想告诉她，因为吴梦莹死了我们的故事才无法结束；我多想告诉她，因为我伸出手将吴梦莹推上了救护车我们的故事才无法结束。

吴梦莹出事那天，离高考还有一百零二天，下午第一节即将上课，我正在擦黑板，孙老师在教室门口跟彭老师说话。吴梦莹同寝室的一个女生从楼梯间跌跌撞撞地跑过来。孙老师问她怎么啦，大难临头似的。她直直地看着孙老师，满头大汗，抖动着两手，嘴唇干哆嗦说不出话。孙老师又吃惊又生气，拿手绢擦擦她额头上的汗珠，让她慢慢说。泪水从她眼睛里骨碌滑落下来，她终于结结巴巴说出一串词语，“梦莹……寝室里……有血……不会动了……”孙老师登时一怔，问说，“吴梦莹？她不是不上了吗？什么时候回来的？”那女生抽泣着，晃晃脑袋。一阵急促而尖利的上课铃声割裂了空气，直逼每个人的耳膜。彭老师提醒赶紧去看看。他安排大家自习，我们匆匆下楼，穿过教学楼前面的空地，穿过花园，沿着那条刚刚铺好柏油的路，往宿舍楼赶。孙老师让彭老师打120叫救护车，她跟陈校长联系报告情况。

我们爬到宿舍二楼，来到216寝室门口，浅蓝色的木门半开着，后窗的窗帘被风吹起，木门在气流的作用下一开一合发出嘎吱嘎吱的呻吟。一股难闻的农药味刺入鼻孔。我想我们都意识到发生了什么。孙老师一把推开门，门咣当一声撞在铁架床上。

吴梦莹的床位在左侧，紧抵后窗，在下铺，她背靠着卷成一卷罩着碎花被罩的太空被，半躺着，头发散乱，鼻孔里、嘴里还在缓缓地溢出暗红色的血液，流到被褥上的血已经凝固，一脸痛苦的表情定格在生命的尽头。她的一只胳膊从床上耷拉下来，地上歪着一个棕黑色的圆柱形塑料瓶，瓶口下面有几滴发白的液体，瓶身的商标纸上带有绿色的农作物拼图，棉花、大豆等。红色的瓶盖像闯了什么大祸，趴在铁架床的床腿旁边一动不动。

孙老师脸色煞白、冰冷，有点类似她发脾气的模样。我能感觉到她的极度恐惧。彭老师伸手试了试吴梦莹的鼻息，然后摇摇头说，“她已经走了。”孙老师喃喃自语，

“天哪，这个死丫头，你怎么这么傻，你是想要老师的命啊，怎么办，老彭，怎么办……”

楼道里响起凌乱而急促的脚步声，有人冲了上来，是陈校长和曹副校长。孙老师泪眼凄迷，说不出话。两个领导先后试了试吴梦莹的呼吸。陈校长面无表情，低沉地问道，“叫救护车了没有？”孙老师点点头。寝室里空气凝重，只有风吹窗帘的扑棱声，只有木门的呻吟声，大家在等陈校长发话。“关闭窗户，把窗帘拉上。”陈校长说。我关上推拉窗，拉上窗帘。室内光线暗下来。陈校长看了看我，“你是干吗的？”孙老师说，“他是班长，我让他来帮忙的。”陈校长沉默了一下说，“老曹，马上安排人，关闭电铃，尸体拉走之前不许任何人下课。”曹副校长立刻掏出手机。陈校长又说，“让保安直接把救护车引到楼下，没我的命令不准救护车出去。”曹副校长开始打电话。陈校长又对孙老师说，“把血擦擦，把人放好，盖上被子。”孙老师找了两条毛巾，我去洗手间接一盆水。我们把吴梦莹脸上的血迹擦干净，把她放平躺在床上，然后给她盖好被子。彭老师眉头紧锁，默然地看着这一切。

这时救护车进了校园。陈校长说，“记住，人还有救，尸体必须拉走抢救！懂吗？”大家明白陈校长的意思。彭老师眼圈红了，欲言又止。陈校长严肃地说，“高考在即，学校必须稳定，后天召开百日冲刺誓师大会，我们还邀请了王县长。”

医护人员抬着担架上来了。一位女医生拨开吴梦莹的眼睑看了看，又用听诊器听了听心跳，随即果断地说，“抱歉，我们也无能为力了。”陈校长说，“你们赶快救人哪，刚才还能说话。”女医生肯定地说，“至少一个小时前就死了，咱们走。”医护人员准备带着担架走人，陈校长堵在门口，对我们使了个眼色说，“还不赶快把人挪到担架上。”曹副校长一把夺过担架，两名医护人员也没争执。女医生说，“你们这是干吗，让殡仪馆直接拉走就行了。”陈校长说，“同志，求求你，救救她吧，押多少钱都可以，你们也有孩子，是不是……”这时又有两名校领导赶过来，陈校长让他们赶快进屋帮忙。

我们把吴梦莹弄到担架上，曹副校长在前，另两名校领导在后，抬起来就往外走。走到楼梯上，医护人员拦住了。女医生恼火地说，“不行不行，赶快把尸体放下，根本没救了，我们不可能接诊，我要是带一具尸体回去，领导肯定处分我，请你们不要这样。”陈校长说，“帮帮忙同志，救救她吧。”女医生说，“这种事儿大家心知肚明，我可担不起这个责任，到时候跟家属纠缠不清。”几个抬担架的人迟疑了一下，陈校长骂道，“你们傻啦，人明明还有呼吸，快给我抬下去。”几个人一用力，把医护人员撞到一边，尸体差点颠翻到地上。我心里一惊。吴梦莹的头发垂下来，脸庞从被子下面露出来，脸色由白转成粉紫，嘴角、鼻孔还在流血，血滴到楼梯上，农药味弥漫在楼道里，弥漫在我永远的记忆里。

医护人员拦不住，女医生对另两名医护人员说，“别给他们开车门。”两名医护人员苦笑着点点头。孙老师腿都软了，我搀着她下楼。到了楼下，医护人员堵住车门。陈校长说，“请你们有点儿职业道德好不好，要万一有救呢。”女医生说，“你们的职业道德哪儿去啦？我们并没有违反职业道德。”陈校长说，“求求你们，死马当活马医。”女医生说，“对不起，无能为力。”女医生上了副驾驶室，救护车发动了。陈校长堵在车前，强硬地说，“同志，大门锁着，你们不救人是走不了的。”陈校长说完喊孙老师也站到车前头，我扶孙老师过去，孙老师哭着趴到引擎盖上，求医生抢救人。陈校长命令道，“老曹，都别给我磨叽了，人命关天，耽误了抢救时间，我开除你们，快弄上车，有什么事儿我负责。”超市管理员老杨站在一边，不知道该不该上前掺和。陈校长骂道，“老杨，你站那儿装死啊，你是外人哪？”老杨大概没想到陈校长把他也当自己人，得了奖赏似的一跃跳上前去，加入“抢救”队伍，强行把救护车的对开门打开。我看见彭老师转过身，擦了一下眼睛，然后向教学楼走去。

女医生从副驾驶室下来，带领两名医护人员叫嚷着阻拦担架上车。这时救护车猛地往前蹿挪了一点，警告拦车人后退，我及时扶住了孙老师；陈校长被惊倒在地。孙老师说，“李洞，去帮忙，我没事。”我去扶陈校长，陈校长止住我说，“不用管我，去为你的母校出点力吧。”孙老师说，“快去啊，李洞，人不能死在校园里啊。”

风中除了农药味，还有淡淡的花香，这是春光大好的一天。教学楼上书声琅琅，似乎没有人怀疑这节课为何如此漫长。我在想，你要证明你的高贵吗，你要证明你的贞洁吗。可笑，荒唐，一败涂地，咎由自取——刹那我心中的愤怒一点也不低于痛苦。陈校长期许地看着我，班主任指望着我，我有责任去帮忙，为母校做点什么。我来到担架后端，伸出双臂，使劲儿推了一把，有名医护人员哎哟一声倒在地上。无药可救的吴梦莹被推上了救护车。

救护车仍然不肯走，女医生说，“你跟我们院长联系，他让走我们就走。”陈校长说，“没问题，我现在就联系。”陈校长开始打电话，一个，两个，打完第三个电话之后，女医生的手机终于响了，她接到了指令，她上车，让两名医护人员也上车，陈校长和曹副校长也上了车。接下来，我们将在第二天上午站在一起，口径一致地向调查人员撒谎，告诉他们人的确没有死，还能说话。救护车悲鸣着离去，这时从老杨的超市里传来《雨蝶》的旋律。这旋律穿越时空，将在七年后的朗山里再次响起。就在那一刻，痛苦与愤怒像两条毒蛇缠绕着我，撕咬着我。蓝蓝的天空，温暖，辽阔，没有一丁点雨意，然而从我的泪眼望去，仿佛有只淋湿的蝴蝶在雨中吃力地翻飞，忽高忽低，忽隐忽现，向朗山上方，向缈缈太虚而去。

那年高考，我考得极不理想，但我无心复读，我上了警校。三年之后我在蚌城公安局上班，成了一名警察。没有人再提起那个下午。我以为我可以遗忘，我以为所有人已经遗忘。又过了三年，日子太平得近乎逍遥。我处过几个对象，都不如意。直到遇上姜楠，直到卧龙山庄那个突如其来的夜晚。我没想到吴梦莹选择终止生命；我没想到我将她推上了救护车；我更没想到七年之后还有人一个接一个地死去。谋杀从七年前就开始了，七年前在乔永那里就有了一张黑名单。

此刻，姜楠眼眶里泪水在打转。我知道马上就会流到面颊，流到唇角，让她第一次感受失恋的苦涩。因为紧接着我冲她明白无误地摇摇头，意思是我不爱她。我清楚我是块什么料。她还是一只井底之蛙，她把这个世界想象得跟她一样美好，她还太天真，太柔弱，她应该经历一次风雨，只有风雨使人强大，她需要强大。哪怕看着她伤心，哪怕看着她哭泣。我知道她要的那句话。我知道我应该爱她，但我根本无法爱她，也给不了她想要的婚姻。也许只要我说出口，她会等我，等些许年，三年，五年，但她凭什么等我，我又凭什么要她等。唯有跨越漫长的夜晚我才能抵达黎明；唯有时间这根针才能将我自己给自己豁开的伤口缝合，跟任何人都没有关系。

四年后的春节，我回蚌城参加朋友的婚礼，宴会结束后我和姜楠在酒店停车场相遇，我依然单身，而她已经有了第一个孩子。她问我司法考试该过了吧，我说刚过。我问她怎么样，她说还行。她比四年前胖了一些，她让她儿子给我说再见，小家伙摇着肥嘟嘟的小手，很可爱，从他的小脸蛋上我看见了姜楠的眼睛和肤色，而另一半属于另一个男人。是我内心无形的沟壑变成了我与这个世界之间的实际距离，也变成了与姜楠的距离。那距离不为我所控制，愈来愈远地将她推向沟壑的对岸。并非是到现在我才知道失去了最宝贵的东西，那天我们在莳光音乐酒吧听着《哥德堡变奏曲》时我就知道，只是偏偏在我人生的那个当口她出现在我面前，并且等我说出那句话。

# 尾 部

她拿着削皮刀找了半天，明明记得还有一个土豆来着，已经变软，好像还长出两枚紫色的芽疙瘩。她问老马有没有看见那个土豆。老马说没有。声音从卫生间里传出来。她原本以为他还躺在床上。昨天晚上他喝醉了，早上没吃饭，一直睡到中午，中午吃了一点点东西，然后又躺下了，通常要到天黑才缓过劲儿来。她走到卫生间门口，发现他刮干净了胡茬子，正在梳头，他最近染黑了头发。老马扭头看了她一眼，说有个应酬。他退二线一年多了，人走茶凉，她不知道他还有什么应酬。当然，只要他想有就会有的。他又穿上那件深蓝色的盛年夹克，下摆的罗纹布上一黄一蓝两道边线，十分时髦，再加上酒红色的条纹领带，使他看起来只有四十多岁。

“我记得我跟你认识的时候，你也没这么注重外表。”韩素萍说。

“那时候我连条涤纶裤子都穿不起，你妈不是还嫌我穷吗，那句话怎么说的？”马建国说。

“你就不能不去吗？”韩素萍说。

“你以为我还有几天风光的时候？”马建国说。

“你这身行头简直像个老流氓。”韩素萍说。

“总比像个糟老头子强。”马建国说。

“这次争取领一个年轻二八的回来。”韩素萍说，她下半句是“再给你生个大胖小子”，但她没说出来。她不想跟他吵架，离上次吵架不到一个星期。她知道他们一吵架，就会说起儿子，她承受不了那个话题，也就不给自己找麻烦。

“我看你比年轻二八的醋劲还大。”马建国撂下这句话，换上皮鞋，推开门，然后停顿了一下，好像还有什么要说的，但终归迈起步子出去了，咣当一声甩上深褐色的防盗门。他们现在搬进了龙翔小区的电梯房，因为老家属院那边有太多关于儿子的记忆。

那扇防盗门隔开了他们俩。她的手开始发抖，就在眼里要有什么东西落下来的时候，手中的削皮刀掉在大理石地板上，当啷啷滑到卫生间里。通常这个时候，她那根敏感的神经被电到的时候，她需要马上转移注意力，随便找个活计或者想点别的，这是医生的交代，也是她屡试不爽的经验。那么现在她需要找到那个土豆，然后削皮、切丝；然后打开煤气灶，还要放点葱姜，最好加一个西红柿；然后自己坐下来吃半块馒头，中午的米饭还有一大半，可以再来一小碗米饭；然后喝上一杯牛奶。她得按部就班地活下去。因为她还有老父老母，因为她每年要给儿子上坟，送上祭品。她弯下腰拾起削皮刀，站起来，她忽然从洗漱台的明镜里看见了自己，五十二岁的自己，白发苍苍的自己，已经长了老年斑的自己。她苦笑起来，她的牙齿又整齐又洁白。事实上老马比她老多了，至少比她老了四岁，他今年五十六岁了，也许他想出去风光一下是对的。她拿着削皮刀来到厨房里，继续找那个混账土豆球。

现在她有了新的计划，她还没告诉老马，她知道老马会反感，他对血缘这回事看得很重。她需要酝酿一下氛围，找个恰当的时机跟他心平气和地说说这件事儿，不管谈拢谈不拢，至少避免争吵。她已经去孤儿院看过那个小女孩，四岁，很可爱。当时她站在门口，那群孩子在院子里做游戏，院长还没指给她看的时候，那个小女孩就时不时地望望她。她心里想，难道是这孩子吗，要是这孩子就好了，要是这孩子既没有主儿又愿意跟她走就好了，皮肤有点黑，但那对双眼皮的大眼睛好像会说话。她并没有抱太大希望，因为她听说有两个条件好的小孩儿已经被人选中在办领养手续了。当院长指出来就是她的时候，她觉得自己捡了个大便宜。她相信这孩子虽然跟他们没有血缘，但有着比血缘更奇妙的缘分，她似乎一直在等她来抱她回家。她把她抱起来，小女孩反倒不好意思了，低着头摩挲着可爱的小手，不敢看她。等到她把她放下来离开的时候，小女孩又开始远远地望着她了。院长说她刚来一个月，父母在外地打工，死于地震。她一定很想她妈妈，她看她，或许因为她的某部分类似她妈妈吧，不，应该类似她奶奶才对。她失去了双亲，她有着跟她一样不幸的命运。问题是她能爱她吗，她能像爱儿子那样爱她吗，老马会答应吗，她能取代儿子吗，她会取代儿子吗，这对死去的儿子来说公平吗？

儿子刚出事那段时间，她在重症监护室躺了一个月。昏迷中她一次次咬指头给儿子“打电话”，每次儿子都会回来，或者儿子要她去另一个世界接他。医院的内科专家、顶尖医师都没办法治好她，是那位妇产科的大姐无意间救了她的命，她说一位五十七岁的妇女失去了独生子后，在医生的帮助下重新怀孕，并成功产下一个宝宝。对她来说这句话胜过打一百支强心剂。她才五十岁，为什么她不能再生一个孩子呢。那位大姐告诉她，前提是她得先把身体养好。从那天开始她就不再昏迷了，不久转到普通病房，然后康复出院。

邻居们经常看见她，每天早晨——有时天刚蒙蒙亮——她穿着那套镶着粉红色中缝的灰色运动服，蹬着白色的慢跑鞋，牵着狗狗——在老家属院那边住时，她还养着那条泰迪狗，长着一身咖啡色的绒毛，很乖也很帅，儿子非常喜欢，搬到这边时把它送给邻居了——她出了胡同，来到柏油马路上，狗狗做的第一件事是跑到绿化带边上撒尿，然后她们穿过马路，不一会儿来到城市广场，转悠一圈，跟晨练的姐妹们打个招呼，再去清河那边。沿着河道，她开始奔跑，在奔跑中忘记痛苦，在奔跑中将五十岁远远甩在后面。她的体力越来越好，气色越来越好。邻居见了，夸她心眼宽，够坚强。她听到这些话心里反倒一阵难过。她没有向旁人透露准备再次生孩子，毕竟她一大把年纪了，她怕别人笑话，至少在没有取得成功之前她是不能说出去的。三个月以后，她觉得她的“孕力”差不多了，她跟老马去了深圳武警医院生殖中心，找到了传说中的张教授。

她停经一年多了。张教授说这问题不大，要看其他指标怎么样。她欣喜若狂，停经问题不大，其他指标也应该没大问题。事实上她错了，她太乐观了。张教授问她上次怀孕的时间。儿子九岁那年她意外怀孕——当然后来流产了——就是说距离上次怀孕已经十七年了。张教授一皱眉，她记得他那张祥和的脸，忽然蒙上一层歉意。她问张教授，上次怀孕跟我这次怀孕有什么关系吗。张教授说，当然有关系，有些东西长期不用会退化的，你们不要太乐观，做了体检再说吧。通过B超、内分泌等各项检查之后，他们回宾馆等结果，全部结果要到第二天才能出来，那一夜她没睡好，他们住的那个房间临街，喧嚣声大半夜还没停下来。她觉得深圳并不好，老马不让儿子来深圳工作是对的，话说回来，要是来深圳兴许就没有现在的倒霉运了。老马已经睡着，男人总是比女人拿得起放得下。她擦擦眼泪，天无绝人之路，明天会有好结果的，她一定能怀孕，她必须怀孕。

第二天张教授脸上的歉意有增无减，而且比昨天更确定了，其实他完全不需要抱歉，因为麻烦完全在她这一边，张教授是个富有同情心的人，他已经尽力了，只可惜自己命不好。张教授跟老马说他的精子没问题。张教授跟她说她的子宫已经严重老化、萎缩，节育环对她的子宫壁伤害很大。那次意外怀孕流产之后她就一直戴着节育环，十七年了，她都把这茬儿忘了。张教授说她的卵巢功能严重衰退，她自己怀孕的机会不存在了，这种情况下做试管婴儿，做胚胎移植手术，成功率极低，就算成功能不能保住胎也是个问题，胎儿能不能正常发育也是个问题，就算发育正常，像她这个年龄生产也非常危险，而且费用高昂。张教授一点儿没隐瞒她如果坚持做将要面临的风险。张教授说高龄产妇死在手术台上的案例在全国为数不少。张教授不主张他们做，要他们放弃。张教授还建议，他们这种情况，领养个孩子是比较理性的选择。只不过那时候连她自己也不同意领养别家的孩子。

深秋的深圳街头天气依然炎热，那是儿子出事后她和老马第一次吵架。从医院出来，老马说，咱们还是认命吧。她问老马什么意思，问老马来的时候是怎么说的。老马说，我没想到你身体不行。她跟老马说，反正你自己精子行，可以借腹生子嘛。她一直怀疑老马有借腹生子的打算，甚至考虑是不是续弦，好在她到现在还没死。老马说，你想哪儿去了，我不是这个意思，我是担心你的身体。她跟老马说，不试试怎么知道不行，张教授能让五十七岁的女人怀孕生子，为什么我五十岁不行。老马说，张教授说了，各人的情况不一样，节育环造成的创伤无法恢复，你去冒风险，不如咱俩将就着过。她跟老马说，我们总不能死到临头连个送终的都没有吧，我不甘心，你更不甘心，咱们好好求求张教授，一定有办法。老马说，张教授单独跟我说了，让我好好劝劝你，人家不想你受罪又花冤枉钱，理性一点吧。她跟老马说，我还不够理性吗，我要是不理性我早死过两回了。她不知道张教授什么时候单独跟老马说的，张教授可以直接跟她说的，也许老马真正担心的是花冤枉钱。

她越想越生气，走到宾馆，进入房间，她跟老马说，我需要你们来劝吗，我知道该怎么做，我长的有脑子，我觉着我没问题。她有点火，她的身体怎么会不行呢。老马也火了，说她太冲动，想孩子想疯了。只有她自己知道她一点也没疯，干啥都有风险，她愿意冒险。她说她死马当活马医也要试试。老马说，你这是活马当死马医，你那块“地”不行了，就算把你搭上，到头来还是竹篮子打水一场空。她跟老马说，我们已经竹篮子打水一场空了，何妨再空一回，等两年连你的精子也不行了，咱老两口可就真竹篮子打水一场空了。老马说，竹篮子打水一场空还在其次，你考虑过没有，手术费用那么高，谁有那么多钱给你去搞“试验田”。老马终于说实话了，在他心里钱比孩子、比家庭更重要，她伤心又愤怒，她跟老马说，说到底你还是舍不得钱。老马说，龟孙子舍不得钱。她跟老马说，是啊，你在外面花多少钱都舍得，都不心疼，唯独对这个家精打细算，真是吝啬到家了。她一度怀疑老马在外面有人，只是没有证据，当然她面对这种事儿的时候常常抱着宁可信其无的态度，除非让她亲自逮到。老马说，我在外面花什么钱了，我在外面给谁花钱了。她跟老马说，这些咱就不说了，儿子要辆车你都不肯买。老马说，我不是不肯买，他还不到时候。她跟老马说，那现在儿子没了你是不是觉得到时候了。她说到他的痛处了，虽然同样是她的痛处。接下来老马什么也没说，他甩上宾馆的门出去了，就像他刚才甩上防盗门出去了。她还在找那个土豆球。她想她当时不该说那句话。

到了下午，他们买了些礼品去找张教授，执意要做试管婴儿。张教授告诉她成功率只有百分之五，她跟张教授说，即使成功率只有百分之一她也愿意做。张教授默然良久，最终答应试试。第一步先把节育环取出来，取出节育环需要先改善子宫环境，让它变软、复原。张教授说她的子宫萎缩变小，而节育环大小没变，她当然明白这个道理，就算不做试管婴儿她也不可能继续戴着那个破玩意儿。她吃了一段雌性激素，包括调节内分泌的药物，子宫产生了可喜的变化，滋润，绵软。张教授说基本适应受精卵发育的需要了。只是没想到取节育环的时候发生了意外，节育环与子宫壁粘连，大量出血，节育环取出来的时候都拽直了。为了减少对子宫的伤害她没有使用局部麻醉，她这辈子、下辈子都会记得那是一种什么样的疼痛。

她还能想起那天的场景，她没命地叫喊着，大汗淋漓，直至无尽的黑暗将她包围，完全失去知觉。接下来她的身体异常虚弱，虽然找到了捐献的卵子，但根本无法进行胚胎移植。她不得不想尽办法恢复健康和“孕力”，除了听从张教授的建议，她还练过瑜伽，吃过几套从传销渠道买来的保健食品，用过来自民间的祖传秘方，除了花钱，也没少上当。半年之后她才恢复元气，她和老马再次来到深圳，找到张教授，体检之后张教授告诉她，现在成功率恐怕连百分之五都没有了，让他们做好心理准备。老马再次动摇了。但是到了这时候她是不可能放弃的，八头牛也拉不回来。

在她的坚持下，老马按计划去取了精子。然后他们将老马的精子放入培养液，卵子已经在培养液里成熟了。她问老马怎么取精子的。老马挺难为情，让她别问那么多。她跟老马说她有点紧张。老马提醒她放松，保持平和情绪，否则成功率更低。她挽着老马的胳膊回宾馆，她清楚她的紧张一半是欣喜一半是忧虑。第二天，张教授告诉他们，精卵顺利结合，让她按时服药，务必休息好。为了让她睡好，老马每天给她按摩。她问老马想要儿子还是女儿。老马忽然不说话了，当时她趴在床上，看不见老马的脸，也许他又想儿子了。沉默了一会儿，老马跟她说，还是女儿好，女儿是爸爸的小棉袄嘛。那天，老马带她去世界之窗玩了一圈，还带她去看海。三天之后，张教授进行胚胎移植，他们通过特殊的导管将三个胚泡注入她的子宫，然后她静卧在床，防止胚胎流出。通常静卧两个小时就可以了，但张教授让她静卧了五个小时。

一个试管婴儿周期二十天左右，费用三万元，一般无须住院，术后两三个小时即可出院。但由于她的情况特殊，为保险起见，她住在医院里像“危险品”一样接受专业人员护理，这样，一个试管婴儿周期下来多花一万多块。她问老马心疼不心疼钱，老马跟她说，这得看她的子宫争气不争气了。当时她还给老马打包票不会让他白花钱的。张教授每天给她注射黄体酮，她还记得医院墙上的宣传画，一个大胖小子正从淡蓝色的透明试管里爬上来；另一幅是一位妈妈抱着双胞胎婴儿，笑容灿烂。说不定她也是双胞胎，为了确保成功，张教授往她子宫里装的可是三个胚胎。张教授说有过这样的先例，一个接受移植的妇女三个胚胎全怀上了。然而事情到了她身上就反了，两周后，晨尿检测呈阴性，就是说三个受精卵均未能着床，她没有妊娠。她像个孩子哭着，无论如何不能接受这样的结果，她要张教授继续、马上给她做移植。张教授说，即使做也需要调理一阵子再说。她回家休养了一个多月，再次来到深圳，第二次移植了四个胚胎，倒是着床了一个，但妊娠不到四十天就流产了。她感觉那一年里他们老两口去深圳就像赶集。事实证明她的子宫确实不争气，第三次移植也没有一个胚胎着床。张教授说她的子宫内膜太薄，子宫的温度、湿度不稳定，一句话，她的子宫已经丧失妊娠的功能了。而且他们也支付不起第四次的费用了。

第三次胚胎移植失败后，她不再哭，也不再闹。回来的火车上，她不言语，老马也不说话。老马隔一会儿就去车厢连接处抽支烟，他的烟已经从二十元一包的换成十元一包的了。午间，老马问她要不要喝水或者吃点东西，她不喝也不吃，懒得抬一下眼皮。老马偶尔轻叹一声。火车穿过巍峨的群山，穿过漆黑的隧道。她软绵绵地靠在玻璃窗上，有那么一会儿她觉着老马的叹气就像一缕风带走了最后一瓣落英。与此同时也吹灭了她内心殷殷的火苗。多少个日日夜夜她不停祈祷，而那一刻，第四次从深圳回来的火车上她听着老马叹气的那一刻，她内心的祈祷消失在荒凉的远方了。她的身体迅速虚弱，干瘪，头发全白了。现在她有了新的计划，退而求其次的计划。当初她就应该听从张教授的建议，抱养一个孩子是个不错的选择，最起码避免了生育的麻烦，最起码省了去深圳的路费。她又想起孤儿院那个孩子。

她终于找到了那个土豆球，在橱柜里，在丝瓜网下面，跟一个发出绿色尖芽的洋葱头待在一起，天知道谁把它们放在这儿，要故意藏起来似的。她一边削土豆一边想，抱养，抱养，这是我最低的要求了，这是我最后的要求了。我只想有个孩子，那个跟我有缘的女孩子，我决定要她了，皮肤有点黑，不是毛病，院长说了，她很听话，也很健康。

他甩上了防盗门，儿子曾经最后一次关上的防盗门，门把手上似乎还留有他的余温。他甩上门的时候，老韩不知道他眼睛里也噙着泪，只要稍稍一回头泪水就会流下来。他不能让她看见。他必须出去，他不能让人以为他对生活绝望，以为他被打垮了。他没有乘电梯，他走楼梯下去，他住在八层，这么着等他走下楼的时候情绪已经调整到了豁达的状态，起码不会那么差。外面晚风乍起，天气还好。约他的是官场上的几个老伙计。他们开着车在小区大门口等他。他走到那辆黑色的帕萨特车跟前，车门从里面打开了。

“嘿，马大哥，你这是真想找‘二嫂’了啊。”老伙计说。

他们显然在夸他的着装，人是衣裳马是鞍嘛。“趁年轻，能找就找，不能找想办法也得找。”马建国调侃着上了车。

“咋不带上弟妹？”老伙计说。

“带她干啥，叶子都黄了。”马建国说。

有时候他觉得他不能原谅老韩，如果她别那么娇惯儿子，别那么纵容儿子，别允许儿子那天出门，就不会发生后来的事。虽然那天晚上他也默许了，但是是她先斩后奏放儿子出去的。有时候他真的不在乎她的感受，说起来她悲伤、她痛不欲生，但是怪谁呢。在儿子教育这件事上她总是嫌他管教太严、太专制，现在她知道了，一切都晚了。留她一个人在家独自晚餐，没什么不妥的，他受够了她那羊痫风一样随时随地都有可能发作的神经病。

她对儿子最后的记忆是儿子好好的，跟她打了个招呼出去了。而他呢，他见儿子的最后一面又是什么场景。他永远无法忘记那个噩梦一样的下午。在陈尸间，冷气逼人，工作人员先把儿子的衣物一件一件拿出来。耐克休闲鞋、牛仔裤、黑色夹克、蓝色针织T恤、灰色秋裤、黑色内裤、白色袜子，每一件衣服上都沾着血污。他两腿一软，扑通倒在冰凉的地板上。他想也许不是儿子，也许弄错了，类似的衣服多了去了。可是他为什么来到陈尸间，为什么瘫倒在地上呢。不祥的预感已经撕破了他的防线，将他击垮了。李副局长把他扶起来，问他是不是，他说不出话，也站不稳脚跟。他从一个农村穷光蛋考上大学，从教师到校长到第一副局长，如果背景稍好一点局长非他莫属，他从来没那么㞞过。李副局长示意法医把尸骨袋打开。他们对尸体做了冷藏处理，尸骨袋外面结着一层白霜，法医戴着白手套，缓缓拉开拉链，拉链发出连续的碎裂的声音，仿佛正在拉开某种恐怖而诡谲的帷幕。他看见儿子的头部，头部的半张脸，然后眼前就一片空白了——是一片空白，不是昏黑，他并没有眼前一黑的感觉。他知道那是自己的儿子，二十六岁的儿子，恨铁不成钢的儿子，还不曾订婚的儿子，长着一张明星脸的儿子，他从未告诉过他他有多爱他的儿子。他确定，仅凭半张脸他就可以确定。他不知道儿子为什么躺在那儿，但他的确躺在那儿，也许儿子死了，好像还死得挺惨。他的泪腺、声带、心脏、思维僵硬了，停止了。他感觉不到自己的体温在下降、呼吸在变弱，他感觉不到有几个人正把他抬到休息室。一切都变得不真实，不存在。休息了一会儿，等他找回真实感的时候，他那像断了信号的电视屏一样的脑海里闪烁出几个人的影像，有他老父老母，有老韩，有老韩的老父老母，他在想怎么把儿子目前的情况告诉他们。有很长很长一段时间他不需要上班，从上到下没有人说什么，因为他们知道那个在蚌城教育界呼风唤雨差点当上一把手的家伙这下垮了，连平时跟他不对付的人也在同情他。

到了蚌城大酒店，大堂经理满面春风地接待他们，大堂经理说，“哎呀，马局，是您啊，您真越活越年轻，差点认不出来啦。”马建国说，“是不是把我忘了。”大堂经理说，“那怎么会呢，不过确实好久没看见您了呀。”马建国说，“想我啦？”大堂经理说，“当然想啦，还以为您不给我们捧场了呢。”马建国说，“忘恩负义，合着是想我来捧场了。”众人一笑。进了房间，老伙计们依然请他坐上座，他没有谦虚，他从不谦虚。

他不上班的那段时间，老伙计们约他吃饭，安慰他，他拒绝了。老韩瞎折腾着要生孩子的一年当中，他也很少出来，他得配合她戒烟戒酒，用老韩的话说，他们这回得优生优育，好像上回生得很不好似的。只不过从一开始他就不抱什么希望。他跟老伙计说，老韩那块“地”不行了。老伙计鼓励他试试，现在科技发达了嘛。他试了，试的结果是人财两空。半年以来，他一有机会就出去喝酒，他跟老韩一起待久了十有八九会吵架。老韩总能把话题扯到借腹生子的事儿上，而且她把借腹生子想得远比借腹生子有故事性。

有一次老韩让他少抽点烟，他跟老韩说反正不要孩子了，多抽点还是少抽点又有什么关系呢。老韩说少抽点起码省些开销。他的烟瘾的确越来越大了，一天一包不够，就算一天一包一个月下来也要三四百块，足够他和老韩吃咸菜的了。他跟老韩说，“试验田”我们都搞了，还在乎这两个钱。老韩怪他哪壶不开提哪壶。他跟老韩说，搞“试验田”的钱够他抽两辈子烟了。老韩说，说来说去你还是心疼那些钱。他跟老韩说，龟孙子才心疼钱，你有没有想过你要是听我的，就不会白白浪费那么多钱。现在的生活说不上穷困潦倒，他和老韩靠薪水完全可以过活。他也不是对做试管婴儿花光了积蓄耿耿于怀，起码不完全是，总之想到这件事就会发牢骚。老韩说，这不正好吗，我的“试验田”搞失败了，你可以去别家的“田地”里搞生产了。他跟老韩说，小心被你那乌鸦嘴说中。老韩说，你心里想的就是借腹生子，你尽管去找，你又不是没找过。说到这个地方，他心虚了，他跟老韩说，我找过什么，我什么时候找过。老韩说，你那些事儿你以为我不知道，我只是给你留着脸罢了。他跟老韩说他懒得理她，到这个节骨眼儿上他只能这么说，然后拿着烟卷闪人。这件事让他对老韩永远都理屈词穷。

酒菜上桌，他跟老伙计们开始喝，一圈一圈地喝，一局一局地划拳，喝了一通之后，话题扯到老韩身上，老伙计问，“嫂子不闹了吧？”老韩上访让她在蚌城火了一把。马建国说，“不闹了，自从上次接回来就老实了。”

上个月老韩去上访的时候，跟他说要和几个老姐妹出去散散心，他没有在意，他还提醒她多带点钱，穷家富路嘛。他不知道她是千里迢迢去上访。信访局去省城接她们，她们坚决要见省长，死活不肯回来。市府的领导跟他谈话，让他顾大局，让他做做妻子的思想工作，把妻子接回来，他妻子是“失独家庭群”的总指挥，他妻子撤，其他人就撤了。他到了省城，在一家狭小的破旅店里找到老韩，她跟几个老姐妹挤在一间脏兮兮的屋子里，正愁当天的口粮。他跟老韩说，你上访也不能把儿子找回来啊。老韩不理他，老姐妹们一个个灰头土脸也不理他。他跟她们说，命苦不能怨政府，这点道理都不懂吗。老韩翻眼看看他，依然不说话。他跟老韩说，听说你当大官了，前线总指挥是吧，掰掰指头算算，多大年纪了，你不觉着丢人吗。老韩说，是你怕丢人，你要是怕丢人，先去给大家弄些吃的。他和信访局的同志去买了两提袋包子，老韩像赈灾一样挨个给老姐妹发包子，没人接，没人吃。老韩说，吃点吧，一天没吃东西了，人是铁饭是钢。她们开始吃，一边吃一边流泪。她们来自几个县市，都是失去独生子女的妈妈。他还记得他接老韩回来的路上，在高速公路服务区，老韩不吃不喝，她对着星空一会儿哭一会儿笑，头发披散着，跟个疯子没什么区别。一直挨到半夜，信访局的同志在车上睡得吼吼响，他放下靠背也眯了一会儿。正如她自己说的，人是铁饭是钢，她不吃说明她不饿，她会饿的，也会累得乖乖上车的。回到家，他们又少不了吵架。他跟老韩说，我好歹也是有身份的人，你不能瞎折腾了。老韩说，不管我做什么都是瞎折腾。他跟老韩说，我啥时候说你做什么都是瞎折腾了。老韩说，这回我可没花你一分钱。他跟老韩说，这跟花谁一分钱有什么关系呢，你趟一圈子舒服了，你知道造成多少负面影响，我们正创建省级文明城市。老韩说，我一点也不文明，那跟我八竿子打不着。他问老韩去上访图什么，老韩说她什么都不图。他跟老韩说，说到底政府不可能把儿子还给你，你们图什么，不就想几个钱吗，政府已经在出台办法了，等着就是了。他又刺激到她了，老韩开始发抖，翻白眼儿。他赶紧给她服速效救心丸。等老韩缓过劲来，老韩说，我上访跟我儿子没关系，我为我自己上访，我为我的子宫上访，我跟她们不一样，我什么也不图，我仅仅是需要一次上访。他哄着老韩说，好吧，我错怪你了，下回再上访带着我，咱们一起行动，你不是需要一个买饭的吗。只不过打上次之后，老韩不再折腾上访的事了，最近老韩好像又在搞什么，他还不清楚。

酒喝到最后，大家晕头涨脑。老伙计说北京有家医院，做试管婴儿世界一流，建议马建国试试。“老韩那块‘地’不行了，”马建国说，“不过，我看人家丁克族过得也不错。”

老伙计说，“只是可惜了马大哥的优良‘种子’。”

老伙计说，“好‘地’多的是，马局长你要是有意，老弟我给你找块‘地’。”

马建国说，“真有‘资源’？”

老伙计说，“他拉皮条最在行。”

老伙计说，“不过，人家明码标价，得十万块钱。”

马建国说，“那你赶紧帮我问问，钱不是问题。”

老伙计说，“问题是嫂子那一关咋过？”

马建国说，“你别管她，她不当家。”

老伙计说，“弟妹跟你闹咋办？”

马建国说，“她自己的‘地’不行她怪谁，不行我把她休咯。”

老伙计说，“妥了，包在我身上。”

饭局结束，马建国回到家，老韩在看电视，老韩说他一身烟酒气，让他去洗澡。他脱掉衣装，他把夹克、领带、白衬衣统统扔到地上。老韩说，“骚包完了就扔给我了是吧，我可不给你洗。”他没听见她唠叨什么，他站在淋浴喷头下面，打开开关。水流总让他想起幼年的儿子，每次给儿子洗澡他都拧他光溜溜的屁股蛋，亲他肉嘟嘟的脸，他把他尿尿，他将他抟在手心里，自从有了儿子他便为着他而奋斗。他抱着他就像抱着整个世界。老韩并不知道他有多么想念儿子，不知道他喝醉的时候独自跑到儿子的坟上哭泣。在深圳，老韩说他舍不得给儿子买车，她不知道他愿意用自己的命换儿子一命；做试管婴儿，老韩问他想要儿子还是女儿，她不知道在他心里再重新要十个孩子也取代不了儿子在他心中的位置。最后一次从深圳回来，他抽着烟，站在车厢连接处，望着窗外，泪眼蒙眬。夕阳沉入地平线，旅程的天色黑下来。在平稳的列车上，他恍惚觉着自己仿佛飘在空气中，仿佛浮在水面上，身体无比的轻，就像一缕杨絮，就像一片落叶。他知道，他清楚，今后等待他们老两口的将是暮色苍茫的岁月。他站在淋浴花洒下，水流滑过他的脸，滑过他的肩，就像儿子的小手抓摸过，就像儿子的小脚丫跐踩过。他想，儿子，我的儿子，你怎么那么不小心，你怎么可以被人暗算，爸爸要你成才，要你超过老爸，要你成为我一生的骄傲；每次洗澡我都能感觉到你柔软的小手，我都能听见你小马驹一样的欢叫；每个夜晚我都会梦见你，梦见打你那几次，因为你读书，因为你考公务员，我没少打你、骂你，你恨我吗；我和你妈天天吵架，我知道不该，我知道她更爱你，更具体地爱你，儿子，你还好吗，你在哪里?

到了周末，素萍问老马今晚有没有酒场，老马说有一场，他推了。素萍知道，那就是没有。老马一般不直接说他没有酒场。素萍做了两个小菜，青椒肉丝和荆芥拌洋葱，拿出一瓶老马遗忘在储藏室的古井贡酒。老马看着酒菜，眼睛里直放光，老马说，“今儿是过节还是怎么来着。”

素萍说，“我今儿心情不错，奖励奖励你，动筷吧，马局长。”

老马说，“还是等会儿，我咋觉着你今天来者不善嘞？”

素萍说，“别没个正经的了。”

老马说，“先把话说清楚。”

素萍拿起筷子说，“边吃边说。”

老马用鼻子嗅嗅酒香，然后美美地喝了一盅，“这酒我记得喝完了？”

素萍说，“储藏室，我收拾东西发现的。”

老马说，“别卖关子了老韩，又准备鼓捣啥，说吧。”

素萍说，“我去孤儿院看了，有个四岁的女娃儿，我挺喜欢。”

老马说，“你打算赞助她吗？”

素萍说，“我想抱回家，怕马局长批评。”

老马说，“抱养的孩子留不住，养也白养。”

素萍说，“我觉着感情是可以培养的，不一定非得亲生。”

老马说，“就是有感情也靠不住，她四岁了，知道亲生爹妈，她长大不会跟我们一心的。”

素萍说，“她爹妈双亡，我们真心待她，怎么会不跟我们亲呢。”

老马说，“省省吧老韩，别瞎操心了，也甭自己骗自己。”

素萍说，“这怎么是自己骗自己呢，我喜欢她，我能像亲生女儿一样疼她。”

老马说，“你总是想到哪儿就是哪儿，无儿无女我们不是也活得不赖吗。”

素萍说，“你难道就不想我们老的时候身边有个亲人吗？”

老马又喝了一盅酒，嗬了一声说，“反正我是不能接受。”

素萍泪汪汪地说，“我喜欢她，让我抱回来，就算为了我，老马？”

老马放下酒杯，一句话也没有。沉默了一会儿，老马说，“她要是淘气不听话、不省心怎么办，要是学习笨蛋怎么办，要是早恋怎么办，女孩子，尤其是女孩子，没你想的那么好养。”

素萍说，“我观察了，她很聪明，徐院长也说她聪明，长得也好看。”老马仍然不表态，素萍说，“她是个孤儿，我们就算可怜可怜她。”

老马说，“谁可怜我们，老韩你有没有想过，做试管婴儿，我们已经花光了积蓄，哪还有能力再养一个孩子。”

素萍说，“我喜欢她，让我试试，老马，我想有个孩子，我们能给她幸福。”

老马说，“你能给她幸福？她还没长大我们就老了，她年纪轻轻就得学会照顾老人，我们老了死了，所有的负担还不都是她的，我们能给她什么呢，我们死了她还不是一样成为孤儿。”

素萍泣不成声，老马说，“你有没有想过，她不是你亲亲她她就长大了，不是她叫你一声妈妈她就长大了，她需要吃喝拉撒，需要上学，需要交学费，需要花钱——

听回我的老韩，咱不能再感情用事了。”老马说完倒上一盅酒。

“我们可以把老房子卖了啊。”

“那不可能，”老马说，“老房子现在不能卖，等拆迁了更值钱。”

“等到拆迁我们都死光了，说拆迁说了几百年了。”

“反正现在不能卖。”老马一仰脖喝干了酒盅子。

“你是不是还准备留给谁？”

“好了，这事儿打住吧，你就别想了。喝酒！”

“是啊，你借腹生子，总得给人家留点什么。”素萍又扯到借腹生子上了。

“谁借腹生子啦，你咋就钻到这里面不拐弯了呢。”

“我不会拐弯，我是个老糊涂蛋，我没有一毛钱的用了……”

“唉，我说你能不能正常一点？”酒盅子倒了，差点掉地上，老马一把抓住。

“既然这样，我不会拖你后腿的。”

素萍站起来，走进卫生间。素萍想，他不同意抱养孩子，也许他另有打算，在传宗接代这件事上他是不会善罢甘休的。她了解他，他从不服输。他只是还没说出口。她知道他什么打算。说不定他已经在外面有了孩子。她等着，即使他说出来她也不会怪他，即使他不说她也会提出来。她爱他，她不顾爹妈反对嫁给他，一直到现在，她爱他。与其一起痛苦，不如她一个人来。他还有机会，而她永远没机会了，她不应该让他跟她绑在一起。

晚餐很快就结束了，彻底结束了。

第二天中午，老马钓鱼回来，素萍不在家，老马发现餐桌上放着离婚协议，一式两份，老韩已经签过字。老马心里一惊，他不知道她又要搞出什么事来。他给素萍打手机，无人接听。老马觉着不妙，他猜她应该去了老房子。素萍弄好协议就去了老房子，在儿子的房间里，她那干海绵一样的身体一下子又吸满苦涩的汁液。她知道，今后所有的不幸都将属于她一个人。只不过她还不打算倒下，只要还能动，她将守着这栋老宅，每天为儿子打扫房间。她想起儿子出事那天，晴天霹雳的消息仿佛穿透了她身体里百分之七十的水分，掀起惊涛骇浪，她崩溃了，她已经死过一次了。最难过的时候也不过如此。她打扫完房间，拿出儿子的相册，一边看一边回忆，美好的往事一幕幕浮现，她笑着，哭着。这时候老马过来了。

“你这又是哪一出啊？”老马摇晃着手中的协议书。

“我们结束了，你好好生活吧，帮不上你什么忙，我很抱歉。”

“什么意思啊，谁说不要你了，你这是把我休了啊。”老马笑道。

“不用了老马，我是认真的，我不能让你家绝后，我会好好照顾自己的。”素萍开始发抖。

老马把协议撕成两半，然后紧紧地抱住素萍。他知道她比他承受了更多痛苦。只是到了现在他仍然无法接受儿子不在的事实，他忙着工作，忙着争名逐利，他还没来得及好好爱他的儿子。领养一个孩子，他真的还没准备好。然而老韩，他白发苍苍的妻子渴望一个孩子，也许她内心的空白一点不比他少。老马跟素萍说，“你喜欢孤儿院那个小孩，咱们把她抱回来。”素萍跟老马说，“不用安慰我。”老马跟她说，“我是认真的。”素萍感觉到有种温热的东西流到了她肩上。老马抱着发抖的妻子，他心里在想，我对不起儿子，也对不起你，从明天开始我会试着把咱们的儿子放放，去面对儿子以外的孩子，去面对虽然步入老年却不得不重新过活的自己。

过了两天，他们去民政局办了手续，素萍说，“说到底还是得来民政局一趟。”老马说，“他们就是办这些个事儿的嘛。”然后他们去了孤儿院，那个小女娃正跟一个大孩子争玩具，争不过，委屈地哭起来。素萍把她抱起来，给她擦眼泪，素萍说，“小乖乖，以后你就是我女儿了，没有人再敢欺负你了。”素萍亲着她的小脸，她仰起头有点怕羞地看着她。事实上事情并没有老马想的那么艰难，小姑娘不仅聪明伶俐，而且能吃饭，荤的素的甜的咸的都吃得香，不用喂也不用哄。一开始她总是忘了叫他们爸爸妈妈，而是叫他们爷爷奶奶，不过很快她就适应了。有时候她出于调皮，故意叫老马爷爷。老马也乐意被她捉弄。对老马来说，不管是当她的爸爸还是当她的爷爷，都是一种全新的体验。自从领养了这个孩子，他觉着老韩真的好多了。

来年的清明节，他们去给儿子烧纸买祭品，祭品店的老太太说，“看老人，买几个寿桃吧。”卖祭品的当然不知道他们看的是儿子，年仅二十六岁的儿子。老马觉着老韩可能又要犯神经病了，起码也要泣不成声了。但是老韩笑了笑，老韩说，“死者为大，看孩子也可以买寿桃，你不会做生意。”卖祭品的一愣，连忙说，“是啊是啊，你别见怪啊大妹子。”老马想，老韩、包括他自己已经从失去儿子的阴影里逐渐爬起来了。

时光荏苒，两年过去了，女儿上小学一年级，老马主动肩负起接送的重任。他忙的时候素萍去。在学校门口，女儿叫素萍妈妈的时候会有讶异的目光投过来，只不过素萍一点儿也不放在心上。事实上她经常会回忆起接送儿子的情景。

二十年前的下午——现在说是二十三年前了，那是马光辉还小的时候。

队伍一出大门就散了，小朋友们像一群群旱鸭子，屁颠屁颠地，或者爬到爸爸背上，或者攥住奶奶的手，或者骑到妈妈的车子后面。可他看不见妈妈，也瞧不见爸爸，也瞅不见奶奶。他在大门口铆足了劲张望。他有点害怕，也有点恼火。妈妈没有来，妈妈说来接他的。同学们走完了，妈妈还没有来。

他有点伤心，眼泪在眼眶里打转，转着转着便涌到脸上，一滴，两滴，流到脸颊，流到嘴角，又从下巴落到红领巾上。他并不知道自己哭起来，他并不知道手里的书包已经掉在地上。他只知道妈妈还没有来。

风吹过玩具店，风轮转起来，铃铛响起来。风吹过街市，吹起一片糖纸，像一只花蝴蝶。风吹过阿婆的竹篮，粽子的香味不断飘过来。风吹过他的小脸，茶壶盖似的头发乱了，像一簇水草。

风吹过以后，雨便下起来，淅淅沥沥。一个好心人，让他站到走廊里。卖粽子的阿婆也站在走廊里。他看看她的篮子，用一条湿漉漉的白布盖着，粽子们躲在下面。他忽然有点饿了。

他想起妈妈给他讲的曾子的故事——妈妈咬手指，曾子感到心窝疼，便从外面回家了。他跟妈妈说，我知道了，咬指头就是打电话。妈妈说，我的小马驹，他可真聪明。

天要黑了，是的，要黑了。路灯亮了，卖粽子的阿婆回家了，卖糖葫芦的伯伯也回家了；卖馄饨的出来摆摊了，卖热干面的也出来了。

他准备给妈妈打个电话。他得叫她赶快“回来”。

他把大拇指放嘴里，试着轻轻咬了咬。咬一次就是打一个电话。第一次电话没打通，妈妈没有来。他又把食指头放嘴里，再咬，仍旧没打通。他的牙齿很白，很小，有颗下牙掉了，还没长出来。

他把小中指伸出来瞧了瞧，有点小怀疑，放进嘴里嘬了两下，然后用牙小心翼翼地咬住不放。这回打不通他就不挂电话了。

妈妈来了，满头大汗。

乖乖儿，妈妈来晚了，来晚了。

妈妈，我咬大拇指你没来，这个电话坏了。我咬食指你没来，这个电话也坏了。我咬中指你来了，这个电话是好的。

小马驹真聪明，怪不得刚才妈妈心一直疼呢，原来你在给妈妈打电话呀。

妈妈，你再给我讲一遍曾子的故事吧。

好啊——从前有个小男孩，家贫入山去打柴，家里忽然来客人，妈妈咬指头，叫他快回来……

可是，二十年后的一个下午，他穿着耐克鞋，噔噔噔地下楼去，再也没回来。

只不过她用不着去遗忘命运的不幸，事实上也忘不了。关键在于你接下来选择了什么。女儿在成长，她时刻都感受到她生命的律动，像小鹿撒欢儿一样的律动，那律动也给她力量。她还会给她讲曾子的故事，给她讲哥哥的故事，并用她全部的余生去爱她。

图书在版编目 (CIP) 数据

黑名单 / 梁雨山著. — 北京 : 北京十月文艺出版社，2021.1

ISBN 978-7-5302-2076-4

Ⅰ. ①黑… Ⅱ. ①梁… Ⅲ. ①长篇小说—中国—当代 Ⅳ. ① I247.5

中国版本图书馆 CIP 数据核字 (2020) 第 186609 号

黑名单
HEIMINGDAN
梁雨山 著

出　　版　北 京 出 版 集 团
　　　　　北京十月文艺出版社
地　　址　北京北三环中路 6 号
邮　　编　100120
网　　址　www.bph.com.cn
发　　行　新经典发行有限公司
　　　　　电话 010-68423599
经　　销　新华书店
印　　刷　北京盛通印刷股份有限公司
版　　次　2021 年 1 月第 1 版
　　　　　2021 年 1 月第 1 次印刷
开　　本　787 毫米 ×1092 毫米 1/32
印　　张　10
字　　数　170 千字
书　　号　ISBN 978-7-5302-2076-4
定　　价　52.00 元
质量监督电话　010-58572393
如有印装质量问题，由本社负责调换。